U0530048

裂缝

CRACKS

刘洋 著

人民文学出版社

图书在版编目（CIP）数据

裂缝 / 刘洋著． -- 北京 ：人民文学出版社，2024.
ISBN 978-7-02-018752-2

Ⅰ．I247.5

中国国家版本馆 CIP 数据核字第 202446FP31 号

责任编辑　向心愿
装帧设计　刘　远
责任印制　张　娜

出版发行　人民文学出版社
社　　址　北京市朝内大街166号
邮政编码　100705

印　　刷　三河市宏盛印务有限公司
经　　销　全国新华书店等

字　　数　187千字
开　　本　880毫米×1230毫米　1/32
印　　张　10.375　插页3
版　　次　2024年8月北京第1版
印　　次　2024年8月第1次印刷

书　　号　978-7-02-018752-2
定　　价　49.00元

如有印装质量问题，请与本社图书销售中心调换。电话：010-65233595

目 录

1 引子：黑色闪电 ……………………………………… 1
2 宏硕集团 ……………………………………………… 7
3 铁棍 …………………………………………………… 14
4 分形晶体 ……………………………………………… 22
5 中学教师 ……………………………………………… 32
6 生态维持会 …………………………………………… 38
7 游乐场 ………………………………………………… 47
8 隧穿 …………………………………………………… 55
9 液压与巨树 …………………………………………… 63
10 仓库 ………………………………………………… 73
11 银行 ………………………………………………… 82
12 内应 ………………………………………………… 89
13 脱险 ………………………………………………… 95
14 畸变发光效应 ……………………………………… 103
15 超轻材料与亚稳态加工 …………………………… 111

1

16	2.313	119
17	时空裂缝	126
18	章鱼飞船	138
19	蓝色火焰	148
20	湍流与祭典	159
21	地下	172
22	影片与风	180
23	火神教	190
24	虫洞与榕树计划	198
25	电流	209
26	天使学徒	218
27	附神台	226
28	压电线圈	234
29	威廉斯氏综合征	241
30	内斗	251
31	特解	263
32	母神	271
33	收网	278
34	战斗	286
35	五子棋	296
36	无声的核弹	307
37	尾声：近腾集团	318

1 引子：黑色闪电

他几乎忘记了呼吸。在一两公里之外，地面正在急速隆起。从一个山沟洼地，迅速变成了一个小土坡，眨眼间又成了一座新生的大山，简直像把上千万年的地质运动过程用几秒钟播放出来一样。不对，不对！这根本不是造山运动。因为水平挤压而皱起的地区，通常会形成一条连绵的山脉，但前方那急速隆起的位置，却集中在一个点上。想到这里，他不禁自嘲道，张霖啊张霖，造山运动怎么可能在几秒钟内就完成，亏你构造地质学还考了满分呢。转念一想，那大山的形态也不像是挤压形成的，倒像是一个不断变大的气球。这样看来，或许是有什么东西在地下急速膨胀，把地面抬升了起来。

随着大地的隆起，震动幅度稍微减弱了一点，但频率却在加快。那座新生的山体迅速超过了周围所有山峰的高度，成了此地的第一高峰。这座史上最年轻的大山，坡面极为平缓，远没有周围山体那么陡峭，看上去它更像是一个球面的一部分。而这个球体的大部分,还埋藏在地下。张霖被自己的这个想法吓了一跳,这个膨胀的巨大球体,会是什么呢?

又过了一两分钟,震动似乎减弱了。在某个瞬间,大地似乎静止了一秒钟,连空气都凝固在那里。然而,下一刻,爆炸发生了。那是张霖从未见过的巨大爆炸。那座刚刚隆起的山坡,在轰鸣声中升腾而起,像是被一只无形的巨手拽了起来。然后,整座大山迅速崩解,无数泥土、岩石和植被碎片被抛向几百米的空中,像烟花一样四处飞溅。张霖感到有人在摇晃自己的手臂,转身一看,是孟涵。她的嘴巴一张一合,可自己什么也听不见。过了好半天,耳鸣声才逐渐消失。张霖这才听见孟涵一直在念叨着"我的天哪",再看其他人,也全都惊骇不已。在接下来的几分钟,碎屑和尘土不断从空中降落,所有人身上都蒙上了厚厚的一层。

等一切尘埃落定后,天地间突然变得无比安静。终于有人小声地问,这是火山爆发吗?另一人说,岩浆呢,黑烟呢?都没有,这绝对不是火山爆发。有人又说是地震,还有人说是地下天然气爆炸。吵了一会儿,有人朝张霖看过来,问这是什么?张霖说,鬼知道这是什么。那人说,你不是学地球物理的吗?张霖想了想说,我觉得这不像是自然发生的现象。孟涵说,要不我们过去看看。张霖说,好,必须得去看看。

于是一群人推着车朝爆炸发生的地方走去。一路上坑坑洼洼的,很难找到一条平整的路。走到一半,大家找了个地方把自行车和驮包先放着，徒步前行。并没有闻到什么特别的气味。越靠近，地上散落的石块就越多，越大，到最后他们不得不在一堆又一堆的石头上跳跃着继续往前走。张霖注意到一件事：这些石头上都布满了细小的裂隙，分布极广而且存在一定的规律。张霖知道，岩石上的裂隙有可能是在成岩的过程中，因为内部应力而产生的，也有可能是因外部的风化作用而形成的。这些岩石刚从地下被炸出来，按理说裂隙应该都是在成岩过程中形成的，但仔细分析这些裂隙的宽度和延伸长度，又明显不符合成岩裂隙的特征。

不，还有另一种可能。他突然想到了一个被自己忽略的情况。这些裂隙有没有可能是在爆炸的过程中形成的呢？这就涉及爆炸的起因了。此外，关于爆炸对物体结构的影响，他所知不多。他暗自把这一点记在心里，准备回学校之后找相关方向的师兄弟询问一下。不知不觉之中，他已经把眼前发生的这件事当成了研究的对象。他意识到，这是一次难得的机会。这场前所未见的大爆炸之中，必然蕴含着某种闻所未闻的物理机制。如果能够抢先揭示这种机制，毫无疑问，那将成为他学术履历上极为耀眼的一道光环。

前进的过程中，他无意中踢到了一块这样的石头。意外的事情发生了，那石头竟像是一团塑料泡沫似的，轻飘飘地弹了出去。这质感不对。他蹲下来，找到一块小一点的石头，拿在手里。孟涵问，你在看什么？他把石头递给她，她拿到之后，露出了极为疑惑的表情。怎么这么轻，她说，像是塑料做的。其他人也纷纷低下头找石头，然后被这石头的古怪质感震惊。这石头不对劲，他想，或许这场大爆炸就和这些奇怪的石头有关。他找了一块拳头大的石头，揣进口袋里，准备带回实验室。

爆炸点周围，挤压效应让地势突兀地隆起，像一座小型的环形山一样。无数巨大的岩石零乱地堆积着，几乎找不到便于前行的路。大家只有想办法从这些大块岩石上方爬过去。张霖一次又一次在石头上方伸出手，把孟涵拉上去。这些大块岩石同样显得很轻质，在攀爬的过程中常常会晃动，所以需要格外小心。半个小时之后，他们终于爬到了这座约一百米高的环形山顶部。他们眼前是一个巨大的深坑。环形山对面的岩石间，连根拔起的大树看起来像小草一样，这坑少说也有四五百米。探头向下看，根本看不到底，不知道有多深。站在深坑的旁边，大家既没有闻到硫黄味，也没有感觉到地下岩浆涌出时应该散发的热量。只有一股新鲜的泥土味提醒着大家，这深坑是不久前才在爆炸中形成的。

张霖试着向前走了两步，孟涵忙拉住他，说别往前走了，太危险。坑的边缘很陡峭，没有合适的斜坡可以向下。张霖尽量走了几步，就无奈地停下来，取出相机拍了一系列照片，包括坑的整体形态和一些边缘的细节，以便接下来研究爆炸的机理。旁边的人，纷纷都在拍照。张霖相信，这一定是一件极其轰动的新闻。

不知不觉中，天已经黑了下来。奇怪，明明是中午时分，怎么突然这么黑？抬头一看，天上乌云密布，要下大暴雨了。这个季节，突如其来的暴雨并不稀奇，他们在骑行的过程中，经常因为找不到临时的避雨点而被浇成落汤鸡。孟涵说，走吧。张霖说好，招呼大家沿原路往回走。雨衣放在驮包里，张霖希望他们能赶在大雨落下之前穿上雨衣。好在回来的时候是下坡，大家攀爬起来也有了一定的经验，不到二十分钟便赶到了之前放自行车和驮包的地方。众人迅速打开驮包，拿出雨衣穿上。没多久，一个惊雷就在众人头上响起。几秒钟后，瓢泼大雨倾盆而下。附近没有太理想的避雨之地，大家就找了一个土坎，暂时窝在里面。

闪电和雷声交替着出现，一个接一个，看样子这雨一时半会儿还停不了。突然，一道耀眼的光芒在众人不远处亮起，转头一看，原来是一道巨大的闪电劈了下来。仔细看去，那闪电劈落的位置就正好在那个深坑里。当然，闪电的光芒很快暗淡下去，深坑上方又重新陷入了阴暗之中。众人不以为意，除了被这道如此近距离的闪电吓了一跳之外，并不觉得这有什么奇怪。但十几分钟后，雨霁天晴之时，一幕诡异的场景渐渐出现在了众人面前。此刻乌云散去，天光大亮。可就在深坑的上方，一道裂缝状的暗影突兀地留存了下来，像是空间裂开了似的。孟涵突然说，是那道闪电。张霖想了想，发现那道暗影的确和刚才劈下来的闪电的形状一模一样。眼前的场景，就像是有人把闪电劈下那一刻拍了下来，然后做了黑白反相处理一样。

5

这一道黑色的闪电，从几千米高的云端一直延伸到深坑之中。而且，它不像闪电那样转瞬即逝。它安静地停留在天地之间，不移动，也不消散。张霖不知道该说些什么，只是再次拿起相机拍了起来。在这几个小时里，各种奇怪事件的轮番冲击，他的脑子已经乱成一团了。黑色闪电一直维持了半个多小时，才出现消散的迹象。首先从闪电末端的那些细小分支开始，它们逐渐变细缩短，最后才轮到那些粗大的主干。整个过程像一道裂缝在外力压迫下逐渐弥合的场景。

　　突然，张霖想起了那些质感如同塑料的石头。那些石头上布满了裂隙，而半空中也恰好出现了这道如裂纹般的暗影，它们之间有关系吗？他从口袋里摸出刚才捡的那块石头，顿时大吃一惊。他清楚地记得，刚才这块石头足有拳头大小，可现在，它已经缩小到只有一个弹珠大小了。仔细看它的表面，之前的裂隙几乎都消失了。质感也不再类似塑料，而是变为普通的石头了。抬头看天，最后留存下来的一丝黑色闪电也消失在半空中，再也看不见了。碧空如洗，仿佛什么都没有发生过。

2 宏硕集团

工人卸货的时候，姜宇航就在一旁看着。仓库管理员小王说姜哥你去歇着吧，这儿我盯着就行，姜宇航说没事，我正好出来活动一下，歇歇眼睛。宇航是他父亲给起的名字，意思是航行于天际，一飞冲天。他不太喜欢这个名字，觉得格局太大，压力太大，所以平时对工人说叫自己姜哥就好。高考的时候，父亲安排他填报了北京大学的物理系，但是差两分没录取，于是进了浙江大学，还是读物理。他本来想学计算机的，但父亲说计算机专业这几年太热门了，迟早人才过剩，物理是一切科学的基础，永远不会过时。父亲在一个不入流的大学教哲学，说起大道理来一套一套的。于是他就读了物理，从本科一直念到博士，倒不是因为喜欢，更像是一种惯性。牛顿说，没有外力作用下，物体总是倾向于保持原来的运动状态。进了大学以后，父母基本就不怎么管他了，所以他就在这种没有外力作用的情况下，一直念到了博士毕业。之后，又顺理成章地到国外做了三年博士后，回国进了一所高校工作。工作地点位于一个西部省份的省城，算是近年来发展得比较好的准一线城市，学校本身也还不错，算是末流的211，至少比父亲所在的学校高了一个档次，父母也觉得比较满意。花了六年也就是两个聘期的时间，他总算升到了副教授的职位。他研究的方向非常偏门，大概一百年以内也看不到什么应用前景，近年来也没有什么真正意义上的突破性进展，所以做这个方向的人很少。本来他应该在这里一直干下去，发一大堆意义不大的论文，申请各种项目经费，直到若干年后评为教授、博导，然后把新一批年轻人再拐上自己这条路。但谁知道，在几年前，外力出现了，于是物体偏离了原来的轨道。不，应该说是来了一个大转弯。

小王拿起一根工人刚从货车里搬下来的测试管件，说这他妈到底是什么东西，看着不大的一根，但是重得要命。姜宇航说，基底材料是铁，然后加了一些钴和镍之类的过渡金属。小王说，铁棍我搬过，没有这么重的。姜宇航说那是因为结构不一样，这东西的晶格常数比铁棍小得多。小王说姜哥你欺负我没文化是不是，能不能说点我能听懂的。姜宇航说，就是这东西里面的原子排得更密。小王哦了一声，又问这管子上面的"Hilbert"是什么意思，是不是生产厂家的牌子。姜宇航说这是个人名，一个叫作希尔伯特的人，他提出了一种分形图形叫作希尔伯特曲线，这种材料的晶格结构就是照着这种分形曲线来造的。小王听了觉得没什么意思,大概和他预想的不太一样,而且他也不知道"分形"是个什么东西。他觉得和姜哥说话太累,有时候甚至怀疑他是不是故意在话里面夹杂一堆古怪的名词来戏弄自己,要不是卸货时一定得在这仓库里守着,他根本就不想和这种人搭话。他对着正在清点这些管件的工人吼了一句,说你们仔细数清楚,这东西丢一根,把你们一个月工资全拿出来都赔不起。

小王当然是误会了。姜宇航对于自己话里面出现的术语毫无感觉,他甚至已经根据说话对象的不同,降低了所用名词的专业度。如果是在老板面前,他会说这是一种根据化学刻蚀法生长出来的超晶格体材料,在以铁原子构成的二维堆叠基底之上,引入的过渡金属掺杂按照希尔伯特曲线的位置进行分布,从而构成了一种特殊的分形晶体。老板和姜宇航是本科同学,也是学物理的,虽然姜宇航怀疑他已经把大学物理忘得一干二净,但每次听姜宇航汇报的时候他都很认真,一边点头一边说我明白了,你说的这东西确实很重要,我们要砸钱搞。老板最常跟他说的一句话就是,你放心,我们宏硕集团有的是钱,你放手去做,胆子大一点,眼光远一点。

打破姜宇航人生惯性的外力就来自这个老同学,他现在的老板。其人名叫王伟,读书时极为普通,成绩不算好,社交能力也一般。但跟姜宇航关系还不错,经常在一起打篮球。每次专业考试,他就想办法坐在姜宇航后面,等着写好答案的纸条扔到自己脚下。大四的时候，姜宇航早早保研了，问王伟怎么打算的，他这才有些不好意思地说老爸让自己回去继承家业。搞了半天你是个富二代，姜宇航说，难怪看你整天吊儿郎当的。毕业后王伟就回老家山西继承了十几座煤矿，过了几年，他又从家里拿了一大笔钱出来，去北京搞了个房地产公司，算是自立门户了。随着时间的推移，老家的煤老板们日子渐渐变得艰难起来，倒是他的房地产公司越做越大，成了在全国都数得上号的知名企业——也就是宏硕集团。有一天，姜宇航讲完一堂电动力学课，一出教室就被人拉住，仔细一看，竟然是王伟。这家伙穿着一身高档西装，头发梳得整整齐齐，身后跟着一个小年轻，大概是他的秘书，拿着一个黑色皮箱。宇航啊，你还记得我吧，王伟说。记得记得，这不伟哥嘛。王伟嘿嘿一笑，支开秘书，说你还是叫我王哥吧。姜宇航问找他有什么事，王伟说我在芙蓉阁订了个包间，我们边吃边说。

包间挺大，就坐了王伟和姜宇航两个人，显得空空荡荡的。姜宇航说让那小年轻也进来一起吃吧，王伟说他还有事，不用管他。接着两人就聊起来，叙了叙旧，然后王伟问姜宇航在大学干得怎么样，忙不忙。姜宇航说还行，其实正经事就那些，但是杂七杂八的琐事一大堆。比如每年要写数十个基金项目的申请书，从国家级到省市级，不写不行，学校规定凡是符合要求的教授都要申报，否则减少你的研究生招收名额。王伟说这什么意思，少带几个研究生不是更轻松吗,姜宇航说你不懂,说是研究生,其实本质上就像是在自己手下打工的员工。自己带的课题组人越多,经费越充足,就越容易出成果,直接关系到自己以后在这个圈子里的地位问题。姜宇航说我跟你打个比方,如果你手下没有研究生,那就什么都得自己去干,这就相当于初创企业;等过了几年,招了一两个研究生了,很多比较基础的实验就可以让学生去做了,这就等于是有了一定规模的中小型企业了;等到手下的研究生上了两位数,甚至分成了多个小组,每个小组都有一个年轻老师负责带,那这就相当于大型的上市企业了。王伟说,你这么一讲我就全明白了,那你现在上市了没有啊?姜宇航苦笑一声,说哪那么容易,我现在就比初创企业强一点。

还有,别以为申请到项目就万事大吉,这只是痛苦的开始。从某种角度来说,顺利把项目的经费花掉比写论文还难。姜宇航说,有一次我要买一种比较特殊的光谱仪,价格大概是七万块,财务那边的规定是超过了两万块的仪器一定要竞价,也就是要找到另一家生产同类产品的厂商让他报价。可是这种光谱仪现在只有德国一个厂家才能生产,所以事实上根本就没法竞价,就这么跟财务扯了几个月的皮,最后他放弃了,另外买了一款差一些的光谱仪,这个生产的厂家多一点,至少可以竞价了。这种事情多的是,做了几年的科研你就会发现,至少一半的精力都用在了财务报账上面。所以,说是大学教授,其实根本无法把精力集中在教学和研究上面，脑子里面整天想的就两件事：怎么申请项目，怎么把钱花出去。

我听出来了，你这干得也很不如意啊，王伟说。两人举起酒杯干了一杯。王伟看时机差不多了，提议道，要不你来我这边干吧。姜宇航愣了片刻，打趣说，你一个房地产公司招我进去干吗？王伟说你那是多久以前的消息了，我们宏硕集团早就转型了，现在是一个互联网高科技企业。姜宇航说那你们是造什么的，王伟说一开始是造手机，后来造电视，现在已经要开始造车了。姜宇航说这么厉害，我怎么没听说过啊，不会是PPT造车吧？王伟坚定地说那肯定不是，只不过现在确实还在筹划阶段，迟早是要造的。一个互联网企业，连车都不造，那还叫互联网企业吗？姜宇航说造车那玩意儿我可一窍不通，我学的是理科不是工科。王伟说，找你不是为了造车的事。他起身把房间的百叶窗拉上，把房门反锁，然后坐到姜宇航身边说，想得诺贝尔奖不？姜宇航笑了笑，说这事我还真没想过，太遥远，太虚无缥缈了，大概只有民科才整天想着推翻相对论得诺贝尔奖。王伟说我给你看个东西，这东西你整明白了，诺奖得求着你拿。

然后，让姜宇航的人生大幅转弯的力量出现了。那是一块石头，手指粗细，形态并不规则，质感像是花岗岩，灰色的表面上散落着黑色的斑点。石头被一个充气的缓冲垫包裹起来，就盛放在那个黑色皮箱里。姜宇航后来把它叫作触发石，但在刚看到它时，他并不知道其中蕴藏着何种惊人的秘密，也不知道自己的人生将被其彻底地改变。

不对啊，小王的喊叫声打断了姜宇航的回忆，少了一根！姜宇航马上回过神来，问，少了什么？小王说，就是那个什么希尔伯特，清单上写的十根，这里只有九根。工人打开包装袋，把测试管摊放在地上。的确只有九根，一眼就可以看出来。包装袋上有个缝，有个工人小声地说，可能是搬运的时候，或者在路上颠簸的时候，漏出去了。小王大吼一声，知道漏了还不赶紧回去找，天都黑了。工人们赶紧回到车上，开着大灯沿原路缓慢地开回去了。

不用着急，姜宇航安慰小王，问题不大。没你想的那么值钱，对外人而言，这东西归根结底就是一根铁棍。只有和触发石放在一起，这铁棍才会显现出它的独特之处。当然，最后这句话他只是在心里想了想，并没有说出口。

3　铁棍

一杭右手摸着游乐场的栏杆,左手提着一个盛着水的塑料桶,大步向前走着。虽然眼前的一切都是模糊的,像是糊成了一大团的暗淡油画,但他毕竟已经在这里待了十几年,什么地方放着什么东西,早已经熟悉无比。对于这个世界的本来面目,他已经记不太清了。视力突然变坏的时候他才六岁,在那之前的记忆,本来也不牢靠。他至今残留的印象里最深刻的画面,是一个巨大的天坑。天坑极深,只有一条狭窄而危险的小路通向下方。坑里植被茂密,从四壁上探出的树枝向上弯了九十度,倔强地向天空探去。大概是这些树干的弯折角度过于奇特,因此他对这一场景一直印象深刻。

他径直走到旋转木马的区域,打开护栏的大门,提着水桶走了进去。他能感觉到天色又变暗了一些,但这对他没有什么影响。他手脚利落地搓了搓抹布,开始抹起这些木马上面的灰尘来。脚下偶尔会踩到一些异物,捡起来一摸,基本上都是塑料水瓶,游客喝完随手扔的。他把瓶子放在顶棚外侧，待会儿离开的时候再一并清理。擦拭的过程中，他能感觉到木马表面的涂漆已经开始大块掉落，变得斑驳不平。以前可不是这样。游乐场还很热闹的时候，木马总是被漆得油光水滑的，摸上去毫无滞涩之感，哪像现在这样，轻轻一擦就能掉下好几块碎屑。瞎子也知道这游乐场快撑不下去了，一杭想，不过要真到了那天，自己和莹莹又能去哪儿呢？想来想去，还是只有跟着老胡，没别的办法。

莹莹出现在一杭七岁的那一年。那天，游乐场打烊关门，老胡突然看见猴山下面有个篮子，走近一看，里面用灰色被单裹着一个婴儿。篮子里还留着一封信，大概是说希望老板收养这个小孩，让她留在这里打杂就行。信上说小孩叫莹莹，老胡骂说既然不要孩子了，还取名字干吗呢？不过终究还是把小女孩留下了。那时候一杭的视力已经弱化了，所以他从未清楚地看到过莹莹的模样。不过，他常听老胡骂莹莹丑八怪，好像是因为她脸上有一大块黑乎乎的胎记。一杭无从想象莹莹的样子，而且他也不觉得脸上有一块胎记有什么大不了，他觉得莹莹的声音很好听，清脆得像百灵鸟一样，每次听到她的声音，心里就觉得很舒服。

当一杭快擦完的时候，他听到头上的顶棚发出一声闷响，像是有什么东西掉在了上面。这块区域的上方正好是一道立交桥，偶尔会有垃圾从立交桥上掉落，一杭对此并不意外。他继续把剩下的工作完成，然后走到顶棚外面，摸到之前放塑料瓶的位置，把瓶子逐一捡起来，准备扔进不远处的垃圾桶里。就在这时，他的手指触碰到一根冷冰冰的物体。仔细摸去，像是一根铅笔大小的铁棍，沉甸甸的，表面很光滑。他把铁棍拿起来，凑到眼前，竭力分辨着，但什么也看不清。

杭哥，你在看什么？这是莹莹的声音，看来她已经打扫完了猴山那一块，想过来这边帮忙。不知道是什么，在地上捡到的，一杭说，正好你来看看。莹莹走到一杭跟前，接过后者手上的东西。拿稳了，挺重的。莹莹嗯了一声，翻来覆去地看了起来，半天没有说话。一杭问，是什么东西啊，莹莹说好像是一根铁棍，具体是干吗的我也不知道。一杭问，上面有没有写字，莹莹说在一边刻着"东海"两个小字。不过"东海"两字代表何意，他们就毫无头绪了。一杭说，是不是什么东西的零件，莹莹说可能是。

暂时搞不明白这东西是什么，两人也不再研究它。一杭拿着铁棍，一边晃悠着一边和莹莹往回走。走着走着，突然说，这么晚了，老胡还没回来。莹莹说，最近不都这样吗？一杭说，肯定又去赌钱了。有点钱就拿去赌，也不想着把园子修整一下，看看这儿都破成什么样了。莹莹没说话，只顾向前走。沉默了片刻，一杭又问，你真的不去读高中了？莹莹说不去了。一杭说，我觉得还是应该去，你又不像我是个瞎子，你以后说不定还可以读大学呢。莹莹又不说话了，一杭想了想，说，是不是老胡跟你说了什么？莹莹先是嗯了一声，马上又连连摇头。一杭说，他是不是说没钱给你读书了，莹莹说不是，她觉得读书也没什么用，以后毕业了也找不到工作，还得回游乐场来。一杭说，放他妈的狗屁，是不是老胡教你这么说的，莹莹不说话。一杭说，你之前不是说想当医生吗？莹莹轻轻地"嗯"了一声。一杭说，不读书，怎么当医生呢？莹莹又不说话了。一杭说你千万别放弃，等老胡回来我找他好好谈谈。

游乐场很小，穿过一大堆小孩玩的滑梯和秋千区域后，他们就回了一直居住的两层板房。板房的二楼本来住了五六名员工，这几年都陆续被老胡遣散了，只剩下一杭和莹莹住在上面——毕竟他们不需要老胡发工资。开灯吗？一杭问。莹莹说，打开吧，啥都看不见了。一杭用铁棍把电灯开关戳开，随手把棍子放在一旁，然后打开冰箱，把中午吃剩的饭菜拿出来，放进微波炉里。时间设置的按键已经坏了，一杭只有先使用默认的一分钟加热。把炉门关上后，机器里很快传出轰隆隆的响声。

莹莹说，下盘棋吧。一杭说好。莹莹便从床边的柜子里取出一个棋盒，把棋盘铺开。这是一盒围棋，但两人都不会下围棋，只是用来下五子棋玩。K10，莹莹一边说，一边把一颗黑子放到最中心的位置。棋盘纵横均有19条直线，一侧标着1到19的数字，相邻的一侧则标着 A 到 T 的19个大写字母。K 和10两条线的交点，正是位于中央位置的天元。K9，一杭毫不犹豫地报出一个坐标，莹莹随即拿起一颗白子，放在 K9 的位置。显然这是一个直指开局，比较稳重。一杭的视力早已看不清棋盘了，但他的记忆力却异常出色，在练习了一小段时间之后，他就可以毫无困难地下盲棋了。两人就这么轮流报出坐标，眨眼间已经下了十几手了。第三手时开出的是"溪月局"，也是莹莹比较常用的开局，一杭也没有选择交换。在五子棋行棋的最初阶段，不管是哪种开局，基本都是有定式的，所以两人下得很快，几乎没怎么思考。这时候，微波炉发出叮的一声，一分钟时间到。一杭再次按下一分钟加热的按钮，根据他的经验，至少要加热三分钟，饭菜才会热透。

微波炉重新发出轰鸣声，两人也相继报出新的落子坐标，但速度已经慢慢降了下来，显然局面已经进入了需要思考的阶段。像大部分时候一样，作为后手的一方，一杭一直在心无旁骛地防守着，伺机做一些"活二"，等待有利时机再反攻。莹莹则尽量在外围扩展棋路，现在她比较有优势的范围有两块，但距离比较远，她正想办法把两块区域连接起来。想了片刻之后，她下了一手"跳三"。这个跳三下得极妙，一方面跳出了一杭严密的围堵，另一方面又与另一边建立了连接。听到莹莹报出的坐标后，一杭也立刻体会到了这一手的妙处，脸色变得凝重起来。这时候，微波炉再次叮地响了一声，一杭没有管它，只是呆呆地仰着脖子望向半空，仿佛那里有一个透明的棋盘一样。莹莹看了看棋盘上的局面，颇为满意地笑了笑，走到微波炉前按了最后一次的加热按钮。

就在这时,门砰的一声被人推开,老胡一脸阴沉地走了进来。莹莹见状赶紧用棋盘把棋子一把裹起来,放回柜子里。一杭说,怎么着,又输光了吧?老胡瞪了他一眼,拉过一把塑胶椅,啪地坐了上去。饭怎么还没热好?老胡骂骂咧咧地说。莹莹说,马上就好了。一杭拿起手边的铁棍敲了敲微波炉,说就这破玩意儿,哪天爆炸了都不一定,你还想怎么着。老胡说,败家玩意儿,什么东西在你手上都用不了几天。一杭冷笑一声,说,这东西是我用坏的?再说,这十几年前的玩意儿,能撑到现在已经是奇迹了。莹莹拉了拉一杭的衣服说,别说了哥,吃饭吧。一杭哼了一声,摸了张椅子坐下来。

莹莹用纸巾垫着,把热好的饭摆在屋子中央的小茶几上。老胡把椅子向前挪了挪,看了莹莹一眼,说,去把瞎子扶过来吃饭。一杭说,不用,我自己能过来。他搬着椅子,向前探了几步,准确地在茶几旁边坐了下来。三个人头也不抬地开始吃饭,一句话也不说。吃完后,莹莹收拾了碗筷,拿去楼下的洗碗槽里清洗。一杭伸个懒腰,右手正好碰到铁棍,便拿过来,在茶几上敲了敲。老胡说,别敲了,想把桌子敲坏啊。一杭没理他,长长地吐了一口气,突然问道,莹莹上高中的事,你是怎么想的?老胡说,有啥好想的。一杭说,莹莹的成绩你也知道,不上高中可惜了。老胡说上高中有啥用,就是上了大学,不还是一样打工。一杭说,不一样,莹莹这么聪明,我觉得她以后肯定能干点啥。老胡说干点啥,一杭说我也不懂,反正肯定比待在这个破游乐场有出息。

老胡闷着头不说话了,半天才又冒出一句,说,不许去。一杭有些恼了,抓起手边的铁棍,指着老胡说,你再说一遍!老胡昂着脖子说,我说不去就不许去。一杭感觉有一股血气从脑子里涌出来,握着铁棍的手不住发抖。他真想就这样一棍子挥过去,在老胡头上敲上一棍。这时,手里传来了一股奇妙的感觉,铁棍就像是活过来了一般,颤动着,然后竟然缓缓地膨胀起来,像发酵的面团,像吹气的气球,像魔术师手里的伸缩棍,像孙悟空手里的金箍棒。

当他从惊愕中醒悟过来时,铁棍已经从他松开的手中掉落在了地上。此时,那根原本只有铅笔大小的铁棍,已经有玉米那么粗,长度更是超过了一米。老胡也瞪大了眼,见鬼了似的盯着地上的棍子。

你这是什么鬼东西,老胡颤抖着问。一杭摇了摇头,说我也不知道,下午捡到的。老胡上前小心地摸了摸铁棍,外表温热,像是刚被阳光晒过。除此以外,别无异样。一杭也蹲下去,把棍子重新拿起来。虽然体积变大了不少,但重量一点也没有变。以现在的大小来看,这根铁棍就显得异乎寻常的轻了。

观察了片刻,老胡突然说,它开始变小了。一杭也感觉到了,手里的铁棍正在收缩。一道银白色的微光从棍子上散发出来,在黑暗的房间里显得格外明显。大约一分钟后,棍子又重新恢复到铅笔大小。

我有个主意,老胡说,如果你肯帮忙,送莹莹上高中也不是不行。一杭并没有立刻回话,只是用力地抓紧了铁棍。他能感觉到,一股轻微的颤动正从棍子内部传出。在某一瞬间,他感觉自己和铁棍似乎已经融为一体了。

4　分形晶体

姜宇航也不知道自己是怎么拐进这个游乐场的。中午和一家合作厂商的代表吃了饭，席间他们的领导说，必须共享更多的技术细节，要不然双方很难合作，而且有可能会带来很多后续的麻烦。姜宇航觉得他们在威胁自己，威胁宏硕集团，毕竟他们有国资背景。然后就不断灌酒，全都喝得醉醺醺的。完了姜宇航没和他们一起回去，他想自己随便走走，醒醒酒，不知不觉就走到这个游乐场里来了。

几年前，姜宇航被王伟拉进宏硕集团，担任宏硕研究所东海研究院的院长。这是一个因为触发石而新成立的研究院，名字来源于传说中的东海龙宫，那里也有一根神奇的铁棍。一开始，他多少有点诧异，觉得是老同学抬举自己。他不过是一个普通的大学副教授，学术成就也不突出，何德何能担此重任。但他很快就知道，王伟也是迫不得已。他们要研究的东西太过奇特，太过宝贵，以至于王伟根本就不敢将其托付给陌生的外人。一开始，王伟甚至不知道该怎么处理这块古怪的石头,他想过把它交给国家的研究机构,但思来想去,还是决定留下来。他从中嗅到了巨大的商机,一个比他现在的房地产事业大数百倍的商机。但在搞清楚这块石头的根底之前,这一切都还只是虚无缥缈的幻影。他需要一个真正信任的人来帮他拂去笼罩着的层层迷雾。

姜宇航永远记得那个下午,当王伟把那块石头和一根铁棍贴在一起时,那铁棍在颤动中缓慢膨胀起来的怪异场景。膨胀过程伴随着嗡嗡的鸣响,从铁棍内部传出。一旦把石头和铁棍分开,膨胀立刻就停止了。姜宇航试着摸了摸铁棍表面,温度明显升高了。联想到刚才听到的嗡鸣声,他立刻意识到,这是内部原子的振动造成的。可是,为什么会发生振动呢?他拿起铁棍,感觉重量和之前并无区别,这意味着物质的总量似乎并没有发生变化,这让他稍微松了口气。如果这棍子的质量也随着膨胀增加了的话,他可就真没辙了,因为一旦质量守恒被打破,那意味着整个人类的科学体系几乎都要重写。而现在看来,膨胀似乎只对应着体积的增大,这就好办多了,至少他能勉强想出几个可能的机制了。

王伟说,这石头厉害吧,他说厉害,太厉害了。王伟说,这东西是怎么回事,你看明白了吗?他摇了摇头,说让固体体积增大的机制有很多,比如热膨胀效应、电致伸缩效应,还有压电效应的逆效应等等,但没有一个跟眼前的现象能对应得上的。王伟说，不急，我们慢慢研究。姜宇航说，好，我明天就去学校辞职。想了想又说，我手下有几个研究生，资质还不错。王伟说，如果你觉得好用，可以一起带过来，不过都要签保密协议。姜宇航说，那行。王伟问，你需要些什么仪器，通通报给我，我尽快买齐。姜宇航说，我待会儿列个单子，晚点发给你。王伟说，经费方面不要有顾虑，该买就买，我们不差钱。姜宇航说，这个我知道。王伟又补充道，也不用走流程竞价。说完两人都哈哈大笑起来。

虽然已经有心理准备，但这石头带来的现象之诡异，仍然超出了姜宇航的预期。在高端仪器没有到位之前，他做了一系列的初级实验。首先，让不同种类的材料与石头接触，观察其引发的体积膨胀效应。从铁、铜、铅、铝等金属及其合金，到不同的氧化物陶瓷，到玻璃等非晶体材料，再到塑料、橡胶等高分子聚合物，最后连液晶、胶体和生物体等软凝聚态物质都试过了。然而，让人失望的是，大多数材料的膨胀效应小得可怜，用肉眼几乎观测不出来。姜宇航不得不把目光重新转回到最初的铁棍上。奇怪的是，同样是铁棍，一般的样本根本就达不到最初那根的膨胀系数。他问王伟，最初那根铁棍是怎么来的，王伟说其实我是在一次偶然的状况下，观察到石头触发的膨胀现象，那根棍子当时就躺在路边，可能是从旁边的玻璃厂里扔出来的废弃物。虽然王伟这样说，但姜宇航仍意识到，那根棍子一定具有某种特别之处。只要弄清楚这一点，其膨胀之谜或许就可以迎刃而解。

在第一批购买的仪器清单里，就有工业 CT 和相控阵超声波探伤仪。姜宇航想通过无损检测的方式，来看看这根铁棍的内部结构。在不同的角度上进行超声波检测后，他发现这根铁棍的内部存在数量众多的微小裂缝。超声波在传播的路径上遇到裂缝时，在空气与金属的接触界面上会发生反射，这样就可以通过反射波反推铁棍中的裂缝分布的状况。至于工业 CT，它发射的则是 X 射线——一种能量很高的电磁波，不仅分辨率很高，而且可以通过断层扫描的图像计算裂缝的宽度。姜宇航立刻意识到，这些裂缝大概就是铁棍能大幅膨胀的关键。后来他才知道，这根铁棍是玻璃厂里用来搅动熔融玻璃液的器件之一，其中的裂缝正是在不断加热和冷却的过程中产生的，也就是所谓的热疲劳裂纹。

为了验证自己的假设，他从铁棍中截取了一部分，此时触发石仍然可以让其大幅膨胀。接着，他在截取物的两端接入高密度的脉冲电流，使部分裂纹面上的原子重新成键愈合，从而修复了一部分裂纹。将处理后的铁棍样本进行触发，果然不出所料，膨胀系数显著地下降了。

可这又是为什么呢？裂纹的存在和物体的膨胀有什么关系呢？归根结底，还得从触发石上去寻找原因。对这块石头的检测，姜宇航可就小心多了——毕竟就此一块，一旦损坏可就无可挽回了。超声波探测没有发现什么特别之处，可 CT 检测一下子就有了发现。在石头的内部，有一块裂纹状的阴影区域，在成像图上极为清晰。姜宇航心想，怪了，如果石头内部有裂纹，超声波检测为何没有显示呢？转念一想，这肯定不是普通的裂纹。就目前的结果来看，裂纹的界面处并不反射超声波，但是却会反射电磁波。这到底是个什么东西呢？他对着石头绞尽脑汁地想了半天，却毫无头绪。有一度，他甚至想切开石头直接看看，但终究还是忍住了。不用急，他想，有的是办法，心急吃不了热豆腐。反正石头就在这里，它也不会自己跑了。

对石头的研究暂时中止了以后，姜宇航把研究方向重新转到石头对其他物体的膨胀触发的规律上来。这其中有一个很明显的相似关联，就是石头内部具有某种不明成分的裂缝状结构，而之前膨胀效应最明显的那根铁棍，其内部同样具有数量众多的疲劳裂纹。他猜测，这两者之间必然具有某种关系。他通过液压伺服疲劳试验机，预制了一批具有不同程度疲劳裂纹的金属材料，通过与触发石的接触，发现它们的膨胀系数果然比一般情况下高得多。这也验证了他的猜测。

老板，你的票呢？一个矮胖的中年男子走过来，手里拿着一沓门票。姜宇航这才反应过来，这个游乐场是需要买票的。他奇怪自己在进门的时候怎么没有遇到阻拦，但现在再退出去显然已经迟了，他也不太好意思做这种事，于是问明了价格，买了一张门票。矮胖男子撕了一张票给他，说再等几分钟表演就开始了，让他稍等片刻。他扫了一眼露天的观众席，上面稀稀拉拉地只坐了几个人。既然已经买了票，他也就随便找了个位置坐下，并不是为了看什么表演，只是找个地方醒醒酒，顺便整理一下自己的思绪。

在明确了材料中的裂缝和它的触发膨胀之间具有关系后，姜宇航开始在各种材料中制造形态各不相同的裂缝，测量它们的膨胀系数。虽然其中的物理机制并不清楚，但应用研究可以先搞起来，并不需要把一切都弄得明明白白再动手。在人类的科学技术发展史上，很多时候都是如此。比如说，即便是现在，人类对于高温超导体的超导机制，也就是说它的电阻为什么会变为零，一直没有得出一个明确的结论，但这并不妨碍人们在磁悬浮列车、托卡马克核聚变等领域中大量应用这些高温超导材料。测量结果显示，物体的膨胀系数似乎仅仅和其中的裂缝结构相关，而与其本身是什么材料关系不大。即使是岩石与合金这种各方面性质迥异的材料，只要其内部的裂缝结构、尺寸和分布相似，它们在触发后的膨胀率就相差无几。

但进一步的量化研究遇到了一些难题，那就是很难对裂缝的产生过程进行精细的调控。不管是通过热循环、慢应变速率拉伸、高压撞击还是其他方式，预制裂缝的形态其实都是在众多随机过程的作用下形成的。你根本无法在两个样本中产生一模一样的裂纹。他特地赶去中国矿业大学，找到李青教授讨论了这个问题。李青是这方面的专家，他明确地对姜宇航说这不可能。他对姜宇航为何要精细调控裂纹形态非常好奇，但姜宇航没打算告诉他真实原因，只是随便找了个理由应付过去了。研究僵持了一段时间后，一位研究生找到他，说有了一个重大发现。研究生叫孙剑，之前在一家国企工作，岁数不小了，但不知怎么又辞职考了研，目前跟着姜宇航在做项目。虽然大部分时候都待在宏硕，这边也给他发工资，但其实他的学籍还留在原来的学校，以后的毕业证和学位证仍然由原大学颁发。孙剑说，他做实验的时候发现一个没有预制裂纹的样本，出现了异常高的膨胀率。他制备了一些样本粉末，用 X 射线衍射和电子隧道显微镜分析了它们的晶格结构和光谱特性，发现这个样本中含有较多的杂质原子。这些杂质原子在基底材料中呈现出随机条纹状的分布，形态和一般的裂纹很接近。孙剑的话给了姜宇航一个很大的启发。他发现自己之前的思路太狭隘了，也许并不是裂缝本身与膨胀系数有关，关键点其实是类似裂缝的这种内部结构。至于这种结构是裂缝引发的，还是杂质原子的分布形成的，两者并没有区别。在这种思路的指导下，他开始往样本里掺杂，有的是随机掺杂，有的是按照特定的位置分布嵌入杂质原子，这样可以更为精细地调控异质结构的形态。这样，预制裂缝随机不可控的问题就被克服了，研究进入了一个全新的阶段。

说起孙剑，其实也有一件让姜宇航头疼的事。自从跟着他来到宏硕之后，他就一直为这个家伙如何毕业犯愁。研究生毕业需要发表至少一篇论文，但宏硕这边的研究成果又都事前签署了保密协议，所以没法用这些东西写论文。有一次他问孙剑，毕业的事你怎么考虑的，孙剑倒一脸不在乎，说自己还没想好。姜宇航说，科研方面，我对你完全放心，你的实验技巧不错，基础也扎实，不用我怎么操心，但毕业这事你也要放在心上。孙剑说好，我回去想想。姜宇航说，我觉得可以把裂缝的预制或者样本的掺杂单独抽出来，写一篇实验方向的论文，不提具体的用途，这样应该是可以发的。孙剑立刻答应说，没问题，我抽时间写一下。可是从那之后过了这么久，他也没有发过论文初稿给姜宇航看。或许，他根本就不在乎那个毕业文凭。

坐了几分钟，头痛缓解了好多。面前的场地上，之前那个卖票的矮胖男子牵着一条猴出来，开始演一些简单的猴戏。另一个年轻男子站在场地边缘，装扮成孙悟空的模样，手里拿着一根细小的棍子。姜宇航看到那根棍子，不禁想起了实验室去合肥的材料物理研究所定制的那一批测试棒。

自从发现掺杂的效果和裂缝一样后，对膨胀效应的量化研究就简单多了。要知道，在材料中调控裂缝的形态很困难，但操纵杂质原子的位置分布就容易多了。制备掺杂的薄膜材料可以用化学气相沉积法，也就是将杂质原子和初始材料一起在气态之下进行沉积；也可以用更精准的分子束外延技术，把杂质原子在高真空状态下直接射向衬底材料。当然，用激光光镊技术或是电子隧道显微镜的探针，甚至可以实现对单个原子的操控，但这样做的成本很高，而且很慢，所以除非是别的方法完全无能为力，姜宇航一般都避免用这种方式制备掺杂样本。本来他还想着自己做，但需要的样本实在太多太杂，即便有研究生帮忙，也顾不过来。所以他改为向合肥的材料所定制，因为他出价很高，对方也很乐意帮他制备这些稀奇古怪的掺杂样本，而且总是做得又快又好。一开始他只是模仿裂缝的形态进行掺杂，但很快就发现，其实完全可以换成别的形态。裂缝的形态其实是一类叫作"扩散置限凝聚"的分形图形，姜宇航试了试其他类型的分形图像，发现效果也不错，有的甚至比裂缝形态更有效。于是，从树状分形到希尔伯特-皮亚诺曲线，他尝试了用各种不同的几何分形图形作为杂质原子的分布区域。他把这些定制的掺杂样本叫作"分形晶体"，虽然不是很准确，但确实很形象。

不知不觉，猴戏已经进入了尾声。这时候，场地边缘的那个年轻人开始挥舞起手里的棍子。姜宇航听见旁边有人说，来了，精彩的来了。他疑惑地看着场内的表演，想着这有什么好精彩的。就在这时，那年轻人嘴里喊了一声"妖怪，看棍"，就见他手里的棍子真的起了变化，逐渐变粗变大起来。始终沉寂的观众群里也终于有人鼓起掌来。姜宇航想，看了半天，就这戏法还不错，也算是值回票价了。他仔细看着那人的手法，想找找戏法的破绽，但什么也没看出来。棍子还在继续变大，现在已经有两米长、大腿粗细了，观众席上再次响起了喝彩的声音。这时候，姜宇航突然在棍子上看到了两个熟悉的字样——东海。他腾的一下站了起来,脸上露出震惊的神色。

他现在想起来了,前几天仓库收货的时候,确实报告了有一根测试棍在运输途中丢失。工人马上沿原路开车回去找,但始终没有找到丢失的测试棍,这事就这么过去了。其实丢失一件定制样本也不是什么大事,他甚至都没让工人赔偿损失——对于工人来说,几万元的赔偿款可不是一个小数目。反正在每个月的实验测试中,都会有一大批测试样本报废,这不过是在报废单上加一笔的事。就算王伟知道这事,也不会多说什么。可是他万万没有想到,竟然在一个破游乐场的猴戏表演上重新见到了这根测试棍。更让他震惊的是,测试棍竟然还被激发膨胀了。

整个研究过程中,触发石都必不可少。只有它才能让各种测试样本产生膨胀,其中的机理至今不明。而眼前,就在姜宇航的面前,一个测试棍竟然膨胀了,在没有触发石的情况下。这到底是怎么回事?他疑惑中又带着激动。这时,他想起了曾经听过的一句话:"触发石并不一定都是石头。"他之前一直不太理解这句话的意思,但现在好像明白了一点。说这话的人,现在就住在姜宇航的公寓里。在半年之前,他根本就不认识这个人,但这半年以来,他在姜宇航的研究过程中,却提供了极大的帮助。他的思路极为开阔,物理直觉极好。如果没有他,近来的大部分突破性进展或许都不会出现。

5　中学教师

宏硕研究所内部,有一栋员工集资修建的公寓楼。大楼一共31层,一层有5个单元,每个单元6到10户不等。大部分研究人员都居住在这栋公寓楼里,姜宇航自然也领到了一把钥匙。不过,进研究所之前,他已经在市区买了房,所以就没有再费力搬过来,还住在之前的地方。分到的这套房在很长时间里都处于空置状态,直到去年年底。

那时候,他正在为触发石中诡异的裂缝状物质伤脑筋,不知道该怎么进一步推进研究。有一天,他偶然在一个预印本网站上看到了一篇论文。所谓预印本网站,并不是发表论文的学术期刊,而是类似于一个网络论坛。研究者们写出一篇论文以后,往往要经过漫长的同行评议过程才能发表,在这段时间里,为了抢先声明自己的这一发现,作者可以把论文上传到预印本网站上。因此,在预印本网站上,可以看到一些最新的研究成果,其中很多甚至都还没有在学术刊物上正式发表。但这篇论文并非如此,上传日期是好几年前。一般情况下,这么早之前上传的论文肯定已经在正式期刊上发表了,但网站的页面上却没有显示论文发表后的DOI。当然,这也不算奇怪。也许这篇论文的水平确实不高,有可能只是某个研究生的练习之作,因此投稿正规刊物被拒了;另一种,可能这是一篇民科论文。在预印本网站上传论文不需要同行评议,因此很多民科也会把自己的"发现"写成论文,发表在这里。这里的文章水平良莠不齐,既有顶尖学者的最新成果,也有众多用中学数学知识证明哥德巴赫猜想的荒唐之作。姜宇航立刻看向了论文作者的单位,发现是一个中学,心里顿时凉了半截。多半是民科论文了,他想。但从摘要来看,论文所研究的对象似乎和触发石中的裂缝很像。进入研究所以来,他无数次地搜索过,想看看世界上是否还有别的学者在研究这类东西,但从未发现类似的论文。这还是他第一次看到与自己的研究如此接近的论文,所以,他还是把论文下载下来,打开看了看。

论文的写作很规范,看上去完全不像是民科的风格。论文里提到,作者对一种包含有"奇怪裂缝"的石头进行了测量分析。里面罗列了一些数据,包括石头的质量、密度和力学强度等等。在姜宇航看来,这很像是分形晶体膨胀时的物理特性。看完之后,他很疑惑这篇论文为何没有发表,因为论文的组织框架和论证过程都非常专业,特别是论文最后的讨论部分,很多观点都让姜宇航大受启发。他再次从头到尾地看了一遍论文,确认这人研究的石头就是一种分形晶体，很可能是自然形成的。可是他翻遍论文也没有找到作者的联系方式，只有单位名称写着"四川省资中县孟塘镇初级中学"，作者名字是"张霖"。一个初中老师，竟然能写出这么专业的物理论文，这让他再次感到诧异。他决定，亲自跑一趟，找到这个张霖聊一聊。

用导航软件查了一下地址，并不远。宏硕集团的本部就在成都，但研究所建在东北部的绵阳市。这里有"中国科技城"之称，对科技企业有一定的税收优惠政策，在很多审批手续上也比较便利。从宏硕研究所出发，开车一路南下，不用几个小时就能赶到论文上标注的孟塘镇。姜宇航吃过早午饭出发，下午四点便看到了那所初中的校门。把车停在门口，他进去转了一圈。原来这里是初中和小学一体的学校，一座U字形的大型教学楼属于小学，隔着操场，在旁边有一栋孤零零的四层小楼就是初中部了。操场上人不多，有几个学生在打篮球。他找了个学生询问，后者一听是来找张霖老师的，脸上顿时露出一副不耐烦的模样，说，又来了。姜宇航一愣，说，有很多人找他吗？那学生说，对啊，隔几天就有一个，你们到底找他干吗？姜宇航说我是来找他讨论一个学术问题的，学生似乎不怎么相信他的话，但还是把张霖办公室的位置指给他看。那是一个位于二楼的集体办公室，进去以后，里面有人抬头看了看他，问你找谁，姜宇航说，我找张霖张老师。那人说，他正在上课呢，在楼上的初二（1）班。姜宇航道谢后上了楼，找到那间教室，看到了站在讲台上的张霖。这人身材高大，肌肉健壮，看上去更像一个体育老师。可他在黑板上板书的却是用"边角边"来证明三角形全等的一个题目，显然这是一堂数学课。这再次出乎了姜宇航的预料，因为看到的是一篇物理论文，他下意识地认为，即便在中学工作，张霖肯定是一个物理老师。这位张老师的头发几乎全白了，但面相并不老，姜宇航一时间有点摸不清他的年龄。教室里很安静，张霖在黑板上一笔一画地板书，下面认真上课的学生却没几个。一部分趴在桌子上睡觉，更多地则埋着头玩手机。姜宇航从教室后方的窗户看过去，种种情形尽收眼底。有学生转头发现了他，吓得立刻把手机收起来，或许以为他是过来巡查的老师吧。

在窗外站了几分钟，姜宇航发现张霖讲课时的表述非常简练，逻辑异常严谨，很多时候甚至让姜宇航觉得没有必要。比如，他在说三角形内角和是180度的时候，特地还加上一句，在非欧几何里不一定如此。姜宇航可以肯定，下面的学生没有一个知道什么叫"非欧几何"。这听上去不像是一个初中老师在上课，倒像是在听某个大学的讲座。不过转念一想，能写出那种物理论文的，肯定也不可能是一般的初中老师。这证明他的确没有找错人。不过虽然表述严谨，但台下的学生显然不买账。姜宇航发现，张霖上课的时候没有激情，这种讲课方式显然不适合初中。又过了几分钟，学生开始窸窸窣窣地收拾书包，看样子应该是要放学了。

果然，清脆的铃声很快就在耳边响起，还没等张霖宣布下课，好几个学生已经提着书包冲出了教室。

张霖走出教室的时候，姜宇航连忙迎了上去。张霖见了他，转身就走，姜宇航急忙冲过去，拦住他。张霖脸上露出厌烦的表情，说，你们不用来了，我是不会放弃的。姜宇航说，您误会了。于是赶紧把自己的来意作了简要说明。张霖诧异地看着姜宇航，说，你对那石头感兴趣？姜宇航说，没错，老实说，我也正在研究类似的东西。张霖把手指放在嘴前，做了个噤声的手势。他靠近姜宇航，小声说，这里不安全，换个地方说话。

于是姜宇航跟在张霖后面，去了张霖的住处。一个老旧的瓦房，就在学校旁边。一棵大榆树把光全挡了，屋里很阴暗。张霖把手里抱着的一摞作业本放下，就又要出门。姜宇航说，还去哪儿啊？张霖说，去安全的地方。姜宇航说，这儿还不安全？张霖轻哼一声，走到墙角边，竟然从墙上抽了一块砖出来。姜宇航一看，墙里面有个洞，一个黑色的盒子上，红色的指示灯一闪一闪的。张霖把砖小心地放回去，又指了其他几个地方，包括地板和屋梁。出去以后，两人沿着一条小路往前走。学校旁边是一个大水库，一座灌溉水渠桥横跨水库两岸。一直走到水渠桥的正中央，张霖才停下来。接下来，两人便坐在这座高悬于水面的桥上交谈。

姜宇航说，那些是窃听器？张霖点了点头。姜宇航说，既然都发现了，为啥不拿走？张霖说，没用，拿走了还会再装。就让它放那儿吧，至少我知道位置。姜宇航说，谁干的？张霖没有回答，反问道，你说你也在研究这种石头？姜宇航说是。张霖说，你从哪里弄到的？姜宇航说，我和你的情况可能不太一样。于是大略说了一下关于触发石和分形晶体的研究。张霖认真地听完，又问道，有多少人知道你们在研究这个。姜宇航说，没人知道，现在还是商业机密。张霖说，难怪他们没盯上你。姜宇航问，他们是谁？张霖说，维持会。姜宇航说，什么维持会？张霖说，地球生态维持会。听上去像个环保组织，不过姜宇航从未听说过这个名字，他又问，那些窃听器就是他们装的？张霖说，是，除了他们还有谁。姜宇航说，他们为什么要这么做？那些石头里到底藏着什么秘密？张霖苦笑一声说，我要是知道就好了。老实说，我对这东西物理性质的了解，远不如你，你的条件比我好太多了。不过我这么多年也不是白过的，有好多事情，你肯定不知道。就算在新闻上看过，多半也不会留意。

水渠桥由条石砌成。傍晚时分，天色微暗，坐在上面又硌又凉。姜宇航说，看样子事情很复杂，我们要一直在这儿聊吗？张霖说，你有什么提议？姜宇航说，刚去你家，看你好像是一个人住吧？张霖说是。姜宇航便问，方不方便去研究所，正好也可以带你看看实验室。当天是周五，接下来两天正好周末，不用上课。张霖想了想说，也好。于是姜宇航载着张霖，一路回了绵阳。本来以为只是去参观一下，没想到从那天以后，他就一直待在研究所里，再也没有回来过了。在去的车上，张霖简单说了说自己这些年经历的事情，听得姜宇航唏嘘不已。

6　生态维持会

在川大做了三年的博士后，张霖本来想留下，但最终没有成功。国内高校的门槛越来越高，大部分都要求有国外工作或留学的经历，张霖就是被这一条挡下来的。张霖对孟涵说，看来还是要申请一个国外的博士后，要不然以后到处都会被卡，孟涵说，也好，去吧，明年我毕业了出去找你。在八月份的时候，他终于拿到了丹佛大学的录用通知，于是他收拾东西去了美国。这是一个两年期的博士后职位，他准备用这段时间继续推进二郎山岩爆的机理研究。

在博士后期间，张霖以二郎山的那次大爆炸为研究对象，写了几篇论文，但每篇都被审稿人提了很多意见，所以他一直在反复修改，到博士后期满的时候都没有发表，这也拉低了他博士后出站考核的评分。但他觉得无所谓，因为他相信这些论文有足够的分量，一旦发表，绝对会产生巨大的影响，审稿人大概也是看到了这一点，才会对论文提出种种近乎苛刻的意见。

张霖在论文中提出了一种极为大胆的观点。他认为，那次大爆炸是一种新形态的岩爆。所谓岩爆，一般是在挖掘地下工程时，由于外界的扰动而出现的地下处于高应力状态下的岩体突发爆裂、弹射甚至抛射性破坏等现象。但与普通的岩爆相比，二郎山岩爆并非外界扰动诱发的，而是内因驱动的。其根本成因便是那种曾经出现在岩石中的奇怪裂缝。张霖推测，正是因为这种裂缝的出现，增大了二郎山岩体中的应力，最终导致了超大型岩爆。虽然他无法解释那种裂缝的物理本质，但他做了一些数值模拟，发现如果引入内生性的裂缝，在挤压下的岩石的确会出现类似的现象。而且，爆炸模拟的结果和现场的测量数据匹配得很好，这让他更加相信自己的判断。

在一次查阅资料的过程中，他突然发现，几年前在路易斯安那州也发生过一起奇怪的爆炸事件。事发过后，当地出现了一个几百米深的巨坑。他查阅了大量的资料，没有发现任何对这起事件的研究报告，过了几天，连报道事件的原始新闻网页都打不开了。他搜寻了好久，才在一个私人的网页里找到了一些事件的细节。这人应该是当地的居民，他对事发地的情况描述得很详细。他记下这人的名字，订了一张飞往路易斯安那州的机票，准备去实地考察一下，顺便拜访一下这个记录者。可到了事发地一看，根本就没有什么巨坑，那地方现在是一个足球场。问起当地人，都说没有听说过爆炸的事。他又提起那个记录者的名字，有人告诉他，那人是个疯子，几年前就被关在精神病院里了。

在精神病院里，张霖看到了这个记录者。这人坐在轮椅上，眼歪嘴斜，不停地流着口水。护士提醒他，只有半个小时的探访时间。张霖试图用正常人的方式和他交流，但很困难。不管张霖说什么，他几乎都没什么反应，有时候从嘴里冒出一两个单词，但含混不清，也没有什么逻辑。张霖很失望，他觉得很难从这人嘴里得到什么有用的东西了。就在他准备起身离开的时候，这人突然从轮椅上摔了下来。他连忙蹲下身去，试图把这人扶起来。就在这时，这人用微弱却异常清晰的声音说了三句简短的话：

他们把坑填了。

生态维持会。

躲起来。

一把这人扶到轮椅上坐好，他便恢复了刚才那副神志不清的模样。

这三句话里，第二句话最奇怪。严格来说，那并非一句话，只是一个词组。回丹佛以后，他沿着这条线索继续调查，越查越让他疑惑。生态维持会只是一个近年来发展迅猛的非政府组织。从名字也可以看出，这是一个环保组织，他们主要的活动就是在全球各地进行人工造林运动。在他们的官网上，张霖发现，很多超大型的跨国企业都曾经向这个组织捐献过大笔资金，甚至一些知名的歌手和好莱坞影星也公开承认是维持会的会员。可这些和岩爆又有什么关系？

到了冬天，那几篇论文的终审意见出来了，全部被拒稿。拒绝理由是不切实际，或没有现实意义。他难以置信地看着电子邮件，陷入了无比的沮丧和自我怀疑之中。在那之后，他消沉了很长一段时间。每天什么也不干，就坐在学校广场的草地上看天。他一遍又一遍地反思自己最近几年的研究，是不是过于理想化，太脱离实际了。他甚至一度怀疑自己的记忆出了问题，几年前的那次大爆炸只是自己的妄想。因为一想起那天发生的事情，脑海里就浮现出那道黑色的闪电，怎么想都觉得不可思议。但那天拍摄的照片真实存在，这让他又坚定了自己的信念。

不过，路易斯安那州的爆炸就不那么可靠了。网上找不到任何相关的照片或视频，仅有的文字记录者也进了精神病院。爆炸发生地已经变成了一座球场，叫什么名字来着？想了半天，终于想起了那座球场的名字，随手在手机上搜了一下。突然，一个搜索结果引起了他的注意。那是一个小视频，来自某个观赛球迷的社交网络。视频中，球赛正在进行。后卫一个大脚，把球从本方禁区踢到了前场。没什么脚法可言，纯粹为了解围。但奇怪的事情发生了，球在飞行过程中，轨迹突然变得飘忽，像是遭遇了乱流的飞机，不断颠簸着。接着，出现了更诡异的场景。足球逐渐减速，最后竟然就这样悬停在了空中。数十名球员都不知所措地会聚在足球下方，够不着，也不知道该怎么办。仔细看，球并不是静止的，而是不断地晃动着，但就是不掉下来。诡异的场景持续了十几秒钟，裁判已经准备吹哨叫停比赛了，球又突然恢复了正常，从半空掉了下来。球员们一哄而上，球赛继续进行。

这是一场地方联赛，没有电视直播，也几乎没有报道。现场的球迷寥寥无几，大片看台都空着。关于这次悬停，除了这个仅有的视频，没有找到任何官方的研究报告。视频页面的评论区，大部分人都认为这是造假视频，但也有人认为可能是某种突发的上升气流造成的。张霖也认为多半和湍流有关系，但他对流体力学的研究不多，查了一些文献，又感觉不太像。不过，他倒是第一时间就想到了在二郎山看到的黑色闪电。本来应该一闪而逝的光芒，却停留了半小时，而且变成了黑色。这次在空中停留的则是足球。他把视频不断放大，盯着足球周围死命地看。在某个瞬间，他突然瞪大了眼睛。他看到了黑色的裂隙！虽然只有一丝，在正常画面中根本看不出来，但已经足够说明问题。他不仅确信，球场所在地的确发生过一场大爆炸，而且也相信，那些黑色裂缝和大爆炸一定有关联。

在丹佛做博士后期间，他取得的科研成果极少。回国以后，张霖和孟涵只好一起进了一个二本大学工作。他把二郎山大爆炸的研究方向暂时放到一边，做了一些更主流的工作，很快地就发了一批论文。这之后，工作终于顺利起来，第一次申请国家自然科学基金就中了。但他一直心心念念的，仍然是二郎山大爆炸。一开始，每周他会抽出一两天来探究大爆炸的机理，其余时间还是在跟踪主流的方向，但随着时间的推移，他越来越多地沉浸到大爆炸的研究中。因为在主流方向，他所做的不过是一些追随性或者补充性的工作，几乎没有什么创造性可言，这让他感到无聊、浪费时间，甚至痛苦。只有在研究大爆炸的机理时，他才真正感觉到自己是在做科研。但这样一来，论文发表数也随之骤降，连续好几年都没有评上副教授。

有一次，孟涵对他说，到了该放下的时候了。他说，再等等，我感觉就快接近真相了。孟涵说，你说的真相是什么？他说，是维持会在搞鬼。孟涵带着哭声说，张霖，你已经走火入魔了，知不知道？没有什么维持会，那次大爆炸就是一个自然现象，你放弃这些乱七八糟的阴谋论，好好做一点正常的研究行不行？张霖异常严肃地说，几年前我也是这样认为的，但现在，我可以肯定地说，维持会不仅存在，而且是推动这一切的幕后力量。相信我，我马上就能够找到确实的证据了。从那以后，他们之间的关系就像那些石头一样产生了裂痕，而且越来越宽。半年后，两人分手了，孟涵也离开了这所学校。

张霖并没有骗她，他确实找到了诸多可疑的线索。国内同样有生态维持会的存在。那是一个正规注册的团体组织，注册地点就在雅安——和大爆炸发生的位置如此接近！为此，他又数次返回二郎山调查，但没什么发现。最近一次调查是在三年前，他惊讶地发现现场已经被隔离栏封死了。打听之下，他才知道，这里正在大规模开发，准备建一个高档的度假村。施工单位是西部建工，但项目的总投资方是一家名为"南山文化"的神秘公司。网上找不到这家公司的官网，也没有什么新闻报道提到过他们，只在国家企业信用信息公示系统里查到它的一些简单的工商注册信息。企业的成立日期就在大爆炸发生后的一个月，法人代表叫作徐泽天。这个名字让张霖有些眼熟，他去民政部的网站重新查看了一下维持会的信息，发现里面有个副理事长就叫徐泽天。在这之后，他又陆续发现南山文化和维持会之间的更多关联，更关键的是，与维持会具有类似关系的公司不在少数。他越来越感到维持会是一个可怕的庞然大物。很多政府工程的投标，参与的公司都在维持会的控制之下。这些公司经营的业务分布极广，甚至渗透了学术领域。总部位于阿姆斯特丹的国际最大的学术出版集团，那个拥有2500多个学术期刊的大型平台，其最大的股权持有者就是生态维持会旗下的一家公司。张霖明白自己的论文为什么总是无法发表了。维持会的人不希望这些事情被人看到，就像他们在爆炸地点上盖足球场、建度假村一样。不过，这些爆炸到底是怎么回事，他们又在掩盖什么呢？

在那所大学待了三年，合同期满，续聘考核勉强过关。系主任约他谈话,说以他聘期内的成果,本来是不合格的,但考虑到他第一年过来时发的论文还不错,他才被破格续聘的。接着,又聊了好多话,言下之意就是说,只要他放弃那些"不切实际"的研究,重新回到主流的方向上来,以后还是很有希望的。张霖随口应付着,并不打算改变研究方向。系主任见他不当回事,最后说了几句重话,只要他"回归正道",明年保证给他副教授的职称,否则随时都会解聘他。张霖越听越觉得不对劲,系主任为什么突然对自己如此上心,还拿出副教授的职位诱惑他。他突然鬼使神差地说,你是维持会的人吧? 系主任愣了一下,笑了,说,我不知道你在说什么。张霖说,我不管你是谁,总之我是不会改变研究方向的。系主任说,好,你随便。

张霖其实已经预感到系主任会给自己找麻烦,但没想到是通过那样的方式。有一天,一个陌生人走进他办公室,说是财务审计人员。那时候,学校正在进行内部财务的审计,其实主要是检查制度层面设计得是否合理,但这位审计员却说,发现他的经费使用有问题。问题主要有两个,一个是列支与本项目无关的差旅费,另一个是列支与本项目无关的设备购置费用。这些问题的确存在,因为张霖是以一个主流的研究方向为题目申请的项目,但实际操作过程中,很多钱都花在研究二郎山大爆炸上了。他觉得这不是什么大问题,因为很多人都这么做。没想到,审计人员把他当成典型案例,写到了最后正式版的审计报告里。在学校的大会上，校领导点名批评了他。不久后，学校的正式处罚下来，责令他退回违规使用的经费，取消五年内申请一切科研项目的资格，这期间也不得评优、晋升或者招收研究生。他气得冲进系主任办公室，当面质问是不是他搞的鬼。系主任冷冷地说，你自己违规使用经费，不好好反省，还来我这里闹。再闹，你就别干了。他说，不干就不干！一气之下辞了职，准备另外找工作。但没想到，面试了好几个学校都连连碰壁。他心里明白得很，这背后肯定是维持会在插手干预。

　　无奈之下，他干脆回了老家小镇，准备在这里先躲一阵子。小时候关系很好的一个老同学，现在已经做了乡镇中学的副校长，说反正你回来了也没事干，我这里缺个数学老师，暂时没招到合适的，你帮个忙。他说行啊，教什么不是教。于是进初中做了代课老师。可即便这样，也没能避开维持会的视线。他发现自己被严密地监控了起来，隔一段时间就有人来劝他，叫他别盯着一个方向研究了，不会有结果的。可越是这样，他的意志就越坚定。小时候，父母就老说他脾气犟，拧得很。到了不惑之年，这脾气还是一点没变。

7　游乐场

第二天，姜宇航又去那家游乐场看表演。这次表演结束后，他没有走，想找那个孙悟空聊一聊。一个中年男人拦住了他。他说，我有事找孙悟空，男人问，什么事？他说，一时半会说不清楚。男人说，是不是想问金箍棒的事。他想了想，也没什么可隐瞒的，就说是。男人说，你走吧，这戏法是保密的，我们的压箱绝活，不可能告诉你。他说，你们误会了，其实我知道棍子变大是怎么回事。男人笑了，说你是魔术师吧？他说，我不是。男人说，别装了，不就想花钱买我们的魔术嘛，我跟你说，前天就来了一个，出十万块要买。他说，我真不是魔术师，我是旁边那个研究所的。男人说，别废话了，总之我们不卖，你走吧。说着就用手把他往外推，他看孙悟空已经走进后台，怕一会儿找不到人了，便退后几步，装着要走的样子，然后突然绕开中年男人，冲进了用篷布搭起的后台。

一进去，就看见孙悟空正在卸装，旁边放着那根铁棍。棍子已经恢复了原状。之前隔得太远,他没太看清,所以伸手便想把棍子拿过来,再确认一下。孙悟空一把按住铁棍,大声喊起来。他连忙说,别误会,我看一下,就看一下。接着,头上就挨了重重的一击,昏了过去。

老胡放下手里的凳子,上前推了推,见姜宇航一动不动,又试了一下鼻息。一杭说,没事吧,你这出手没轻没重的。老胡说,放心没事。莹莹这时候也赶到了,问老胡,你怎么把他打晕了。老胡说,我这不心急嘛,再说这人一看就不是什么好东西,刚才在外面就跟我打听这棍子的事,说要买,我没同意,结果他直接冲进来抢了。莹莹说,要不要送医院?老胡说,送什么医院啊,也没出血,放床上吧,一会儿就醒了。于是老胡把姜宇航抱起来,放到了角落处的一张折叠床上。

一杭拿起铁棍,用手指感受着表面的余温。你说这玩意儿到底是怎么回事呢?他嘀咕道。老胡说,这你应该比我们清楚啊。一杭说,我已经发现了,拿着这棍子的时候啊,要想一些让自己比较激动的事情,它就变得比较快。莹莹说,那你每天都想的什么事啊?一杭说,我就想着你以后高中毕业了,考了一个名牌医学院,毕业以后真的穿上了白大褂。一想到这,就特别高兴。老胡说,拉倒吧,名牌大学哪有那么好考,能上个大专都不错了。一杭说,你以为莹莹像你啊,笨得像猪一样。老胡说,我哪里笨了。一杭冷笑一声说,每次出去赌都输个精光,就你这样还不笨?

正说着，棚子的门帘又被人掀开。两个壮汉和一个精瘦男子闯了进来。一进门，那个更高大一些的壮汉便问，胡程志在这儿吧？没等回答，那精瘦男子便抬手指着老胡说，大哥，他就是。老胡看见三人，认出是赌场里曾经见过的，脸色一下子难看起来。高个子冲老胡说，可让我们找到了。老胡挤出笑脸说，我也没跑啊，你放心，我欠的钱马上就能还上了。精瘦男子说，你个龟儿子每次都这么说。老板说了，这次必须马上还钱。老胡说，真的真的，这次真没骗你们，游乐场这几天的生意好转了。高个子说，行吧，十万块拿出来，我们马上就走。老胡苦笑道，大哥，我算过了，在场子里一共就借了一万多啊。高个子说，这他妈都多久了，不算利息啊？这时候，一直没说话的矮个子壮汉，从旁边的桌子下面拖出来一个箱子。打开箱子，找到一个皮包。精瘦男子接过皮包，翻了翻，直接甩到老胡头上，说，钱呢。老胡说，我现在真拿不出钱了，再缓两天，我一定还。矮个子突然冲到老胡面前，一拳打过去，老胡一下子倒在地上。莹莹大声尖叫起来，喊着你们要干什么。一杭虽然看不见，但也大致猜到眼前是个什么情形，他试着上前劝阻，却被高个子一把推开了。莹莹说，杭哥你别过去。说完来到一杭旁边，握着他的手。莹莹的手里全是汗。

老胡倒在地上，哼唧了几声，干脆躺着不起来了。矮个子没再打他，找个凳子坐下了。精瘦男子蹲下，跟老胡和里和气地说起话来。他说，知道你最近生意好了，我听人说，你们搞了个新魔术。老胡嗯了一声。他说，要不然这么着吧，你把魔术的玩法告诉我们，你欠老板的账就算了，一笔勾销。老胡说，你们又不开游乐场，学这个有什么用啊。他说，这你就不用管了。老胡哼哼唧唧，半天没搭话。高个子看了矮个子一眼，后者站起来，到老胡身前，狠狠地踹了几脚。老胡杀猪般叫起来，连声说，停停，我说我说。精瘦男子拍了拍老胡的脸，说你这不自找的吗？

老胡哆嗦着爬起来，退后几步，看着精瘦男子，叹了一口气，说道，说出来你可能不信，这魔术到底怎么回事，我也还没弄明白呢。精瘦男子笑了，说，你是不是还想挨打。老胡急了，看向一杭和莹莹说，你问他们。莹莹连忙说，他没骗你们，我们确实不知道这个魔术是怎么回事。男子收敛了笑容，正想发作，高个子突然把他叫过去，小声说了几句话。接着，男子便冲着一杭这边说，这样，你们就在这儿，把魔术变一下。我还不信了，就在眼皮子底下，我们还看不出来你们的手法。一杭说行，没问题，我马上就变。

莹莹把铁棍递给一杭，他当即在众人的面前，把戏法变了一遍。从铁棍一膨胀开始，精瘦男子就绕着一杭转着圈地看，越靠越近，直到铁棍已经伸长到高个子的胸口，他也没看出什么来。最后，高个子伸出手，把铁棍一把拖了过来，膨胀停止了。他问精瘦男子，看出是怎么回事了吗？精瘦男子说，快了，我马上就看出来了。他又问矮的那个，你呢？后者摇摇头。高个子说，这棍子在发热。精瘦男子摸了摸，说，我知道了，这棍子有问题，里面有机关。他凑到棍子跟前，仔细找了一圈，却没看到哪里异样。这玩意儿怎么拆开，他问一杭。一杭说，拆不了，它就是一根棍子。他说，你娃儿不要在这里鬼扯火，给我老实说。一杭说，真的，不骗你。然后便把前因后果都说了一遍。

精瘦男子还是不信，但高个子突然说，我看见棍子上面有"东海"两个字。精瘦男子说，对，是有这两个字。高个子说，我记得孙悟空的金箍棒是从东海龙宫偷出来的。精瘦男子说，你说的那是神话传说，现实中哪有什么金箍棒。高个子说，我觉得今天这事有点邪了。精瘦男子说，大哥，我跟你说过多少遍了，要相信科学！要是真有妖魔鬼怪，我们早前盗墓那阵子不早被鬼抓了。高个子说，我这几年关节动不动就痛得要命，可能就是之前哪一次中了招。瘦子说，中什么招？高个子说，可能被咒了。瘦子苦笑道，你那是风湿。高个子说，风湿我知道，没这么痛，肯定是被下咒了。

瘦子没有再继续和高个子纠缠。他转身看着一杭说，你是不是不肯说实话。一杭说我这就是实话。瘦子说，我知道你肯定在哪里动手脚了，不说没关系，我们再来一遍。我问你，如果我拿着棍子，你能不能变？一杭说那不行，我得握着棍子的一头。瘦子说，握在哪？一杭指给他看了。他仔细检查了棍子的一端，确定这里没有什么机关。好，我可以让你握着，瘦子说，不过为了防止你在其他地方动手脚，这次我们换个方式。

说话这会儿，棍子已经缩回原来的尺寸，像一支大号的铅笔。瘦子拿过铁棍，找了处松软的土地，把棍子用力插在地上，然后又找了把锤子，一锤一锤把铁棍敲得没入地下，只露出一小截在外面。过来，他把一杭叫过去，这你能变不？一杭看了看，说我可以试试。瘦子冷笑道，好，老子看你怎么搞鬼。

一杭仍旧是老一套，用手握着铁棍的一头，闭上眼，放飞想象。瘦子等人就围在一杭身边，盯着铁棍看，眼睛都不眨一下。最初一分钟左右，什么动静也没有，几个壮汉呆呆地看着地面，有些滑稽。但很快，铁棍周围的泥土开始抖动起来，发出窸窸窣窣的声音，像无数蚂蚁在地下爬行。然后，铁棍周围的土层慢慢地向上耸起，形成一个迷你的环形山。铁棍在变粗，虽然缓慢，又有泥土包裹，但仍然不可抑制地扩张着它所占据的空间。环形山越来越高，在铁棍的挤压下，泥土像奶油一样柔软，毫无抵抗之力。膨胀的同时，棍子也在伸长。在下方泥土的反推之下，棍子露在地面上的部分也越来越高。在土坡的高度冒过一杭的腰部，散落的泥土几乎把他的小腿埋住之时，瘦子终于喊停。此时的铁棍已经有脸盆粗细，露出地面的高度有一米多。一杭的整个手掌都贴在上面，所有人都看得清清楚楚，他没有做任何小动作，就只是一直这样摸着铁棍而已。瘦子说，真他妈见鬼了，这玩意儿绝对不是魔术。一杭说，这下你信了吧。瘦子说，我信，你现在说你是孙悟空转世我都信了。一直站在棚子门口的老胡嘿嘿笑了起来，说，他是孙悟空，那我就是如来佛祖了。矮个男子抬头看他一眼，他立刻闭上嘴，悻悻地走回棚子里去了。

几分钟以后，铁棍开始缩小。每缩小一点，它的周围就多出一圈环形的深坑。棍子的高度也在减小，所以慢慢沉到了地面之下。棍子在大腿粗细的时候，一杭便用双手把棍子抱着拖了上来。只剩下一个四五米深的大土坑留在众人面前，证明之前所见并非虚妄。高个子蹲下来，摸了摸土坑那光滑的边缘。瘦子说，大哥，这下不好办了。高个子探头向坑底看去，没搭理他。瘦子又说，要不然就让他继续表演，这场子应该能赚点钱，我们过段时间再来收账。高个子说，就他们这破场子，要还钱，等到猴年马月去啊。瘦子说，那还能怎么办？高个子看了看土坑，感叹道，这棍子挖洞可比我们快多了啊。瘦子一愣，说，大哥的意思是……我们那个隧道？高个子点点头。瘦子说，这东西挖洞倒确实好用，不过把他们拉进这事里面来，万一走漏点什么风声就麻烦了。高个子说，当然要看住，不能让他们出去。

几个人重新回到棚子里。瘦子走到一杭面前，问他这棍子最大可以变到多大，一杭说我没试过，感觉可以一直变大。瘦子又说，用棍子像刚才那样挖洞，挖一个一公里长、一米高的隧道，需要多久，一杭说这我就不知道了。这时莹莹插嘴道，这个很简单，算一下不就知道了。她掐着手指，一边算一边说，根据之前的经验，假如要让棍子膨胀到一米粗，至少得二十分钟。棍子在膨胀过程中，长宽比基本是不变的，按照现有尺寸计算，直径一米的棍子，长度大概是十二米。棍子缩小的时间大概是膨胀时的一半。也就是说，每半个小时，铁棍伸缩一个周期，可以挖出十二米长的隧道。这样算起来，挖一千米长的隧道，大概需要四十二个小时。高个子望向瘦子，问，她算得对吗？瘦子想了想说，基本上差不多。高个子又惊又喜，说，那岂不是两天都不到，我们就可以挖到银行了！说完，突然意识到说漏了嘴，便狠狠地瞪了老胡等人一眼。这时，他又发现，角落的折叠床上，竟还躺着一个人。他走到床边，踢了踢床脚。嘿，起来！他说，不要装睡了，再不起来把你床掀了。那人仍然一动不动。高个子蹲下，用手搬起床沿，做出真的要把床掀翻的样子。床上的人突然爬起来，快速向门口冲去。矮个子一脚把他绊了个嘴啃泥。

8　隧穿

姜宇航就这么阴差阳错地掉入了狼窝。在走入游乐场的那一刻，他无论如何也没想到会有这样的结果。他跟高个子反复解释，说自己只是来看表演的游客，跟这儿毫无关系，但没用，不管怎么说都脱不了身。三个盗贼的地位一目了然，高个子是头儿。精瘦男子一般叫他大哥，有时候也叫赵哥，两人关系很亲近。矮个男子是个哑巴，但有一把子力气，动起手来很利索。

瘦子和赵哥本来是一个盗墓团伙，但近来运气不佳，连着开了几个墓都没捞到什么值钱的东西。之前跟他们长期合作的一个古玩店老板也被抓了，幸而没把他们牵扯进来。瘦子说，最好歇一段时间，等风声过去再说。赵哥说，也好，不过总得找点事做，要不然天天待在家里，懒散惯了，人就废了。瘦子说，那我们做点小生意？赵哥一巴掌拍过去，说你忘了我们之前做服装买卖被人骗得连房子都卖了？现在这年头，做生意的都是奸商，是骗子，像我们这种心眼太实的，做不了生意，只有被人骗的份。

瘦子说，那我们能做什么。赵哥说，最好做一个和挖洞有关的，这样可以充分发挥我们的优势。瘦子说，大哥说得对，我在巴黎念书的时候学过，这个叫作比较优势理论，每个人都做自己擅长的，这个社会才会进步。赵哥说，你是文化人，见识多一点，你想一下我们能做什么。瘦子想了一晚上，第二天跟赵哥说，我们可以挖洞抢银行。他说，这种方式隐蔽性很高，在国外有很多成功案例，同时又可以发挥我们的比较优势。赵哥说，这个好，比做生意靠谱，我们先做一次，如果成功了以后可以考虑转型，不做盗墓的活儿了。再说了，偷死人的钱有什么出息，要偷就偷活人的。于是两人到城里踩点，看好一个位于城郊的银行，然后在五百米远的地方租了一个马上就要拆迁的小平房，准备挖隧道。这当口，两人又遇到了一个老家的同乡，是一个哑巴，就把他也拉进来一起干。

城乡接合部这一片有很多小赌场，其中一个赌场的老板是赵哥的远房亲戚，白天没事的时候他们也去赌场玩两把。有一天赌场老板找到赵哥，说有个开游乐场的欠了他很多钱，听说最近游乐场生意还不错，让他们帮忙上门去催债，拿到钱分他们一成。赵哥说，行，就是走一趟的事。老板又说，游乐场新开发了一个魔术，可以把棍子变大变小，有好几个玩魔术的都想买这个。如果他们手上没钱，就让他们把这个魔术交出来抵债。

那天傍晚，所有人都挤在一辆面包车上，从游乐场转移到城郊的小平房里——这里是隧道的起点。一路上车门紧闭,姜宇航和游乐场的三个人都被绑在一起,塞住了嘴,蒙住了眼。瘦子开车,赵哥和哑巴则坐在后面盯着几个人。到了之后,所有人下车,只有瘦子开着车离开了。他还要把车还给赌场老板。走之前,他问赵哥该怎么跟老板说,赵哥说你自己想办法。钱没要回来,魔术的变法也拿不出来,这是他们去要账之前没有想到的。瘦子开车的时候一直苦着脸,不知道该怎么跟赌场老板交代。

经过小院子,众人进了客厅,赵哥连忙把门关上。姜宇航看见地面有一个大坑,看来隧道已经开始挖了。他一直想找机会报警。手机当然被收走了,但他身上还有一个隐蔽的智能装备,那就是眼镜。这是一款最新的智能眼镜,是一家大型互联网企业生产的,并没有量产,贵得要命。姜宇航一向是一个科技发烧友,因此在眼镜发售后就抢购了一个。这眼镜基于鸿蒙系统,通过探测视线的注视位置进行操控,可以联网,因此可以通过社交软件发消息。赵哥几个人不知道这东西的底细,因为它看上去就是一个普通的眼镜,给姜宇航留下了一丝机会。但这段时间众人一直待在一起,连上厕所都有人跟着,所以他始终没找到机会。歇了一会儿,瘦子回来了。赵哥说,现在开工吧。早点干完活,早点放你们回去。老胡说,你说话算话,干完真的放我们走?赵哥说,放心,我们就是单纯的盗窃,别的事我们都不做。于是所有人都下了坑,胡一杭是主力,负责触发铁棍,其他人就接力把被棍子挤出来的泥土运上来。姜宇航跟在最里面，老胡和莹莹排在后面，在洞口处守着的是那个哑巴。赵哥和瘦子各提着一台电瓶灯，为隧道前段提供照明。

挖掘进行得很顺利。铁棍膨胀时向四周挤压泥土，大概是因为这一带的土质松软，并没有产生多大的响动。铁棍伸长的时候，会被前方的泥土反推着退后一些，好在泥土紧紧包裹着棍身，带来的摩擦力很大程度上抵消了这个反推力。但即便如此，一杭仍然需要随着膨胀进度而不时退后一两步。姜宇航认真地看着这个名叫一杭的年轻人，观察他的一举一动。他到现在也不明白为什么这个年轻人可以触发铁棍的膨胀。今天的遭遇也并非完全是坏事，他想，这是一个难得的机会，可以一次又一次地观察和分析铁棍如何被触发。之前他只知道触发石可以引起膨胀现象，但现象发生时，触发石看上去似乎没有什么异样，所以其机理一直不为人知。这次却很不同，触发膨胀的是一个人。他相信，只要仔细询问一杭在触发时的感受，对于理解膨胀的机理极为重要。

铁棍开始收缩时，众人便立刻动手清理刚挤压出来的土块。这些土块压得非常紧实，被推挤出来时断裂成片状的结构，像一片片巨大的鱼鳞，比石头还沉。搬运的过程中，姜宇航偶尔背着灯光的方向，试着碰一碰耳朵上的眼镜架。每个人都忙着搬运土块，没人注意到他。长按眼镜架之后，右眼屏幕被激活，镜片上出现了系统界面。他移动着目光，屏幕上的一个小圆斑也随之而移动。当小圆斑移动到某个 App 的图标上后，连续眨两次眼睛，App 就被激活打开了。他首先点开地图定位软件，确认了当前的地址。看到位置之后他有些吃惊，因为这地方距离宏硕研究所很近。这是城南的一片待开发区，目前还比较偏僻，几乎没有什么小区，只有几个科研机构和一家玻璃厂。地图显示，一公里外的地方确实有一家银行，看来这就是他们的目标了。这时，赵哥在后面吼道，赶紧搬啊，磨蹭什么。姜宇航赶紧应了一声，低下腰继续搬起了土块。操作眼镜虽然隐蔽，但这套系统还不成熟，使用起来很费劲，比如移动圆斑时，就需要眼神非常专注，根本无法同时再做其他事情。这之后赵哥一直在姜宇航身边，时不时就催促他一声，这让他一直没找到机会再操作眼镜。

　　铁棍不停地膨胀又收缩，五六个循环之后，所有人都很疲惫了。在老胡的要求下，赵哥同意让大伙儿休息一下。于是众人爬出隧道，重新回到之前的客厅里。赵哥问，挖了多长了，瘦子说有六七十米了吧。赵哥说，以前我们挖这么长得一两天吧。瘦子说，是，而且累得够呛，这就是科学的力量。赵哥说，屁的科学，这棍子邪门得很。瘦子说，早晚有一天会弄明白这玩意儿。赵哥坐在门槛上，点了一支烟，看了看天，突然说，方向没问题吧，我让你买的指南针买了没有？瘦子说，放心吧大哥，早就买了，我在隧道里面一直盯着指针看着呢。赵哥说，你再把地图拿给我看看。瘦子从裤子口袋里掏出一张叠好的 A4 纸，上面打印着从

59

哪个地图软件上扒下来的截图。瘦子指着地图说,银行在那里,我们在这里,正北方向,绝对错不了。

看完地图,赵哥安心了不少。他抽完一根烟,就赶着大家继续下坑。一进入坑道,就仿佛进了某个怪物的血管里面。血管表面非常光滑,还带着一丝温热。姜宇航看着一杭把铁棍插进泥土之中,心里又浮现出用工业CT检查膨胀样本时看到的图景。在膨胀样本的扫描图像里,出现了许多原本没有的黑色阴影。这些黑色阴影和在触发石里看到的一样,只能被CT探测到,而对超声波不产生反射。不同的是,在触发石里的黑色阴影呈现出随机裂纹状分布,而在膨胀样本中,这些阴影则依附着杂质原子的分布位置而延伸着。在最早的那根铁棍里,或是早期通过预制裂缝的方式得到的样本里,黑色阴影都依附着裂缝的位置而分布。这些检测结果部分揭示了样本膨胀的机理。触发石在与样本接触时,其中的黑色阴影扩散蔓延到了样本中,引发了样本的膨胀。但样本中的阴影并不能持续稳定存在,在与触发石脱离之后,它们很快就会缩小消失,从而让样本重新恢复原本的大小。

那些黑色阴影到底是什么呢?姜宇航曾在样本膨胀时将其切开观察,但切片的过程无可避免地破坏掉这些阴影的结构,使其迅速消散,所以并没有看到什么有意义的结果。因此他只能测量样本的一些宏观物理特性,来反推其中阴影所具有的物理本质。首先,物体的总质量没有增加,意味着这些阴影没有质量或质量极其微小。姜宇航对此并不意外，他一开始就不认为这些阴影是某种实体物质，它们应该更接近于某种场。让他意外的是另一个发现，那就是样本的力学强度不会随着膨胀而减小。在加压和剪切应力的作用下测量，发现样本的机械强度并没有因膨胀而改变。通俗地说，不管膨胀到多大，铁棍都和原来一样硬。这一度让他困惑不已。随着膨胀的进行，阴影会延伸到样本中更多的地方，而且会变得越来越细。这些细小纹状的阴影横亘在材料中，揳在原子之间，切断了它们之间的化学键。理论上讲，这会减弱材料的力学强度，因为正是这些化学键把组成材料的众多原子连接起来的，就像支撑起大楼的钢筋混凝土框架一样。但结果并非如此。这意味着什么呢？

张霖来研究所以后，提出了一个大胆的猜想——这些阴影并没有切断化学键！换句话说，电子可以自由地在阴影两侧穿梭，就像它并不存在一样。在金属和半导体上的测量显示，阴影的多少对电流的大小没有影响，这证实了他的猜想。这让姜宇航想起了隧穿效应——当电子等微观粒子碰到某个势垒时，它们总是有一定的概率可以穿过它，不管势垒的高度如何。但这并不是传统的隧穿效应，因为电子穿过阴影的概率是100%！在后期，他把这一现象称为第二类隧穿效应，以便和传统的隧穿效应相区别。事实上，不仅是电子，连原子核都可以毫无阻碍地穿过阴影。这些纹状阴影的存在，似乎对微观粒子的运动毫无阻碍，这也解释了为什么超声波探测器无法检测到它。

但阴影毕竟是存在的，CT发出的X射线无法穿透它，这确凿无疑地证实了它的存在。进一步的实验表明，阴影部分是完全屏蔽电磁场的，任何电磁波都无法进入阴影所在的区域。这种屏蔽不像法拉第笼那样，需要借助感应电荷产生的逆向电场来抵消原来的电场，也不像超导体的迈斯纳效应那样，通过表面的超导电流产生的磁场来抵消外部的磁场。在阴影部分的边界上，既没有感应电荷，也没有超导电流。电磁波传输到那里时，就像碰到了一堵墙一样，突兀地改变了它的传播方向，仿佛那里是一个神秘的禁区。

能说话吗？见始终找不到机会操作眼镜，姜宇航决定和一杭聊一聊。一杭嗯了一声。姜宇航说，累不累啊？一杭说，还好，也不是什么体力活。确实，姜宇航想，表面上看，只是单纯地把手放在棍子上而已。怎么弄的啊，姜宇航问。一杭说，握着铁棍，脑子里想着挥舞棍子的动作。姜宇航有些诧异，说，就这么简单？一杭说，就这么简单。姜宇航又问，那这过程中，你有什么特别的感觉吗？一杭说，刚开始没什么，但是现在脑子有点涨了。姜宇航说，哪种涨法？一杭说，就像熬了好久的夜。姜宇航说，那你还撑得住吗，要不我跟那个赵哥说一下，让你休息一会儿。一杭摇了摇头，算了，问题不大。沉默片刻之后，一杭突然又说道，不好意思连累你了。姜宇航苦笑一声，摆了摆手。

9 液压与巨树

忙了半宿，众人终于撤出隧道，可以好好睡一觉了。屋子里就两张床，老胡、一杭、莹莹和瘦子占了主卧的大床，姜宇航则和赵哥、哑巴挤在一张小床上。每个人都横着侧身躺在床上，睡下后，姜宇航等人又被绑住了手脚。绳子勒得手腕很不舒服。一开始，姜宇航还想着先不要睡，等三个盗贼睡着了看看能不能想办法逃走，或者使用眼镜报警，但或许白天太累了，躺下没几分钟他就睡了过去。醒来时，赵哥正用力拍着他的脸。起来干活了，赵哥说。姜宇航发现自己手脚上的绳子已经被解开了，他坐起来，活动了一下已经勒得发青的手腕。看看窗外，天大亮，看上去已经到了中午。

在哑巴的监视下上了个厕所，姜宇航又跟着其他人一头钻进隧道之中。一切照旧。跟昨天相比，大家对于挖洞的流程都熟练了很多。赵哥也看得没那么紧了，偶尔出隧道抽一根烟。趁着赵哥不在，姜宇航终于把眼镜打开了。与昨天的定位相比，今天的位置离银行更近了，工程进度已经超过了三分之一。得赶紧阻止他们，他想，可是直接报警不太方便，因为不敢说话，只能偷偷地打字。他点开了王伟的微信，准备让他帮自己报警。他一边观察后方，一边输入："在吗？有急事。"在眼镜里输入文字也是一件麻烦的事情，姜宇航使用的是路径输入法，也就是通过眼神移动的路径来书写文字，有点类似于手写输入，不过比手写可费劲多了。这款眼镜的默认输入方式其实是语音输入，眼神路径输入只是作为一个仅供猎奇体验的备选项存在的，大概开发者也并不认为真的有人会用这么费力的输入方式，所以体验感极差。输入完这几个字，姜宇航赶紧闭上眼休息一下。过了片刻，王伟回复道："等一下啊，姜哥，正在开会。"姜宇航小声骂了一句，又写道："绑架，报警！"尽量用最少的文字说明情况，感觉像在发电报。可是等了好半天，王伟却没有回复，估计把手机放一边去了。开会，开会，开个鬼的会！姜宇航狠狠地跺了跺脚，准备换一个人帮忙。就在这时，隧道里突发异变——前端的土层突然塌了下来，露出一个大洞。瘦子连忙把赵哥喊了进来，后者嘴里还叼着没抽完的烟。姜宇航只好垂下头，把眼镜重新调回正常模式。

众人还没来得及搞清状况，就听见有声音从前面的洞里传来。很快，一个头从洞口探进来，举着明晃晃的大灯朝这边望了望。你们是热力管线还是电缆，他问道。赵哥愣了一下，看向瘦子，瘦子连忙上前说，电缆，我们这是电缆。那人说，我一看你们这个管道的形状就猜到是地下电缆。瘦子笑着说，大哥厉害哦。那人说，我之前也埋过电缆，这玩意儿挺麻烦，不好弄，但是挣钱多。瘦子说，是啊，这不就是为了多挣点钱嘛。那人用手摸了摸隧道壁，说，你们搞得有点大了吧。瘦子说，不大，按照标准挖的。那人说，也是，现在的电线越来越多了，管道是要比以前大一些。瘦子说，大哥抽烟不？那人摆了摆手，突然看见赵哥还叼着烟，连声喊着让赵哥把烟掐了。你们胆子够大的啊，知道这儿是哪吗？他朝身后指了指，你们自己过来看看。瘦子和赵哥一起上前，从洞口向外看了看。原来前面是一条下水道，一股酸臭之气袭来，两人连忙捂住了鼻子。沼气知道不，那人继续说，一不小心就把你炸了，你还敢抽烟？瘦子连连点头，说以后不敢了。这人身上穿着橙色的制服，看来是下水道养护工。

这时，养护工看到了一杭手里拿着的铁棍。那根铁棍正在从膨胀状态缩小，而且隐隐发出白色的微光，看上去极为奇特。那人从下水道钻进了隧道，一脸疑惑地看着铁棍，瘦子正想着要怎么解释，那人突然说，这是液压的吧？瘦子咳了一声，说，大哥果然见多识广，一看就知道是液压的。那人走近看了看，又说，这液压棒好高端啊，我还真没见过这么先进的型号，咦，电机呢？就在他伸着脖子找液压棒电机的时候，赵哥一掌劈在他后颈上，后者当即晕倒在地。

虽然解决了眼前的麻烦，但下水道仍然横在前面。赵哥埋怨说为什么挖之前没有查一下下水道分布图，瘦子说大意了，本来以为这么偏僻的地方不会碰到。赵哥说，那现在怎么办？瘦子说，先把破口堵上，我们从下面绕过去。于是众人把土块又重新堆回洞口。没有棍子帮忙，回填可比挖洞费事多了。哑巴一个人把晕倒的养护工拖回小屋，捆好手脚，绑在了床上。

　　填了一会儿，赵哥突然问，什么是液压？瘦子说，液压就是一种发动机。你没见以前村长开的那个挖土机吗，他一直说是液压的。赵哥说，那这跟棍子有什么关系呢，为啥那家伙说这是液压？瘦子说，发动机里面不是要热胀冷缩嘛。赵哥说，哦。姜宇航听得差点没笑出来，他第一次听说液压是这么回事。瘦子解释的时候一本正经，而赵哥还偏偏听得极为认真，似乎完全没想过对方是在胡说八道。莹莹质疑说，液压好像不是发动机吧？还没等瘦子回答，赵哥就说，小孩子不懂就别插嘴，人家可是喝过洋墨水的人。姜宇航好奇道，你还在国外读过书？瘦子一脸自信地说，当然，我可是巴黎师范大学毕业的。姜宇航想了想说，是巴黎高师吧？瘦子立刻反驳道，什么高师不高师的，巴黎师范大学，爱因斯坦就是我们学校的，厉害吧。姜宇航点了点头，不说话了，他算是知道这瘦子是什么货色了。满嘴跑火车，吹牛×，估计没一句实话。

　　为了绕过下水道，只有向下挖。用铁棍向下钻了个五六米深的洞，然后又继续横着向前走。经过这一场波折，工程进度大受影响，一天下来，距离银行仍然还有三百米左右，估计明天还得忙一天。在搬运过程中，姜宇航一直没有机会碰眼镜，这让他开始焦躁起来。一定得抓紧了。从前端撤回房间的过程中，赵哥等人一边弓着身子前行，一边用电瓶灯照着隧道壁，重新检查一遍。在半路上遇到了一件意外的事。本来极为光滑的隧道壁上，不知何时出现了一个凹陷的豁口。一些泥土散落在豁口边。把光照进豁口里，可以看到豁口的内部空间更大，蜿蜒曲折，向上延伸。这莫不是什么动物挖的洞吧，瘦子说。赵哥说不像，里面什么都没有。瘦子问，刚才你们谁看到这个口子了吗？大家都摇头说没注意。姜宇航也回想了一下，之前确实没看到过，但隧道里黑漆漆的，也可能之前就有，只是没仔细看。一些根须从豁口的上方垂下来，看上去是某棵大树的根系。赵哥和瘦子又围着豁口讨论了半天，没得出什么明确的结论，索性不管它了。经过的时候，姜宇航也把手伸进豁口里，摸了一会儿。他心里大概明白是怎么回事了，但没有和其他人说。

他不知道的是，就在一个小时前，位于他们头顶数米上方的路面上，一个酒驾的司机受到了严重的惊吓。某个角度来讲，不是什么坏事，因为他大概从此不会再酒驾了。这个司机刚参加完一个婚礼活动，喝了不少酒，偏偏不听别人的劝告，执意要自己开车回家。一个朋友说，喝了酒开车容易意识不清甚至产生幻觉，他说我不会，我清醒得很，再喝一瓶都没问题。经过这里的时候，突然想吐，就把车停在路边，趴到隔离带上吐了一阵。就在这时，他感觉脚下的大地好像在动，像是地震了似的，但又不像地震那样剧烈，只是慢慢地动，更像是在蠕动。来了，来了，他心里想，这酒的后劲上来了，不要慌，问题不大。他试着走了两步，感觉地面上像是拱起了一个小土包，路都变得歪歪斜斜的。接着，他就被一段树根绊倒了，翻身一看，这一支树根足有脸盆那么粗。顺着树根往上看，更让人震惊的场面出现了。一株十几米高的大树笼罩在他的头顶，并且摇晃着枝丫，不停地向四周伸展开去，看上去像是活了一样。他心想，坏了，这大树肯定成精了，爬起来就跑，不想却踉踉跄跄地一头撞在了树上，瞬间晕了过去。等他醒来的时候，已经躺在卧室的床上了。原来朋友见劝他不住，就打电话给他妻子了。他妻子给他打了几通电话，没人接，就也开了车出来，最后在路边的绿化隔离带上发现了他，果然是一身酒气，就把他带回家了。他问妻子，有没有在绿化带里看到一棵大树。妻子说，好像是有一棵树。他问，那树有多高，妻子说有三四米高吧，你问这个干吗？他不作声了，心想这酒后劲也太大了吧，不会喝到假酒了吧。

当然，那酒自然并无问题，司机看到的也不是幻象。这一切的缘由现在只有姜宇航最清楚，那就是裂缝的物间传递。这是一个很自然的想法：既然物体和触发石接触时，后者内部的"裂缝"会扩展到接触物之上，那此刻再让第三个物体接触正在膨胀的物体，会不会同样引发膨胀效应呢？他马上做了实验，结果是会。当然，前提条件仍然是物体内部具有裂缝状的空隙或具有分形图样的异质结构。裂缝的空间扩展并不会局限在单一物体的内部，而是按照某个基本恒定的速度传递。在扩展的同时，裂缝的宽度则在逐渐减小，从图像上来看，它就显得越来越细密。因此，物体的体积变得越来越大。

他没有用植物做过实验，因为在一个物理学家的眼里，植物具有太多变量，不是一个单纯的体系。但眼下发生的事情，却只有一个简单的解释：那棵树在铁棍的接触下，曾发生过膨胀。所以，在它的根系周围，才出现了大块的空洞。他并不意外，因为在一棵大树中，有太多分形的构造了。不管是根系和枝干的空间分布，还是输送养分的维管束，甚至是每一片树叶上的叶脉等，都呈现出分形结构。让他意外的是这棵树的膨胀效应如此显著，已经超过了很多他特别定制的分形晶体。这倒是提醒了他，以后可以试着更多地用自然界的物体进行实验，或许会发现膨胀更显著的物体。

不管是下水道还是意外发现的豁口，都没有动摇赵哥等人的计划。第三天一大早，他就把一杭几个叫起来，逼着他们钻进隧道。养护工已经醒了，但赵哥没有让他进隧道。这人上了点年纪，醒了之后一直嚷着说这里痛那里痛，赵哥听着烦躁，就把他绑在客厅不管他了。已经到了最后阶段，从长度来看，很快就可以挖到银行了。姜宇航找到机会，用眼镜查看了一下定位。咦，怎么回事？他再三确认之后，把眼镜重新关掉。隧道的方向不知何时已经偏了，而且偏了很多。按照目前的方向继续挖下去，根本到不了银行。其实这两天，瘦子也发现了隧道似乎是弯的，他和赵哥聊过，但赵哥只是让瘦子把指南针拿出来校准，每次都显示方向无误。于是赵哥说，方向没错，继续挖。之后就不再纠结此事了。姜宇航也看了这隧道的形态，从一头看去只能看到另一端的侧壁，很明显已经弯了。他觉得这赵哥也太执拗了，脑子一根筋。指南针的指示肯定出了问题，这又是怎么回事呢？

对了，强磁中心！他想起来，在宏硕研究所里有一个强磁场物理研究中心，那里放置着一个由超导材料建构的能产生几个特斯拉的强大电磁铁。指南针肯定是被磁铁外溢的磁场干扰了。想到这里，他突然反应过来，目前隧道的前进方向不正是宏硕研究所吗？再细想一下，距离研究所的位置还有三百多米，那正好就是赵哥等人预想中的银行位置。这当然是一个绝妙的巧合，它让姜宇航产生了一个大胆的想法。

先不报警，将计就计，把这伙贼人骗进研究所里，然后控制住他们。比起报警，这样做显然好处更多。一是不用在警方面前解释铁棍膨胀一事。这一研究目前还处于极度机密的阶段，国内几家合作厂商和研究所知道的一鳞半爪，全是应用层面的，而且都签了保密协议。可一旦报警，铁棍的膨胀效应势必暴露在警方眼前，这样一来，就有被媒体报道的风险，那就很难收场了。二是，在这样一个狭窄的隧道中，警方如果出动警力开展搜捕，盗贼绝对会把自己当作人质。万一场面失控，岂不是很危险？而且这样做正好可以把一杭带到研究所里。这个年轻人对今后的研究极为重要，可姜宇航却没有把握能说服他来研究所配合自己。他们的警惕心很高，而且那个老胡看上去也不是个好打交道的。

姜宇航转头看了看老胡，后者正在和赵哥小声地说着什么。虽然声音很轻，但隧道里很安静，所以连蒙带猜，基本也知道他们在说什么。一开始，老胡说，是不是马上就要挖到银行了？赵哥说，快了，今天就能完工。老胡说，那完事以后，我们怎么办？赵哥说，放心，到时候会放你们走的。老胡说，我不是这个意思，我说的是我欠赌场的钱。赵哥说，怎么着，你欠赌场的钱还要我帮你还不成？老胡说，赵哥你看，我们家一杭挖了这么久，是不是多少应该分我们一点啊。赵哥说，滚一边去。老胡笑着想再说几句，赵哥狠狠地推了他一把，他摔在地上，呻吟了几声，也不敢上去了。

一杭离得比较近，这会儿正是铁棍的缩小期，他可以自由活动。他走过来把老胡扶起来，靠隧道壁坐着。老胡说，这人太不讲道理了。一杭说，你自找的。老胡说，我们忙了这么久，也不能白忙活啊。一杭说，那我们就成同伙了，你想坐牢啊？老胡说，坐牢就坐牢，包吃包住有什么不好的。一杭在他腿上捶了一拳，他立刻哎哟哎哟地喊起来，活像个泼皮无赖。

别装了，一杭说，多大的人了。老胡立刻不喊了，可还是坐在地上，不肯起来。一杭想起小时候，老胡带自己去市医院看眼睛。每次坐公交的时候，他都学自己，拿着一根棍子敲着上车，装盲人，这样两个人都不用买车票。每隔一段时间，他就问旁边的人，现在到哪了，可别坐过站了。其实多坐几次公交，连一杭都能背下所有的站名和顺序，并且根据时间推测出到达的地点。但老胡说，你这样谁知道你眼睛不好使呢？到了医院，一下车，他立刻恢复了视力，牵着一杭在人群里挤来挤去，比谁都灵活。

嘿，该你了，赵哥在后面喊起来。一杭默默地拿起铁棍，走到隧道尽头，用力把它插进泥土中。

10　仓库

又挖了半天，隧道终于延伸到尽头。按照预定的方向和长度，此刻众人头上就是银行的金库。赵哥问，我们什么时候动手，瘦子说，我问一下谢峻洋。谢峻洋是瘦子的中学同学，现在就在银行工作。这次决定盗窃银行，很大程度就是因为有谢作为内应。说服谢峻洋花了瘦子很多时间，但好在最后他还是答应了。他早就不想在银行干了，事太多，而且工资又低。瘦子说，我们干完这一票，你就可以辞职了，想干吗就干吗。谢峻洋说，你们行不行啊？瘦子说，放心，挖洞我们是专业的。谢峻洋说，我要三成。瘦子说，兄弟，说好四个人平分的啊。谢峻洋说，我要三成。瘦子说，好吧好吧，可以，那就这么说定了。谢峻洋说，郑飞，不是我贪心，辞职以后，我想做的事情可能会很长时间内都没有收入，我得多备着点钱。瘦子说，你到底想干啥？谢峻洋说，我想写小说，当作家。瘦子说，好啊，我支持你，我记得你读书的时候作文就写得特别好，经常被老师表扬，你肯定能写好。谢峻洋说，文笔什么都是次要的，关键是想象力。知道什么是想象力吗？瘦子说，洋哥牛×。心里却想，憨包才写小说。

在隧道里，瘦子拿出手机，点开谢峻洋的微信。他一笔一画地在手机屏幕上写起字来，姜宇航默默靠过去，瞥了一眼，这家伙竟然用的是手写输入法。估计连拼音也不会用，姜宇航有点想笑，但一想到自己用眼镜打字的痛苦，又笑不出来了。同时，他也焦急起来，因为不知道瘦子和银行那位在说些什么。赵哥等了半天，见瘦子一句话还没写完，不耐烦起来。瘦子说，我打字慢，马上就好了。赵哥说，你直接发语音不就行了。瘦子说，好吧。

瘦子对着手机说，洋哥，我们已经到了，现在你那边是什么情况？过了片刻，手机上传来回复，说再等一会儿，听我指示。姜宇航偷看一眼眼镜，现在是中午十二点半。瘦子问，有什么麻烦吗？手机回复说，这个保安每天十二点吃饭，然后就是喝茶，打个盹，雷打不动。我刚才在他的茶水里下了安眠药，等他睡死了再动手。于是众人坐下来，开始等。姜宇航暗中查看了定位，发现目前位置正好在研究所内，准确地说，是在行政楼下方。他联系了王伟，用最简单的话把情况说了一下。王伟这次回复倒是挺快，他说已经叫人准备好了，等你们一上来就可以把盗贼控制住。

等了一会儿，瘦子又拿出手机来，打开微信说，差点忘了，我们还没核对位置。那边说，你开导航看一下定位。瘦子说，我不会弄啊，我对手机不熟。那边说，那你要怎么确认？瘦子说，前几天不是让你买了个震楼器吗，你在上面弄出点动静，我听一下。那边说，也好，导航有时候能偏十几米，这样更准。

姜宇航赶紧联系王伟，让他去找个震楼器。过了片刻，手机来消息了，瘦子看了一下，说，开始吧。姜宇航对王伟说，最低一挡，开始震。果然，头顶正上方很快隐隐传来响声，每响几秒钟，就停一下。姜宇航想，导航的位置还挺准。瘦子对手机说，好了，听见了。姜宇航对王伟说，可以停了。于是震动停了下来。瘦子说，位置确定了，没问题。手机回复说，保安已经睡死，可以动手了。

向上挖有个不好的地方，就是土块会一直往下掉。铁棍膨胀的时候，一杭又必须站在正下方，托着棍子，所以不免搞得灰头土脸的。莹莹找了一块板子，想过来给一杭挡一下灰。老胡说，板子给我，你别过去了。于是老胡举着板子到一杭旁边去了。好在上方的土层并不厚，需要挖的量不多，很快棍子就冲出了地面。把铁棍收回来以后，一个一人宽的洞口出现在众人头顶。瘦子向上喊了两句洋哥，但没有人回答他。瘦子说，奇怪，这家伙跑哪去了？赵哥说，我上去看看。瘦子说，不忙，有点不对劲。他拿出手机，准备联系一下谢峻洋。姜宇航在眼镜上对王伟说，信号屏蔽了？眼镜的通信频段与手机不同，姜宇航几乎感受不到变化。王伟说，早就屏蔽手机信号了，放心吧，现在这儿的手机信号比高考考场还弱。瘦子发了半天消息，也没有收到回复，忍不住骂了起来。赵哥说，你找的这人太不靠谱了，关键时刻找不着了。瘦子想了想说，我知道是怎么回事了。赵哥说，怎么回事？瘦子说，这家伙是在避嫌呢。我们一开始向上挖，他估计就走开了，这样出事以后才好撇清责任。赵哥说，他在不在都无所谓，反正现在也不需要他了。瘦子说，好，那我们上去看看吧。

赵哥和瘦子开始戴口罩。口罩很大，把脸遮得严严实实的。接着又各自掏出一副墨镜来戴上，看来准备得很充分。哑巴没有上去，留在隧道里看着其他人。他把所有人都赶到一起，手里拿着一把锋利的砍刀，面无表情地看着大家，耳朵则凝神听着洞口上方的动静。看到哑巴不上去的时候，姜宇航就心道一声糟糕。如果上面的盗贼发现不对，或者打起来，下面这些人就很危险了。他赶紧向王伟发了一个暂停的表情符号。

王伟带着一群年轻小伙在上面等着抓盗贼。一开始不知道确切的位置，但很快地面的地板裂开了，下方的泥土开始凸起，向四周翻开，像是有什么东西要冒出来一样。就是这里了，他招呼大家说。这里是行政楼一楼的材料仓库，里面放着各种实验用的物资。他让大家先退出房间，在门口等着，等人都上来了再见机行事。他通过监控一直观察着仓库里的动静。洞打通了以后，果然有人爬了上来。首先是个面容憨厚的老汉，看上去有四五十岁了，然后是一个尖嘴猴腮的，看上去年轻一些。又等了一会儿，却不见有人继续上来。按照之前他收到的消息，盗贼一共有三个人。这时候，他看到姜宇航发来的消息，心里一想，大致明白了原因，于是连忙把众人都撤了下去。他对姜宇航的安全极为关心，现在研究所没了谁都行，就是不能没有姜宇航。与触发石相关的众多项目，一部分已经进入了应用层面，这个关键时刻，姜宇航可绝对不能出事。他心里想，在姜宇航没有上来之前，绝对不能轻举妄动、打草惊蛇。

赵哥和瘦子爬上地面，蹑手蹑脚地看了看。房间里面空无一人，只有大量货架。赵哥说，这是银行的金库吗，我怎么觉得和工厂的仓库差不多。瘦子说，金库不就是仓库的一种吗，只不过里面放的东西比较值钱罢了。赵哥说，电视剧里银行的金库可不是这样。瘦子说，现在的那帮编剧都没有生活经验，净写些自以为是的东西，像手撕鬼子、实习生住高档公寓之类的，岂不知真实的金库都很朴实。你看看，这架子上都积灰了。赵哥说，狗日的电视剧。

两人从最近的架子上搬起一个大箱子。箱子是铁皮做的，看上去很不起眼，但却出乎意料地重，差点闪了两人的腰。赵哥说，这么重，肯定是金条。把箱子放在地上，用钳子把锁夹断。打开箱子，里面全是用保丽龙固定起来的条状物，每个都用牛皮纸包裹起来。拆开包装纸，里面果然是金属条。把墨镜稍微抬起一点，从缝隙中看过去，金属条却不是想象中的金黄色，也不是银白色，而是黑色的。赵哥说,这是什么？瘦子围着箱子转了转,想找文字说明,但什么也没有。瘦子说,这个应该不是金条。赵哥说,这他妈还用你说。瘦子拿起一根,在手上掂了掂,又凑到眼皮下面仔细查看,最后还用手指弹了弹。赵哥说,你买西瓜呢。瘦子说,大哥你看,这东西不是铁,也不是石头,虽然我暂时还不知道它是什么,但肯定不是一般的东西。赵哥说,我感觉它就是一个什么零件。这地方不太对劲。赵哥向着仓库门口走去。王伟暗道一声糟糕,来不及想其他办法,只好冲出监控室,来到仓库门口。深吸一口气,然后打开了门。

赵哥看着突然出现的王伟,愣了片刻,下意识就要动手。王伟连忙说,自己人,自己人。瘦子也转身看着他说,你谁啊？王伟说,我是银行的……财务经理,谢峻洋让我来的。瘦子说,他跟你说了？王伟说,对,他都说了。赵哥骂道,我就说这人不靠谱。瘦子问,他还跟谁说了？王伟说,放心,就跟我一个人说了。银行这边情况复杂,他怕一个人搞不定。瘦子说,我们早就说好了,他分三成,现在多了你一个,怎么分啊？王伟说,这个不用担心,我和他平分那三成,绝不多要。瘦子说,这还差不多,不要想着多一个人就多分一份。王伟说,那肯定不能。瘦子说,你来得正好,帮我们看看这都是什么玩意儿。说完把手上的黑色金属条递了过去。王伟接过来一看,认出这是一种铁基氧化物陶瓷材料,在液氮温区就能转变为超导体,是强磁场中心用来做超导磁体的。值钱吗？赵哥问。值钱值钱。王伟连连点头，这一点倒是没有骗人，这东西制备难度很高，确实很贵。赵哥又问，和金条比呢？王伟说，比金条值钱多了。赵哥有点怀疑，说什么东西比金条还值钱啊，王伟已经想到了说辞，于是对两人说，这个叫作雷矿。瘦子说，什么雷矿，没听说过啊。王伟说，是最近才发现的一种珍贵矿物，从几千米深的火山口里喷出来的，极为稀少。瘦子说，这东西看上去没什么特别的。王伟说，那是你不懂行，我让你看看它有多神奇。

他找了一小罐液氮，把金属条扔进去，盖上盖子闷了几分钟。这是在激发它的能量，他对两人解释道。估计温度已经降下来了，他把罐子拿到一块圆盘状的天然磁铁上方，然后揭开盖子，把金属条倒出来。已经转变为超导态的金属条果然稳稳地悬浮在磁铁上方，赵哥两人都看得愣住了。这东西有灵气啊，赵哥说，是神仙用的吧？王伟赶紧把金属条收起来，说没错，所以要封起来，免得灵气外泄。其实是怕温度升高了以后，超导体重新恢复正常态。赵哥说，它能治病吗？王伟笑着说，那肯定啊，切一小块做成首饰，戴在身上，包治百病。国内外的顶级富豪，现在都抢着买这个，比什么和田玉、钻石抢手多了。赵哥啧啧称奇，瘦子也感叹道，农民想象皇帝每天都可以吃白面馒头，锄地都是用金锄头，我们和那个农民有什么两样。我们总以为金条是最好的硬通货，岂不知现在的有钱人早就改囤雷矿了。天哪，我们连听都

79

没听过。赵哥说，回去我要问问张老板，看他知不知道。瘦子说哪个张老板，赵哥说就是在县里承包货运公司那个，我们村就数他最有钱。瘦子说，凭他还不够格，我估计至少得在福布斯排行榜上排得上号的，才玩得起这个。张老板？他算哪根葱。这次回去，咱也搞几辆车，开个货运公司，有什么难的？

赵哥说别废话了，赶紧搬吧。于是三个人把金属条拿出来，装进一个蛇皮口袋里。金属条撞击着发出沉闷的响声，瘦子问，这东西撞不坏吧？王伟说，撞不坏，这东西结实得很。王伟一边帮着装东西，一边想着如何让他们把姜宇航放出来。他说，你们不是还有一个人吗？瘦子说，他还在下面呢。王伟说，让他一起来搬啊，瘦子说，不用，他有别的事。

就在这时，仓库的大门突然响起开锁的声音。仓库管理员小王吹着口哨，推开门，看见老板和其他两个人在仓库里，有点意外。他正想开口和老板打招呼，王伟抢先一步开口说，你今天不是休假吗，来这儿干吗？小王昨天请了假，说母亲生病了，回去看一下。今天的行动安排自然就没有通知他，王伟很怕他露馅。小王摸了摸头说，我妈就是头痛，去医院也没查出什么大毛病，很快就不痛了，所以开了点药就回家了。我想着有些单子还没整理完，就过来了。小王看见地上打开的箱子，说王总你要找什么东西吗，我帮你找吧。王伟说，不用了，你先出去吧，我这儿有点事。小王疑惑地看了看老板，总感觉有点奇怪，但也没说什么，转身出去了。

门关了之后,赵哥长出一口气,说还好他没怀疑我们。瘦子突然对王伟说,他刚才叫你王总?王伟说,银行里都是这么叫的,只要是管理层的,都叫什么总。张总、刘总、王总,一大堆。瘦子说,我还以为只有老板叫总呢,王伟说早就不是了,现在人都虚荣得很,大总下面有小总,身上揣一沓名片,上面没有总字都拿不出手。

就这么把话题带了过去。瘦子不再怀疑,王伟也松了一口气。可还没等他缓过神来,异变再生。地下的盗洞里突然传来一阵喧哗,仔细听,似乎是在呼救。赵哥走到洞口,眯着眼向下看。瘦子也走过来,赵哥说,好像有水声。瘦子往下一看,说,糟了,洞里进水了。

11　银行

赵哥和瘦子爬出去以后,姜宇航一直紧张地注意着洞口上方的动静。他很担心两人一眼就发现了问题,然后退回洞里。幸而此事并未发生。同时,也没有打斗声,意味着研究所的人已经退出了仓库,没有实行预先计划的抓捕行动。过了几分钟,有说话声传来,他认出王伟的声音。王伟为什么会进来?他想不通。肯定是哪里出了岔子。

哑巴一开始只是把他们的手绑起来,让他们坐在地上。过了几分钟,他又拿出绳子,把众人的脚也一个一个捆起来。至此,所有人都无法动弹,连站起身来都办不到。接着,他竟然还拿出宽胶带,看上去像是要把大家的嘴也封起来。姜宇航忍不住说,这就不用了吧,但哑巴丝毫不理睬,仍然把所有人的嘴都用胶带贴上了。姜宇航心想,这哑巴看上去粗手粗脚的,心倒很细。他一定是怕这些人在洞里乱吼乱叫,传出去惊动了银行里的人。正这么想着,哑巴却一个转身,朝着起点方向走了。姜宇航这才醒悟过来，他大概是有事要走开一下。看他走的方向，应该是要回出租屋。去干吗呢？拿东西，查看一下那个下水道养护工，或者回去喝水上厕所？都不像。在这种紧要关头，哑巴的离开似乎毫无道理。不过，这倒是一个机会。如果现在能挣脱束缚，回到研究所，就安全了。可惜，不管姜宇航如何努力，也动弹不了。毫无用处地尝试了几次后，他很快就放弃了。

这时，坐在最后方的莹莹突然激烈地挣扎起来，嘴里急切地支吾着。姜宇航一开始不知道发生了什么，但很快就明白了。水来得很急，从众人身后涌来，很快浸湿衣裤，没过了膝盖。大家现在被迫坐着，按照这个速度，要不了几分钟就会被积水完全淹没。肯定是哪里的水管破了，姜宇航想，这么大的水流，多半是城区供水管网的主干道。在挖掘的过程中，他们确实碰到过一些供水管道，但每次都小心地避开了，怎么突然就出了问题呢？

动弹不得，连呼救也办不到，姜宇航只好眼睁睁看着水位一点点升高，逐渐到了胸口的位置，感觉呼吸变得困难了。这时候，胡一杭站起来。姜宇航抬头一看，他手脚上的绳子竟然解开了。一杭一把撕掉嘴上的胶带，然后立刻蹲下来解开莹莹身上的绳子，接着两人又分别帮老胡和姜宇航松了绑。快，快走！老胡拉着莹莹就往开口的方向跑。其他人都跟在后面。地道低矮，人本来就站不直。水势凶猛，剩下的空间已经极少。好在距离洞口不远，几人在水中奋力前行。好不容易挣扎着来到研究所仓库的出口处，他们已经没有力气再向上爬了。还好这时赵哥和瘦子已经看到了他们，王伟也在洞口上面。哑巴呢，赵哥问。老胡说，快点，把我们拉上去，上去再说。他把莹莹举过头顶，赵哥只好拽着她的手，把她提了上来。王伟也上来帮忙，剩下几人都陆续爬了上来。

脱困之后，姜宇航几人摊在地上，大口喘着粗气。赵哥又问起哑巴的情况，姜宇航说，他往回走了，可能是去出租屋了。赵哥说，他回去干吗，姜宇航说我怎么知道。赵哥看上去并不相信姜宇航说的，又问了老胡，但回答都一样。赵哥和瘦子嘀咕了几句，又问这水是怎么回事，但同样没人说得清楚。王伟不知道在哪里找了几件干净衣服，给大家换了。

突如其来的变故让赵哥二人都有些不知所措。地道被水淹了，退路没了，怎么离开银行呢？两人低声商量了片刻，赵哥突然把莹莹拉了过来，从身上拿出一把匕首，搭在她脖子上。一杭大惊失色，下意识地想扑上去，赵哥大喊道，谁也不许动。一杭只好停步，焦急地站在原地。瘦子说，现在没别的办法，只能劫持你们从银行大门离开了。你们不用担心，好好配合我们。出去之后，我们自由了，你们也自由了。

王伟见到姜宇航之后，本来已经放了心，准备让保安冲进来抓人了，还没等他安排好，又起了变故。他只好对赵哥说，手下小心点啊，我只答应帮你们搞点钱，伤了人可就麻烦了。赵哥说，你出去看看，外面什么情况，能不能出去。王伟说，放心，肯定能出去，而且让你们带着钱走。瘦子说，带什么钱，提一箱雷矿走就行了。王伟说，你先把刀放下，我有主意了。赵哥说，什么主意？王伟说，我想起来了，今天本来有一个省里的财务调查组来银行检查工作，但是临时改了行程，没来。我可以骗他们说你们是调查组的，外面那些人都是普通员工，他们不会起疑的。我们可以大摇大摆地走出银行大门。赵哥说，这么简单？王伟说，对啊，就是这么简单。赵哥说，墨镜要取吗？王伟说，不用，领导都喜欢戴墨镜，不过刀可以收起来了，这个真没必要。瘦子插嘴道，不能收，出去之后，这几个人不好控制。老胡说，放心，我们绝对配合你们，一句话都不说。赵哥想了想，把匕首从莹莹的脖子上拿下来，但仍然抵着她的后腰，用袖子遮掩住。走吧，就这么办，赵哥对王伟说，你去开门。

　　王伟打开仓库大门，率先走出去。埋伏的保安见他出来，纷纷聚过来。他冲保安队长又是眨眼睛，又是摇头的，想让他们别过来。多一事不如少一事，也别想着抓贼了，只要把两个瘟神送出去，人质平安，就算成功。但保安队长反应有些迟钝，还在迟疑，赵哥几人已经出来了。王伟只好清了清嗓子，大声说，看什么看，这是调查组的领导，都散了啊。保安们互相看看，装作走开了，其实只是拉开了距离继续观察待命。赵哥两人本来非常紧张，但王伟一句话就骗过他们，总算松了口气。众人鱼贯前行，赵哥拉着莹莹走在最后。一路竟然真的没有人过问，两人的胆子渐渐大起来。紧绷的肌肉放松下来，走起路来也自如了不少，像是真的调查员一样。这银行的安保太差了，赵哥对瘦子说，简直形同虚设。瘦子说，是啊，明明看见我们从金库里面提着一箱东西出来，也没人来盘查一下，人浮于事，可能大企业都是这样。

从仓库出来，要去研究所大门，最近的路是穿过第二实验大楼的门厅。姜宇航本来想让王伟绕开实验楼走，还没找到机会说，王伟就已经带着大家走到门厅前面了。他看到门厅一侧的实验室大门敞开着，这才发觉不太合适，但已经走到这里了，只好硬着头皮，加快脚步往前走。事情总是这样，怕什么来什么，经过实验室的时候，瘦子往里看了一眼，顿住了脚步。出现在他眼前的，是一个宽敞整洁的现代化实验室，一些研究人员正穿着防尘服在里面忙碌。怎么看，也不像是银行，他心里犯起嘀咕。他问王伟，这里是干吗的，王伟正不知如何回答时，姜宇航插嘴说道，这一看就是银行的后勤部门嘛，我知道了，厨房，高档厨房。瘦子说，你扯淡呢，这哪里像是厨房了？锅呢，灶呢？姜宇航说，你那都是老皇历了，现在的高档餐厅哪里还有锅灶啊。分子料理听说过没？瘦子摇摇头。姜宇航说，不瞒你说，我家就是开餐厅的，这屋子里的设备我熟得很，都是做饭的。

瘦子将信将疑，他走到门口，指着最近的一台洗衣机模样的设备说，这个也是做饭的？那是一台离心机，姜宇航走过去，二话不说就开了机，然后在面板上飞快地设置起旋转参数来。看姜宇航的操作这么熟练，瘦子心想，这难道还真是做饭的？设置好参数，姜宇航瞄了一眼现在做实验的那几个人，认出其中一个是生物组的，那人最近正在做溶菌酶的提取实验。溶菌酶广泛存在于各种生物体内，在鸡蛋中的含量尤其高，所以大家一般都是从鸡蛋中提取它。他走过去，对那人说，兄弟，借个鸡蛋用用。那人正在实验的关键阶段，头也不抬地说，冷柜里，自己拿。姜宇航一看，旁边果然有个冷柜，便打开门，拿了一个鸡蛋，又从试管架上取了一根试管。回到离心机前面，对瘦子说，你会做饭吗？瘦子说，会一点。姜宇航说，那你知道什么是上浆吧？瘦子说，上浆，是不是用淀粉水收汁？姜宇航说，不是，你那个叫勾芡，是炒完起锅时的操作。所谓上浆，就是把肉切好，下锅之前，给它裹一层浆，这样肉比较嫩。瘦子说，哦，这个啊，我知道，炒鱼香肉丝就要这样。姜宇航说，不错，那你应该知道，上浆的时候一般都要用鸡蛋清吧。瘦子说，对。姜宇航说，你怎么把蛋清从鸡蛋里分出来？瘦子说，把蛋壳磕一个洞，蛋清就可以倒出来。姜宇航摇摇头说，太落后，太原始了，我现在给你看一下，高档餐厅是怎么分离蛋清的。他把蛋壳敲开，把鸡蛋倒进试管放进离心机，盖好盖板，点开始。离心机设置的是低速模式，十秒钟就结束了。打开盖板，把试管拿出来，瘦子都看呆了。黄白分明，一清二楚。怎么样，这东西好用吧，姜宇航说。瘦子点点头说，讲究，太讲究了，今天我算是长见识了。赵哥说，行了，别看了，赶紧走吧。瘦子这才回过神来，连忙退出实验室，招呼众人继续往前走。一边走，瘦子一边说，果然银行就是有钱，连厨房都这么高级。赵哥往地上吐了一口唾沫，骂道，妈的，腐败！

12　内应

将要动手的那天,谢峻洋一直心神不宁的,什么事也干不下去。瘦子郑飞发消息让他开震楼器,他便溜到金库去,发现保安已经睡过去了。他在金库的一个角落里快速装好机器,这里的监控两天前就坏了,还没来得及修。震楼器开了一分钟,郑飞说听到了,于是他又把设备都收起来。门口的保安一直趴着没动静,看来药已经生效了。他发消息给郑飞,说可以动手了。

他重新回到工位上,眼睛看着电脑,装作在整理报表,但其实一直暗中注意着其他人的动静。一般而言,平时不会有人去金库,但谁知道会不会有什么意外状况呢？每隔十几分钟,他就偷偷去金库外面晃悠一下,看看情况。一个小时过去了,金库里仍然一片寂静。他发消息问郑飞怎么回事,遇到什么麻烦了吗,但那家伙就是不回复。他急躁起来,不停设想可能出现的状况,同时隐隐后悔起答应郑飞这件事来。谢峻洋啊谢峻洋,你迟早会栽在郑飞手里。明知道这人不靠谱,为什么还鬼迷心窍地答应他了呢？对于郑飞，他再了解不过了。从幼儿园开始，他们就是同学，小学和初中也一直都在一个班里，关系铁得很。小学的时候，两人一起去学校旁边的果园偷橘子，结果被园子里的狗追着跑了几座山。初中历史考试的时候，郑飞花了好几十分钟把一直记不住的年代数字写在手心里，结果一紧张，手汗让数字花成了一团。谢峻洋读高中的时候，郑飞声称自己出国留学去了，其实是偷偷跑去东南亚打黑工了。泰国、柬埔寨、菲律宾和大马都待过，干得最久的是在一个叫作东方小巴黎的酒店当服务生，主要负责接待中国游客。在国外混了五六年，乱七八糟的东西学了一堆，正经的本事却一点没有，钱也没攒几个。回国以后，他总说自己从巴黎留学回来，谢峻洋都懒得揭穿他。

这次之所以答应和郑飞一起干，实在是迫不得已。他急切地想要辞职，逃离这间银行，最好是逃离这个城市。所以，他需要钱。至于想当作家什么的，只是一个说辞。他觉得自己的生活已经比小说的情节离奇多了。这个银行的财务部总经理，自己的顶头上司，正谋划着什么阴谋，而且即将对自己下手！

他最近才发现这一点。那天，他拉肚子，在厕所里蹲了好几个小时。中途，他听见上司和别人进了厕所，一边洗手一边聊天，他们突然提到自己的名字。他竖起耳朵仔细听。上司说，那个谢峻洋，还没搞定吗？另一个人说，他比较麻烦。谢峻洋想起来了，这个声音是出纳。上司说，他都这么大的人了，按理说很容易

"qīnshí"啊。谢峻洋不知道这个读音对应的是哪个词，听上去像是"侵蚀"，但放在句子里似乎又说不通。那之后，出纳说，我了解了一下这个人，他脑子活泛，分形维度比较高，一般这种情况"qīnshí"起来难度都很大。突然出现"分形维度"这个古怪的词，谢峻洋听得越来越迷糊。他怀疑是恶作剧，这俩人在外面想戏弄他，但很快又发现并非如此。

上司说，既然如此，那就找机会把他干掉。银行这里是一个关键节点，特别是财务部，不能有外人在。出纳说，我们昨天去他家里查看过，他一个人住，动起手来倒是很容易。上司说，好，你们尽快。谢峻洋这时候突然感觉全身汗毛竖起，冷汗直冒。他突然想起了一件事。昨天晚上回家的时候，他发现摆在门口立柜上的花瓶掉在了地上。家里没有养宠物，这地方也绝不可能有风吹到，花瓶怎么会掉下来呢？他怀疑家里进了贼，但什么东西都没有丢。现在他知道了，原来家里确实进了人。上司说这里是一个"关键节点"，是贩毒、走私还是传销？看上去他们想拉自己入伙，可从来也没有人跟自己提过这事啊！上司接下来说的话，让他越发迷惑了。上司说，生态维持会现在有多少人了？出纳说，我们这边有一百多了吧。上司说，国外呢？出纳说，国外很少，据我所知不超过二十人，还是国内的生态比较适合侵蚀。谢峻洋现在确定他们说的是"侵蚀"两个字了。话里又提到一个"生态维持会"，听上去像个环保组织，可什么环保组织动不动就杀人啊？听到这里，谢峻洋一点便意也没有了，肚子也不疼了。等上司两人出去了好久，他才敢提起裤子推门出来。出了一身冷汗，感觉腹泻全好了，这席话简直比什么药都管用。

谢峻洋回想身边的这些同事，近来都发生了什么变化，但想来想去也没觉得有什么特别之处。按照上司的说法，好些人都被拉进了"生态维持会"。老实说，他一点也看不出这些人有维持生态的信念。每到夏天，稍微热一点他们就把空调打开，而且直接开到十几度。每次从银行大厅走出门，眼镜都会蒙上一层凝结的水汽。他曾经向上司提议把温度调高一点，却被嘲笑体质差。就这些人，想要维持的是什么生态呢？

一直等到下午三点，他终于听到地下传来了隐隐的钻探声。一开始声音很低沉，像是在很深的地方，但随着时间推移，慢慢尖锐起来，响亮起来，看来距离地表已经很近了。他不知道郑飞他们选了什么钻探工具，因为郑飞一直说他们钻洞是专业的，完全不用担心。但在他看来，既然已经到了银行下方，在如此近的距离之下，什么工具都要摈弃，应该转为更安静的"手动模式"才对。现在这个音量，简直就是明摆着告诉别人，有人在下面钻洞。他叹了口气，再次为加入郑飞的行动而感到后悔。

在他暗中懊恼的时候，与他相邻工位的老严拍了拍他的肩。小谢，你听到没有，好像有什么声音一直在嗡嗡嗡的。他连忙说，没有啊，哪有什么声音。老严说，不可能，这么明显的声音，怎么会听不到。他说，我真没听到什么声音，你中午喝酒了吧？他闻到老严的嘴里传来一股酒气。老严说，对，我中午不是陪客户吃饭了吗，喝了一点。他说，那就对了，酒会让人产生幻觉，你这肯定是幻听了。老严说，扯淡吧你，这要是幻听我把耳朵拧下来。他说，你先别犟，我跟你说件事。真事。昨天东哥结婚，他有个老表在酒席上多喝了两杯，结果还执意要开车回去，结果怎么着——他说看见路边的树越长越高，像妖怪成精了一样。这幻觉够离谱吧？那哥们说以后再也不酒驾了，不信你去问东哥。比起这个，你只是听见点什么声音，那已经算很不错了。

老严还是将信将疑，不过好歹被糊弄过去了。谢峻洋心想，什么时候能挖通啊，这么大的声音，再来一个我可顶不住了。可是，偏偏怕什么来什么，过了几分钟，又有一个问起声音来。十分钟后，连前面的大堂经理都跑来问，到底哪里传来的响动，吵得客人都不耐烦了。老严得意地说，看吧，我说不是幻听吧。谢峻洋尴尬地笑了笑。老严说，这么大的声音你都听不见，你这耳朵估计有点什么毛病，最好抽空去检查一下。谢峻洋说，是，我明天就去检查。这时候，终于有人出来说，今天下面在维修地下管道，应该很快就能弄好了。谢峻洋脸色古怪地看着那人，说，你确定？那人说，门口贴通知了，我刚看见的。谢峻洋急匆匆地跑到门口，一看，果然有这个通知。再看路边，一个下水道井盖掀开了，几个工人穿着橘黄色制服，搬着各式器械在那儿进进出出。

他还不死心,上去偷偷问一个工人,郑飞呢？他怀疑这些养护工是郑飞一伙假扮的。那人说,什么郑飞,我不认识。他看了看四周,凑近了说,没事,我是跟你们一伙的。那人把他一把推开,骂道,你谁啊,谁跟你一伙的？神经病啊你！见情况不对,他只好尴笑两声,转身溜走了。

13　脱险

有时候一件事看起来很复杂，但是临到头来，却很轻易地就解决了。本来王伟对抓住这两个盗贼已经不抱希望，只想着早点把他们送出研究所了事。但中途发生了一个小插曲，改变了事情的进程。

那时候，众人已经快走到门口了。旁边有一栋楼，是超算中心。在研究所里，所有需要用到超级计算机的任务，都会提交到这里，由其中的高性能处理器进行计算。所里各种项目组很多，很多组都会用到超算，所以提交到这里的任务首先会排队，然后根据你申请使用的核数，在有计算资源的时候载入计算。所以，研究员在提交任务后，经常需要登录提交任务的客户端去查看计算进程。是不是还在排队，提交过程有没有出问题，计算过程中有没有报错，结果输出是否顺利，总之很多环节都可能出现问题。有些是提交任务的脚本文件有问题，有些是环境配置的问题，有些则不知道是哪里出了问题，计算过程莫名其妙就卡住了。后来，为了方便大家查看任务状态，计算中心把大楼的整个后墙都改造成了 LED 屏幕，上面展示着所有目前已经提交的任务及其当前的状态。除了报错的，大部分显示内容都是一行数字代码，后面跟着一个百分比数字。每个任务都有一个单独的代码，百分比数值则是任务进程。整面墙蓝地白字，看起来特别显眼。

走到这里的时候，赵哥和瘦子都被这个大屏幕吸引住了。赵哥问，这上面写的啥啊？瘦子说，你没去过银行啊，这是当前存款利率表，每个银行里面都有这玩意儿。不怪瘦子会这么想，因为现在屏幕上显示任务进程的百分数看起来确实像利率表。王伟本来还挺紧张，正想着用什么借口解释这些数字，但瘦子再次展示了自作聪明的特质，帮他解决了这个问题。不对啊，赵哥说，这下面有个百分之十三的呢。瘦子想了想，恍然道，这个应该是基金，要不然不会有这么高的收益。现在这些银行，都在卖各种基金和理财产品，收益虽高，但风险也高。赵哥说，你这么一说，我倒是想起来了。之前我还在做生意的时候，有次去银行，就被他们骗了，买了个基金。他们说这个利息高，结果到后来连本金都给我亏进去了。瘦子说，谁叫你不放聪明点，连买的是啥都不看清楚。那可是银行啊，谁想着还能骗人，赵哥越说越气，竟然停着不走了。王伟连忙上去询问。赵哥指着屏幕说，你们这卖的是不是基金？王伟一看屏幕，百分之十三已经变成百分之十四了，赶紧点头说，对，是基金。赵哥说，那你们这是不是骗人。

王伟说，这也不算骗人，可能有些工作人员为了业绩，确实有诱导客户购买的行为，这个我们一直都在整顿。赵哥说，不行，我得进去骂两句，要不然难消我心头这团火气。王伟苦着脸说，没这个必要了吧。赵哥说，我现在的身份是省里的调查员，对不？王伟说，是。赵哥说，那进去说两句，也不会有人怀疑的嘛。王伟没话说了，只好由他去。心里一想，或许还是个机会，就暗中吩咐附近的保安准备行动。

一行人进了超算中心。大厅里，窗明几净，放着各种展板，但没什么人。赵哥一进来，前台就拦住他，说你有预约吗？赵哥更激动了，说预约个屁，我是调查组的。前台愣住了，问是什么调查组，赵哥说，你们是不是在骗人买基金？前台说，你是不是搞错了。赵哥说，别不承认，外面的墙上都写着呢。我告诉你，这种缺德的事，以后少干！说到兴头上，他的手已经从莹莹的身边移开，激动地挥舞了起来。王伟见机会到了，冲附近的保安使了个眼色，几个小伙子顿时一拥而上，把赵哥和瘦子两人扑倒在地，用膝盖压得结结实实的。

至此，危机解除，所有人质都平安无事。王伟安排了一间休息室，让他们舒缓一下紧张的心情。一杭这才知道，原来自己现在并不在银行，他们挖通的也不是什么银行金库。莹莹说，我早看出来了，只是一直没点破。老胡说，真是倒霉透了，三天白忙活了。姜宇航还想跟胡一杭谈谈实验的事情，所以仍然和他们留在一起。他向三人坦承，自己就在这家研究所工作。老胡说，我还以为你真是个厨子呢。姜宇航笑着说，那都是骗人的。老胡说，这么说，那些机器也不是做饭的吧，姜宇航说，都是做实验用的。老胡说，那太可惜了。也不知道他在可惜什么。

那个地道怎么会突然就淹水了呢，姜宇航换了个话题，他回想了一下当时的情形，越发觉得奇怪。莹莹说，我知道，是那个哑巴干的。姜宇航说，你怎么知道的？莹莹说，他想淹死我们。姜宇航说，为什么要淹死我们？莹莹看了一眼一杭，说，一看见他我就知道他不是好人。好人不会有那样的眼神。尤其是他看杭哥的眼神，特别吓人。说来惭愧，整个过程中，姜宇航都没有特别注意过哑巴，所以也并不清楚他的眼神，到底是不是莹莹所说的那样。不过他基本同意莹莹的判断。哑巴一离开地道，水就漫起来了，而且他走之前还特地把所有人都绑得动弹不得。连嘴巴都堵上了，这样就没法呼救。那水来得又急又快，的确很可能是哑巴弄出来的。他大概在地道的某个地方，敲破了一根供水管。莹莹说，太可惜了，这次没抓住他。姜宇航说，放心，我们已经派人去那间出租屋了，一定不能把他放跑了。

姜宇航没有说谎，他确实和王伟说了哑巴漏网一事。本来王伟准备报警，但姜宇航说了胡一杭的情况。一旦报警，且不说如何解释铁棍的膨胀效应，胡一杭势必会被警方带走盘问，之后还能不能回研究所配合做实验，就很难说了。王伟说，那我派人带保安去出租屋那边看看，可以的话就先控制住，过两天等胡一杭的实验做完了，再找机会转交给警方。王伟朝四周看了看，仓库管理员小王正在旁边。于是把小王叫过来，把事情的真相大致说了一遍。小王说，原来是这么回事，刚才确实有点蹊跷。王伟说，现在交给你一个任务，带着保安把剩下的一个劫匪抓过来。小王说，没问题，放心吧，王总。

小王去保安队挑了几个人，都是平日相熟的。然后马不停蹄地赶到了那间出租屋。一进门，哑巴还躺在床上，睡得正香呢。小王拍了拍他的脸，说，起来起来，什么时候了还睡。哑巴睁开眼，从枕头下抽出砍刀就要动手。小王说，2.313。哑巴愣了一下，把刀放了回去。小王把几个保安叫过来，对哑巴说，这几个也都是自己人。哑巴点了点头。小王说，那个小兔崽子没死。哑巴瞪大了眼，似乎不相信。小王说，伪神和其他几个人都逃出去了，你说你怎么办的事。哑巴急了，一骨碌翻下床，就要往外走，小王连忙说，别走别走，我还没说完呢。哑巴转头看他，小王说，之前大祭司是不是让你接近赵哥和郑飞，找时机接引他们入教啊？哑巴连连摇头。小王说，别摇头了，我是大祭司的助理，你连我也信不过吗？哑巴还是没有回应。小王又说，行了，你不承认也没关系，你这边的情况我都知道。

小王说的伪神，就是胡一杭。在他们这些人的眼里，只有祭司才是真正从天界降临的真神，掌握着神奇的法力。除此之外，其他拥有法力的凡人,都是恶魔附身的伪神。哑巴发现胡一杭具有法力后,立刻汇报给了大祭司,后者便让他潜伏在盗窃队伍里,伺机除掉伪神。对这些事,小王知道得一清二楚,因为大祭司手下的情报大部分都经过他的预处理,包括核查和分类等。显然,哑巴并不清楚这些。

我这次是来通知你,大祭司改主意了,小王对哑巴说,之前的任务取消。哑巴挠了挠头,有点迷茫。小王说,总之这事你就别管了,你自己回去吧。对了,别回村里了,你那两个同乡都被关在研究所里了。要我说,你干脆直接回天坑吧。祭典马上就要开始了,那边可能需要人帮忙。哑巴犹豫了片刻,终究还是点了点头。等小王和保安离开以后,他收拾了一些东西,背在包里,从后门走了。

小王回研究所后,说,人没找着,大概是提前跑了。王伟说,那就算了,过几天报警,让警察去抓吧。其实他对这个漏网之鱼并不关心,抓不抓得到都跟他没什么关系。他更关心的是那个游乐场男孩。据姜宇航说,从他身上或许能搞清楚触发石的作用机理。

在休息室里,东拉西扯聊了半天,看时机差不多了,姜宇航终于向胡一杭说起了铁棍的事。他说,你那根铁棍上是不是有"东海"两个字,一杭说,我看不清。莹莹插嘴说,是有这两个字。姜宇航说,其实那根棍子是东海研究所遗失的实验材料,我就是研究所的所长。老胡说，哈，你说那棍子是你的，有证据吗？姜宇航打开一个箱子，里面放着十根一模一样的棍子。他拿起一根递给一杭，说你可以试试。一杭摸了摸铁棍，闭目凝神，开始激发。很快，铁棍就开始膨胀起来。他把铁棍放下，说，你说得没错，看来那棍子的确是你的。莹莹说，我们回头就把它还给你。姜宇航说，还不还的不重要，棍子本身也不值钱。老胡说，这可是你说的啊，那就当你送我们了。姜宇航说，没问题，送你们了。比起这个，你们难道不想知道它为什么能变大吗？一杭说，你知道？姜宇航说，多少知道一点。一杭说，可以告诉我们？姜宇航说，本来是机密，现阶段谁都不能说，但你不同，据我所知，你是第一个可以直接触发样本膨胀的人。一杭说，难道你们不能？姜宇航说，我们用的是另外的方法。所以我有个请求，希望你能留下来，协助我们做一些实验，搞清楚这一切背后的原因。莹莹紧张起来，说，具体是做什么实验呢，对杭哥有伤害吗？姜宇航说，放心，就像去医院做了个体检。老胡说，我们倒是可以配合，不过这对我们有什么好处呢？姜宇航说，你们有什么要求，尽管可以提。老胡说，钱。姜宇航笑着说，你要多少？老胡说，十万……二十万！姜宇航说，可以，待会儿就转给你。姜宇航答应得这么痛快，老胡不禁暗自后悔报少了。姜宇航看着一杭，后者考虑了片刻，点头说，我可以答应，不过这二十万要单独分十万出来，打在我的账上。老胡说，你干吗？一杭说，这是莹莹高中和大学的学费。老胡说，不用这么麻烦，莹莹的学费我肯定会给。一杭说，我信不过你，不知道什么时候你就拿去赌钱了。就说这次的事吧，还不是你欠人家赌债惹出来的祸。老胡赌气道，我以后绝对不赌了，再赌我是你孙子。一杭偏过头去，没搭理他。

14　畸变发光效应

对于栽跟头这件事，赵哥已经很有经验。最早在村里承包果园种苹果，刚开始收入还不错，但后来出了几个更受欢迎的新品种，而且附近种苹果的越来越多，收购价就一年比一年低。后来跟媳妇在县城开了个小店，做一些服装批发生意。有一次，经常进货的工厂说有一批很紧俏的新版时装，需要先打款才能发货。结果打款之后，等了几天也没有收到货，一查才发现工厂倒闭，老板跑路了。不久之后，媳妇也走了，赵哥就和村里的几个闲汉商量着出去打工。郑飞是他一个表叔的儿子，当时刚从国外回来，也没找到合适的工作，就跟着他在外面跑。去电子厂流水线干了一段时间，遇到个专门挖洞偷死人钱的，两人觉得这个活儿好，比流水线轻松多了，就跟着一起干。做了几年，熟门熟路了，赵哥就自己拉人单干了。谁知道没做几次，收货的那间古玩店老板却被抓了，吓得他连夜逃回村里躲了大半年。不过，虽然栽了不少跟头，但像这样被人抓住关起来，倒是第一次。

赵哥说，做这行，迟早都要坐牢，有心理准备，但没想到这么快。郑飞说，这儿又不是警察局，坐哪门子的牢啊。赵哥说，那这里也不是银行啊，你怎么挖的地道？郑飞说，这也不怨我啊，肯定是那个指南针有问题。赵哥说，还有你说的那个小谢，肯定把我们卖了。郑飞没说话，以他对谢峻洋的了解，应该不至于会干这种事。不过现在说什么都晚了。

郑飞蹲在紧锁的门口研究了半天，对赵哥说，这个锁不难开。赵哥说，你还会干这个？郑飞说，在国外的时候学过一点。赵哥问，你不是学工商管理的吗？郑飞想了想，自己说过这话吗，他记不清了，不过他顺口就说，我读的是双学位，另外一个学位是电子机械工程。赵哥说，这个专业还教人开锁？郑飞说，那当然不会，教的是造锁，不过原理都是通的——会造，自然就会开。其实他就是在大马跟一个当地混混学的。他管那人叫师傅，但后来他的手艺比师傅强多了，不得不说他在这方面确实有天赋。

赵哥有点激动，那你赶紧开。郑飞说，有没有卡，或者硬纸板？赵哥从身上找了一张身份证，说这个可以吗。郑飞说，我试试。身份证自然是假的，花五十块钱找人办的，但硬度还合格，郑飞捣鼓了一分钟，房门突然发出咔嚓一声，开了。他偷偷把门打开，露出一条缝隙，往外看。片刻之后，他又脸色难看地把门关上了。赵哥疑惑地看着他，他苦笑道，门口有人。

话音未落，门从外面打开了。仓库管理员小王走进来，身后还跟着两个保安。小王说，手艺不错啊，没想到你们还会这一手。赵哥忙说，误会，误会。小王说，误会什么啊？赵哥说，我们都没动，这门突然就自己开了，可能是锁坏了。小王说，哦，原来是锁坏了啊。那太可惜了，本来想给你们个机会，看来是没希望了。赵哥说，什么机会？小王让保安把一个保险柜拿进来，放在两人面前，看着郑飞说，如果这个保险柜的锁也能突然自己开了，我就放你们走。赵哥看向郑飞，后者扫了一眼保险柜，说，给我半个小时。小王说，只有十分钟。郑飞说，好。小王转身就出去，房门又关上了。

　　郑飞立刻把耳朵贴到保险柜上，一只手扶着柜门，一只手轻轻地转动数字旋钮。赵哥大气都不敢出，紧张地看着郑飞。不愧是留学回来的人才，什么都会，赵哥想，跟着我混真是屈才了。不知道过了几分钟，保险柜发出咔的一声，柜门自动弹开了。郑飞站起身，长出了一口气。赵哥探头一看，柜子里空空如也，什么也没有。

　　房门打开了，小王笑着说，不错，只用了七分钟。赵哥说，现在可以放我们走了吧？小王说，不要急，再帮我开个柜子。赵哥说，还来？小王说，这次开的柜子和它一样，对于你们来说并不困难。郑飞说，刚才只是试探，现在才是动真格的吧？小王笑了笑，转身说，跟我来。

赵哥二人跟着小王，拐进了电梯，一路升到32楼，也就是顶楼。这一层的面积较小，整层就只有一个宽敞的房间。小王掏出钥匙打开门，赵哥发现里面的布局和自己之前误闯的仓库很像，也是摆满了各种货架。在房间中央，有一个立方体模样的小隔间，侧面的门上装着指纹锁。小王身后的保安立刻递上一个小盒子。小王从里面拿出一个白色乳胶手指套戴在食指上，然后按在指纹锁的解锁区。指纹锁内发出机械转动的声音，一拧门把手，门已经打开了。进了隔间，里面稍显局促。正中央有一张茶几，上面放着一个保险柜，除此之外，并无他物。小王看着郑飞说，来吧，看你的了。十分钟以后，如果柜门还没打开，隔间会自动关闭，而且警报会响。说完，便退出了小隔间。赵哥犹豫片刻，留在了里面。郑飞深吸一口气，在衣服上擦了擦手，然后蹲了下去。

这次只用了五分钟。可惜保险柜里仍旧空无一物。小王看着空空的柜子，脸色很难看。郑飞看出来了，这人不安好心，想偷公司的东西，可那东西现在不在这里。说起来，这人和自己是一路货色，想到这里，郑飞不由得放松了许多。怎么着，他说，我猜你肯定不会放我们走吧。小王说，是我记错了，东西不在这儿，你们还得再待一会儿。小王自然没有记错，触发石平时的确保存在这里。但在实验密集期，为了方便起见，姜宇航会把它就地保存在实验中心，随用随取。目前应该就是这种状况。

小王猜得没错。此刻，姜宇航正带着胡一杭和胡莹莹参观实验中心，用触发石激发各种样本。莹莹仔细看着每一个实验，然后逐一描述给一杭听。虽然在学校也做过一些小实验，但这是她第一次看见真正的科学家和实验室。到处都是银灰色的金属壳和发光的显示屏，有的仪器像洗衣机一样轰隆隆地响，有的则发出炫目的亮光。她指着一个正发出蓝光的玻璃罩，问这是什么。姜宇航说，这是一个光谱仪，用来分析一个复合光是由哪些光线组成的。比如太阳，你把它透过三棱镜，就会看到如彩虹一样的七色光线。其实阳光里还有很多肉眼看不到的光，比如红外线、紫外线等等，这个仪器都可以看得到，而且可以显示出各种成分的强度来。他指着旁边的显示屏，告诉莹莹，这个图像叫作光谱，它的横轴是不同的频率，纵轴就是对应的强度。所以，我们只要看到这个光谱，就知道一个复合光的组成了。

莹莹说，我们为什么要知道一个光的成分呢？姜宇航说，我们知道物体会发光，是因为它内部的电子在发生能级跃迁。简单地说，一般情况下，物体内部的电子都处于一个能量较低的状态，我们把它叫作基态，但在某些情况下，电子会被激发到能量较高的状态，也就是激发态。当电子从激发态回到基态时，能量会减少。减少的能量会以光的形式辐射出来。所以，我们探测物体发光的光谱，就可以间接地知道其电子激发的信息。莹莹说，所以探测光是为了探测电子。姜宇航说，可以这么说。莹莹知道电子这个名词，在物理和化学课堂上学过一些。她说，那么探测电子又是为了什么呢？姜宇航哈哈一笑，说这个可就复杂了。电子的状态蕴藏了很多信息，包括物体的微观结构、元素组成、温度高低等等。不过这些都不是我们关心的重点。姜宇航从一个样本盒里拿出一块金属箔片，递给一杭，然后说，激发它。一杭捏着箔片，有些不知所措。姜宇航说，就像你激发金箍棒一样。一杭想了想，用手指捏着金属片的一角，闭上眼睛。接着，金属片发生了变化。它像含羞草的叶子一样，逐渐卷曲起来，最后变成了一个卷筒。莹莹瞪大了眼睛说，杭哥，它卷起来了！一杭用手摸了摸，发出惊疑之声。姜宇航解释，这个叫作形变，是膨胀效应带来的一个伴生后果。之前你们拿到的棍子，各部分的膨胀系数是均匀的，所以在变大的同时并不会发生形变。而这张箔片则不同，在其厚度方向，实际上是由具有不同晶格结构的纳米薄层叠加而成的。在触发后，下方的纳米层具有更高的膨胀系数，所以它会随着膨胀向内卷曲。莹莹说，听上去有点像龙虾片。姜宇航说，你的图形想象力很不错。莹莹说，我这不算什么，我哥才厉害呢。姜宇航说，是吗？莹莹说，他和我下五子棋，盲棋，一直到近百手还能在脑子里记住棋形，我不到五十手就记不住了。姜宇航略显意外地看着一杭，没想到这个年轻人还有这一手。一杭显得有些不好意思，连连摆手说这不算什么。

接下来，姜宇航让一杭把卷曲的金属片递给他。他把光谱仪的罩子打开，把金属片放在了光源腔的载物台上。调暗室内的光线，过了几分钟，就看见金属片逐渐舒展开来，同时发出淡红色的微光。姜宇航解释说，当膨胀还处于线性区间时，其效应都是可逆的。也就是说，物品还会恢复原样，这一点你们也都很清楚。但有一点不知道你们注意过没有，物体在恢复原状的过程中，通常都会发光。一杭说，为什么呢？姜宇航说，我把它叫作畸变发光效应。这是因为在膨胀形变时，物体内部实际上发生了晶格畸变。具体来说，就是原子之间的化学键，其夹角发生了变化。这个你们能理解吗？莹莹想了想说，不知道我想得对不对，感觉就是膨胀让原子之间错位了。姜宇航说，基本上是这样。你们要知道，晶格畸变不仅让原子离开了它原本的位置，而且会改变电子在整个体系中的分布。换句话说，现在电子已经处于能量较高的激发态了。当物体恢复原状的时候，电子则会重新回到原来的分布，也就是基态。莹莹说，我明白了，这时候物体就会发光。姜宇航点点头，又补充道，物体发光的强度仅和畸变的程度有关，比如你们之前触发的棍子，因为在膨胀过程中畸变较小，所以在恢复过程中发出的光很微弱，如果不仔细看可能还看不出来。但这个金属片的畸变就很明显了，你们可以看到，它发出的光就明亮多了。

莹莹又问，它的光为什么是红色的呢？姜宇航笑着摸了摸莹莹的头。这个小女孩一开始很拘谨，像一只受惊的兔子，但现在已经明显放松了下来。她很聪明，而且求知欲特别强。姜宇航结过一次婚，也有过一个女儿，但是女儿在三岁那年因为意外去世了。这件事对夫妻二人的打击都非常大，半年以后，两人就离婚了，试图以这样的方式忘记那段痛苦的经历。妻子是否从中恢复，他并不知道，但直至今日，自己仍不时从噩梦中惊醒。他心里经常会忍不住想，如果没有发生意外，自己现在的生活会是什么样的呢？看着眼前的莹莹，他突然想到，如果那个孩子顺利长大的话，现在差不多就是莹莹这么大。想到这里，他不禁呆住了。见他一直没有回答，莹莹拉了拉他的衣服说，我猜，不同的材料发光的颜色不一样，对不对？姜宇航回过神来，赞许道，你猜得很对。实际上，不同的材料、晶格结构和畸变类型，都会改变光的颜色。这一切最终都会反映在光谱图上。所以，我们可以通过这台仪器，测量物体畸变发光的光谱，这样也就知道它里面的微观结构在膨胀时发生了什么样的变化。

　　这时，一杭突然开口道，说了这么多，可是物体究竟为什么会变大呢？姜宇航说，不用着急，我目前知道的，接下来会全部告诉你们。

15 超轻材料与亚稳态加工

离开实验中心,姜宇航带着两人前往另一栋实验楼。实验中心是宏硕研究所的公用区域,其中的仪器大多是各种实验都常用到的——例如光谱仪,因此每个小组都可以预约使用。现在要去的是东海研究院的专用大楼,这里的一切研究都围绕着触发膨胀进行。一路上,莹莹都牵着一杭的手,但一杭努力做出轻松的样子,不时左顾右盼地张望一番。虽然眼前的一切都很模糊,但从一些物体的轮廓上,他还是可以依稀辨别到那是什么。经过一个草坪的时候,他对莹莹说,那边是一个喷泉吧?十几米外的地方确实有一个喷泉,水流从地面的喷管中涌起,升到三四米高,再散开溅落。莹莹说,对,一个小喷泉。一杭说,我小时候曾经看过很大的喷泉,在市民广场上。有一年国庆,那里办了一个大型的庆祝活动,来了好多人。喷泉、灯光和音乐,配合得极好,像童话仙境一般。我坐在老胡肩上,看得比谁都远。

事实上,在询问莹莹之前,一杭对于自己的辨认之物已经有八成以上的把握。这明显超出了他往日的水准。有些话，一杭并没有说出口。他有一种微妙的感觉，眼前看到的东西，似乎比平时变得轮廓分明了一些。但他怀疑这只是自己的错觉——他太想恢复视力了。他告诉自己，不可能的，哪有这样的好事。十年前，医生就已经断言，他的视力已经不可能再恢复了。并不是他的眼睛出了什么问题，发生病变的其实是他大脑后侧的枕叶。人类的视觉皮质中枢在这个位置，主要处理加工来自视网膜的神经信号。他枕叶处的神经系统出现了明显的萎缩迹象，医生对此也无能为力。

他摇了摇头，似乎想把这些纷繁的念头从脑子里甩出去。再往前一看，一栋大楼已经出现在几人面前。在他的眼里，这是一个庞大而模糊的黑影，如同一头巨大的怪兽，其中有若干发光的亮点，像是巨兽身上的斑点。

这里就是东海研究院，姜宇航说，里面有很多好玩的东西，你们一定感兴趣。莹莹看着门口的牌匾，上面的"东海"两个字，字体的造型和铁棒上的完全一样。姜宇航带着两人进了电梯，上到五楼。这里的实验室里有一台可用于人体检查的核磁共振成像仪。他决定先对一杭做一个全身扫描。他带的研究生孙剑早已经等在这里了，看见他们进来，立刻上前扶住一杭，引导他躺在了检查床上。另一个科研助理则询问他身上有没有什么金属物品，一杭说没有。他对核磁共振并不陌生，小时候在医院已经做过很多次了。孙剑对他说，全身扫描需要的时间比较久，让他耐心等待一会儿。

姜宇航对莹莹说，你哥这边的检查大概需要一个小时，我们去外面等吧。莹莹看了看一杭，一杭说，没事，这东西我熟得很，你出去吧。莹莹这才跟着姜宇航出了检查室。姜宇航说，反正也没事，我带你去看一些有趣的实验品吧。严格来说，他这种做法是不符合保密规定的。这栋楼里的大部分实验项目目前都处于保密阶段，但不知为何，他就是想带着这个小女孩去看看。不要紧的，她只是个小孩子而已。姜宇航这样想着，看向莹莹，后者点点头，脸上露出期待的神色。恍惚中，他突然想起前一阵子做的一个梦。他从外地出差回家，女儿问他有没有给自己买什么礼物，他拿出一个包装好的礼物盒说，猜猜看我给你买了什么。此刻的心情，几乎像在那个梦里。

他带莹莹去看的第一个实验品是所谓的"金属蒲公英"。姜宇航把触发石固定在一个机械臂中，在其下方，一根细杆顶部的小托盘里，盛放着一个这样的小球。通过电脑的调控，机械臂准确地把触发石压到小球的正上方。不出意外，小球慢慢地变大，从玩具枪子弹逐渐变成了玻璃球大小。随着小球的膨胀，托盘随之下移。此刻，小球的表面已经完全破裂，形成了一条条纵横交错的沟壑。小球的外部是普通物质，膨胀系数很低，完全无法和内部的膨胀比例相比，因此当其内部飞速扩张时，外部很快分崩离析。膨胀还在继续，从玻璃球，变成乒乓球，直到有台球大小时，触发石才与其脱离接触。此刻的小球表面，已经没有了沟壑，取而代之的是一簇簇细针状的金属绒毛，就像蒲公英一样。这些绒毛是裂解过程中一系列随机效应的产物，虽然不完全规则，但整体上仍以某种特定的重复模式分布着。在灯光的照耀下，金属绒毛呈现出晶莹而斑斓的色彩，看上去瑰丽无比。这是一个早期的膨胀实验的失败产物。触发前，小球看上去普普通通，直径不到一厘米，和小孩常玩的玩具枪的子弹差不多。但小球内部的核心区域，早已经用杂质原子刻画了分形纹路。实验的初衷是希望用普通物质束缚住分形晶体的膨胀，显而易见，分形晶体的膨胀根本无法阻挡。实验虽然没有太大价值，但反应得到的产物却颇具观赏性。莹莹发出哇的一声，手不自觉地就向前伸了过去。姜宇航连忙拉住她。小心刺伤手，他提醒道，莹莹立刻把手缩了回来。漂亮吗，他问。莹莹用力地点了点头。走，这边还有更好玩的。取下触发石后，他便拉着莹莹去了隔壁的房间。

一进入房间，莹莹就被半空中悬浮着的一个气球模样的东西吸引住了。它和篮球一般大小，看上去像由金属做成，但却飘在空中。莹莹说，这是气球吗？姜宇航把金属球压低了一些，好让莹莹可以够得到它。碰碰看，他说。莹莹双手抱住它，没有感觉到一点重量，但表面坚硬，明显不是气球。它是实心的，姜宇航说，组成成分基本上都是铝。莹莹说，那它为什么能飞起来呢？姜宇航问，你知道木头为什么可以漂在水面上吗？莹莹说，我知道，因为有浮力。姜宇航又问，铁为什么不可以？莹莹想了想说，铁的密度比水大。说得太对了！姜宇航用手拨弄了一下金属球，后者晃动着飘了一段距离，又悬停在了那里。空气像水一样，也是有浮力的，姜宇航解释道，不过一般物体都无法在空气里飘浮起来，因为它们的密度都比空气大。不过分形晶体却不一样。在膨胀前后，它们的质量不变，但体积却扩大了很多，因此密度大大减小。以金属铝为例，它的密度大约是2.7吨每立方米，是空气密度的两千多倍。换言之，当一个用铝制成的分形晶体，体积膨胀到原来的两千倍之后，它的密度就和空气基本相当了。姜宇航从一个柜子里拿出一个玻璃珠大小的球体，递给莹莹。这是它膨胀之前的样子。莹莹捏了一下，发现两者的质感的确一样。

当然，要让分形晶体飘浮起来，并不像说的那么简单。比如，在膨胀过程中，球体表面不能开裂，因为一旦出现缝隙，空气便可以乘虚而入，浮力就大为减小了。这就像船体进水了一样。因此，即使在晶体表面，也必须镌刻上分形纹路。事实上，在球体中，越靠近外侧的物质，其膨胀系数应该越大，这样才能够让其在变大的过程中，整体协调一致，不产生额外的内部应力，不发生挤压形变。通过镌刻不同的分形纹路，可以对膨胀系数进行调节，但制备这样特殊的分形晶体，目前仍然成功率很低。有人提出过另一种设计，就是制造一个中空的球壳，这样就不用考虑球体内各部分膨胀系数的分布问题。但这种球壳膨胀之后，内部的气压会随着体积的增大而减小，内外的气压差往往会把球壳压得变形。为了抵抗气压差，球壳就必须做得厚一点，但这样也就面临和实心球体同样的问题了。这些超轻材料密度极低，但力学强度和膨胀前维持一致，是一种再好不过的航空材料了。因此制备和空气密度相当或略低于空气密度的金属材料，在东海研究院里是一个由多个小组协调合作进行的课题，通常隶属于"超轻航空材料制备与性能研究中心"。

把玩了一会儿金属球后，莹莹突然问，为什么它不变小呢？姜宇航说，它可以维持这种状态，不会变小的。莹莹说，我还以为所有变大的东西，最后都会变回去呢。姜宇航说，大到一定程度就变不回去了。这当然是一句极其简略的解释。准确地说，分形晶体的膨胀过程，可以分为两个阶段：一个是稳态扩展期，一个是失稳扩展期。进入后一个阶段，即使拿走触发石，物体也无法再缩小回原来的体积了。

莹莹又玩了一会儿，姜宇航说，去里面看看吧，那里还有好多别的东西。实验室的中间有一个布帘，把前后隔开了。帘子拉开，莹莹顿时被看到的景象惊呆了。一大堆各式各样的物件飘浮在半空中，这次不再是简单的球体了，颜色和质感也丰富了很多。既有立方体、三棱锥、环形圈这样的几何体，也有凳子、杯子、闹钟这样的生活物品，甚至还有一辆悬空的自行车。站在房间里，仿佛身处某个重力失效的区域，有一种奇妙的非现实感。这些东西都是用超轻材料制造出来的。当然，这只是一些早期的样品，并没有投入量产。它们最大的意义是证明了一件事——通过超轻材料的组合，的确可以制造出更为复杂和实用的产品。

参观完两个展厅，时间已经过去了四十多分钟。莹莹说，我们回去吧。姜宇航知道她记挂着一杭，就说，好，不过我们先去拿点东西。接着，他们去了第三个房间。这个房间看上去没有什么特别之处，只摆放着一排普通的玻璃柜，里面放着很多半透明的塑料盒子。旁边的桌子上有一台显微镜，还有三把尺寸不一的放大镜。姜宇航拉开柜门，在里面翻找了半天，然后拿出一个巴掌大小的塑料盒子，递给莹莹。送给你的，他说。莹莹打开一看，里面装着满满一盒模型玩具。有洋娃娃，有小汽车，有机器人……每个模型都只有指甲盖大小。她用拇指和食指小心地拈起一个洋娃娃，像捏着一颗米粒。洋娃娃似乎很漂亮，但太小了，根本看不清细节。姜宇航说，放到桌上，用放大镜看看。她终于看清了洋娃娃的细节，出乎意料地精致，连睫毛都根根分明。她又拿出一辆小汽车放到放大镜下面，能看到前排的座椅上放着两个靠枕，后排的座位上则披着一层布艺坐垫，甚至连坐垫上的花纹都很清楚。莹莹说，哇，这也太厉害了吧，怎么做的啊？姜宇航说，你猜。莹莹想了想，有些犹豫地说，趁它变大的时候？

姜宇航竖起大拇指说，猜得太对了。所有模型零件材料上都刻画了不同膨胀系数的分形纹路。制作的时候，先用触发石激发变大，在这个时间里加工。有的复杂元件需要经过多次膨胀才能制作完成。组装同样在膨胀状态下完成。制作和组装完毕后，静待其恢复原状即可。这种加工工艺叫作"亚稳态加工"，因为分形晶体在膨胀期处于一种亚稳态的状态，刻蚀、切割等操作需要精准和快速完成。莹莹把这些微型模型重新装好，盖上盒盖说，真的送给我吗？姜宇航说，当然，喜欢吗？莹莹高兴地点了点头。回家后，可以分一些给杭哥。她又想到，玩的时候可以让杭哥激发它们，这样玩具不就变大了吗？

从房间出来，一个小时快过去了。姜宇航带着莹莹回到核磁共振室。孙剑一见他便迎上来说，看见裂缝了。他问，在哪里？孙剑用手指着头说，在脑部。

16 2.313

到了三点半,谢峻洋还是没有等到郑飞的回复,他越来越慌,再也坐不住了。他不明白,说好的计划怎么突然改了,是不是发生了什么意外?这时,他突然想起郑飞曾经提过一句郊区落脚点。他翻出微信聊天记录,找到了那个地址。和银行相距不远,有一路公交车直达,就两站路。借口家里有事,他请假离开了银行,在公交车上坐了十分钟,又跟着导航走了十分钟。经过一个棚户区,几个衣衫褴褛的流浪汉坐在凉棚下,行注目礼似的一直盯着他,让他感觉浑身不自在。

终于找到了那个出租屋,他没有直接进屋,而是绕到屋子后面,从窗户看进去,可以看到一张床,这里是一间卧室。床上躺着一个人。这人有点眼熟。回想了一下郑飞说的,他想起来,这人是杨雄,一个哑巴。这哑巴怎么在睡觉呢,难道行动真的临时取消了吗?可郑飞和另外一个人去哪了呢?他正准备绕到前门,进屋问一下,突然看到马路上一群穿着保安制服的人正径直朝这边走来。

　　坏了，肯定坏事了！他立刻蹲下来，躲在窗户后面。那群保安进了出租屋，不过好半天都没有听到打斗的声音。哑巴醒了以后，他听到保安说了一句"2.313"，似乎在对暗号。他还在琢磨这个数字有什么意义，就有保安向着屋后的方向绕了过来。他赶紧溜到一旁，那里正好有一间小小的土地庙，他闪身钻了进去。庙门只有一米来高，他站不起来，只好蹲在里面。躲好后，从庙门探出头去，发现有个保安在屋后的草丛里尿了一泡。他想，难道这哑巴和那些保安是一伙的？那他们是不是站在郑飞这一边呢？等了几分钟，那些保安还没出来，也不知道和一个哑巴有什么好聊的。他缩回头，靠在墙壁上，叹了口气。他面前有两个泥塑的雕像，一个拄着拐杖的老头子，一个双手笼在衣袖里的老婆婆。老婆婆眯着眼在笑，老头子则神色严肃，一本正经的样子。雕像前面有一张案几，上面放着一个香台，密密麻麻地插了好多香。旁边还放了一个酒瓶，是红星二锅头，已经开了盖，里面的酒剩了一半。他对土地公说，您老慢点喝，这酒挺上头的。土地公没搭理他，还是一脸严肃地看着前面。他笑了笑，又伸出头望了一下，保安已经从前门出来，离开了。过了一会儿，哑巴也背着一个包，沿着屋后的小路走了过来。

　　这下谢峻洋彻底确定他们是一伙的了。回想起来，郑飞可从来没说过这次行动有保安什么事。这么看来，郑飞多半被哑巴坑了。到现在都还没消息，肯定是栽了。等哑巴从庙门口走过去以后，他才轻手轻脚地爬出来，偷偷跟在哑巴后面。先不惊动哑巴，只是跟着他，看看他要去哪里，到底在搞些什么鬼。

哑巴一路朝城外走去。不紧不慢，像是在郊外踏青。走了几里路，到了城南车站，他买了张去雅安方向的车票，谢峻洋赶紧也买了票跟上了车。车上人不多，哑巴坐在第三排，一上车就睡了。谢峻洋选了最后一排，这里位置高一点，可以清楚看到全车的情况。大巴很快就出了车站，朝着西南方向开去。窗外的水泥建筑逐渐减少，大地又重新被茂盛的草木占领。

一路上，汽车摇摇晃晃，把谢峻洋也晃得有些困了。他往前扫了一眼，发现车上的十几个乘客大多都低着头在打盹，少数几个戴上了耳机，闭着眼睛听歌。他担心哑巴在中途下车，所以一直不敢睡，但眼皮终究还是越来越沉重了。某个瞬间，他隐约在天空中看到一只硕大的章鱼——它挥舞着触手，在云层中快速地飞过。下一刻，他惊醒过来。把头稍微伸出窗口，向上看去，什么也没有。心想，到底还是睡着了，居然还做了这么离谱的梦。用力揉了揉脸，让自己打起精神来。

两个多小时以后，哑巴在一个偏僻的小站下了车。谢峻洋赶紧跟下来。哑巴没有回头看，一直快步地往前走。谢峻洋不敢跟得太近，因为这一带地势平坦，没有什么遮挡物。太阳已经落到山下面去了，只有一缕橙黄色的余光还留在天空。这一走就是一个小时，天已经完全黑了。哑巴打开一台电瓶灯，提在手里。灯的功率还挺高，起码有四五十瓦，把路面照得白白亮亮的。谢峻洋就跟着这片白光。他看不见哑巴的头和上半身，只能看到在光亮笼罩下的一双脚。走久了，他不免产生一种幻觉，好像走在自己前面的是一个没有上半身、只剩双腿的怪物。那人的头部和身体已经被黑暗吞噬，消失在清冷的夜空中。

又一个小时过去，谢峻洋已经不知道自己到了哪里，连基本的方向都分不清了。脚下已经变成了狭窄的山间小路，一脚深一脚浅的，不知道通往何方。这时，哑巴突然把电瓶灯关了。短暂的适应之后，谢峻洋发现前面不远处出现了一片光晕。不过奇怪的是，那光像是从地下散发出来的。又走近一些，他才看到，一排施工围栏在前面，只留了一个很窄的缺口。缺口处，几个人正围着哑巴，问着什么，但哑巴一直不说话，他们就不让他进去。过了片刻，另外几个人从里面出来，解释了几句，那些人才让开路，把哑巴放了进去。

有人看守和盘问，这地方显然不允许外人进出。谢峻洋准备离开，但没想到因为跟得太紧，前面看守的人已经看到了他。那人吼了一句，什么人，出来！他只好故作镇静地往前走，一直走到围栏的缺口处。那人问，你也是新来的？他点了点头。那人又说，你不是哑巴吧？他说，不是。那人说，那就好，报口令吧。急切之中，他突然鬼使神差地说，2.313。没想到，那人听了以后立刻就把路让开了，对他说，行，进去吧。他脸色僵硬地笑了笑，从缺口处走了进去。

从围栏所在的位置，往前走几十米，眼前突然出现了一个大坑。原来，之前看到的光是从坑里透出来的。周围看不到哑巴的身影。谢峻洋又往前走了几步，到了坑边。出现在他面前的，是一个直径有几百米的巨大深坑。边缘陡峭，看上去像个废弃的采石场。探头朝下一看，坑的深度超出他的预料，他感到有些眩晕，连忙缩了回来。下面的确有光，但一时间没看清光源是什么。再低头看脚下，原来这里有一条向下的石阶，那哑巴应该就是沿着石阶下去了。石阶只有不到一米宽，没有栏杆，一旁就是陡峭的深渊。谢峻洋小心翼翼地到了台阶旁，犹豫片刻，还是决定跟下去。既然已经到了这里，无论如何也要下去看看。

他尽量不朝深渊的方向看，目光专注在石阶上。越往下走，光线就越明亮。那光线穿过郁郁葱葱的树木枝叶，形成无数细密的光点，像闪耀的星星一样。一时间，他几乎分不清哪里是天空、哪里是大地了。向下走了十几分钟，他停下来歇了一会儿。这时候，他终于鼓足勇气向坑中仔细看去。距离坑底还有一段距离，已经隐约能看到一些活动的人影。数量还不少。他很疑惑，这些人大半夜地在这个深坑下面做什么呢？

又向下走了一会儿。已经可以清楚地看到，坑底繁盛的植被，占据主体位置的则是榕树，巨大的榕树。老实说，他从未见过如此密集分布的大榕树。这些巨树的树枝顶部已经伸到了他现在所在的位置，估计起码有十层楼高。枝干上垂下了众多气根，或悬挂在半空中，或向下扎入了地面。树冠笼罩的范围几乎覆盖了整个坑底。在很多树枝上，都拉起了电线，一个个电灯就这样悬挂在枝叶下，像大树结出的果实一样。地面上的人来来往往，全都显得急匆匆的，树影婆娑，看不清在干什么。

深坑，巨树，人群，谢峻洋总觉得这地方很诡异。这时，他突然注意到，自己前方距离崖壁几十米的地方，有一个开阔的平台，上面一个直径数米的大树桩，很多树瘤般的球状物体围着树桩。在灯光下看，那是黑乎乎的一团，突兀地从树桩表面上鼓起来。奇怪的是，这些树瘤似乎在不断膨胀。他揉了揉眼睛，确认自己没有看错。几分钟不到，树瘤已经比之前大了整整一圈。树瘤表面像是有活物一般蠕动着，最大的已经有卡车轮胎那么大了。

这时候，他听见有人在喊，我这边熟了一个。朝着声音的方向看去，只见那人正站在一个硕大的树瘤下方。立刻有其他人赶过来，搭着一架梯子爬上树枝，把手伸进瘤子里面，摸了半天。检查完后，那人说，没问题。于是下面有人问，现在轮到谁了？另一个人说，等一下，我看看名单。吵闹了片刻，一个中年男子被领了过来。这人似乎神智有点问题，耳歪嘴斜，连走路也不会。好几个人把他费力地抬起来，架到树瘤下，然后小心地塞了进去。

那树瘤上似乎有一个裂口，这人被塞进去之后，有人又爬上去帮他调整了一下姿势，让他能够身体端正地坐在里面。接着，这人就那样坐在了树瘤里面，一动不动。正在谢峻洋疑惑之时，诡异的事情发生了。那个树瘤突然像漏气的气球一样，肉眼可见地缩小了。橙黄色的光芒从树瘤表面透出来，像突然变成了一个硕大的灯泡。

谢峻洋惊得张大了嘴巴。他觉得自己仿佛来到了一个有着草木精怪的奇幻小说里。等树瘤缩小到原来的三分之一大小后，光芒暗淡了下来。此刻，一双手从树瘤里伸了出来。先前被塞进去的那个人，正用力掰开裂缝，挪动着脖子，把头慢慢地从裂缝中探出来。他一脸茫然地向四周看了看，眼神恍惚。台下的人也没有打扰他，就静静地在下面等待着。过了良久，树瘤里的人终于回过神来。他向台下的人说了一句什么，下方的人群顿时欢呼起来。谢峻洋没有听懂他说的那句话，像是某种方言或者外语。这时，他听到有人说，欢迎来到新的世界，你现在是我们维持会的新任祭司了。维持会？他突然想起了在银行听到的上司和出纳的对话。他恍然大悟，搞了半天，原来这里就是生态维持会的活动据点啊。

17　时空裂缝

胡一杭刚看到张霖的背影时，还以为这是一位年迈的老人，但当后者转过身来，他立刻就意识到自己的判断是错误的。虽然满头白发，但这人的面相却很年轻。姜宇航向一杭和莹莹介绍说，这一位是研究裂缝的专家，待会儿有什么问题你们就问他。张霖看了看胡一杭，对姜宇航说，这就是你之前跟我提到的那位孙悟空？姜宇航说，对，就是他。张霖说，核磁做过了吧？姜宇航说，做过了，在脑部找到了裂缝。这时，胡一杭忍不住插嘴问，你们总在说什么裂缝，那到底是什么东西？张霖笑了，说，裂缝就是裂缝。一杭又要说什么，张霖摆了摆手，说，你们过来，给你们看一些东西。

这是一个体心立方晶格的结构模型。众多小球通过细长的塑料棒串联起来，构成一堆紧密相连的立方体，而在每个立方体的中央，则又有一个小球。张霖指着模型中的小球说，这是原子，又指着那些塑料棒说，这是化学键。莹莹说，这是物质的微观结构模型，我知道，在学校看过。张霖说，不错，确切地说，这是一个体心立方晶格的模型，很多金属都具有这样的微观结构，比如这根铁棒。他从旁边的样品柜里拿出一根棍子，和之前一杭使用的金箍棒一模一样。这是正常状态，他说着，在模型下面的台子上按下一个开关，模型立刻动了起来。一些塑料棒突然断开，两端连接着的小球也随之分开一段距离。在整个模型里，断开的塑料棒正好处于一条直线上，因此，整体看来，模型中就像出现了一个裂缝一样。看明白了吗？他问莹莹，后者正目不转睛地盯着模型。莹莹皱着眉头，像在思索着什么。张霖又补充道，铁棒之所以会膨胀，就是因为它的内部出现了众多这样的裂缝。你看，它让原子之间的距离扩大了——有时候扩大的程度会达到原来的十倍，所以物质整体也就膨胀起来。同时，裂缝旁边的塑料棒，虽然没有断开，但也连带着受到了影响，彼此之间连接的角度改变了。他指着两根塑料棒，让莹莹仔细看。莹莹说，对，刚才它们都是垂直的，但是现在已经歪了。张霖说，这叫作晶格畸变，也是膨胀过程中伴随而来的一个不可忽视的副作用。正是它，导致了膨胀物质退激发过程中的发光效应。莹莹点了点头，她记得姜宇航曾经说过类似的话。

这时，张霖又按下了另一个按钮。模型中的小球顿时分开得更远了。发生了什么，姜宇航问莹莹。他把她领到模型前面，让她可以看得更清楚。莹莹说，裂缝变宽了。再仔细看看，他说，还有什么变化？莹莹又看了一眼，说，裂缝还分叉了。张霖说，不错，这叫作裂缝的扩展。随着时间的推移，在宽度增加的同时，一条主裂缝还会生发出新的分支，就像从树干上长出新的枝丫一样。这之后，枝丫又会再长出更细小的分叉来，由此及彼，从而让裂缝的范围越来越大，层次越来越丰富。当然，宏观来看，物体的体积也就变得越来越大了。这时，莹莹突然指着模型说，不对，这里是不是有问题？张霖顺着她的手看去，只见她正指着模型内部的一个小球。那个小球的四周都出现了裂缝，因此，与之相连的所有塑料棒都断开了，可小球还悬浮在那里。事实上，为了模拟这样的效果，这些小球本身就是用可以飘浮的分形晶体制作的。为什么它不掉出去，莹莹问。姜宇航对张霖说，你看，她的观察很敏锐吧？张霖说，确实不错。姜宇航得意地笑着，像是自己的女儿得到了夸奖一样。

张霖对莹莹说，你提的这个问题非常关键，它是我们理解裂缝性质的一把钥匙。他拿出两根极细的针，放在一个智能长度测量仪的载物台上，屏幕上显示出15.00的数字。记住这个数字，他对莹莹说，这种针的长度是15厘米。接着，他又找出了一个金属球，放到莹莹眼前，然后放手。金属球就这么悬浮在那里。莹莹说，我刚刚看过这个了。这就是姜宇航刚带她看过的那种用分形晶体材料制作的小球，激发膨胀后，密度和空气相等，所以可以浮在空中。张霖一手握着金属球，另一只手把针慢慢地插进球体中，直到针尖从另一侧的球面上穿透出来。张霖对莹莹说，现在比较一下这两根针的长度。他把另一根针靠在穿透球面的那根旁边，结果很明显，两根针的长度不一样了。这根变长了，莹莹指着穿透金属球的那根针说。张霖说，为什么会变长呢？莹莹想了想，说，针里面也出现了裂缝，所以变长了。张霖说，我们一开始也是这样想的，但真的是这样吗？他突然把针从金属球里抽了出来，立刻把两根针并排放到一起，奇怪的是，两根针的长度却是一样的。

张霖说，如果真的是因为裂缝让针的长度增加了，那么，把它抽出来以后，它仍然会维持这个长度不变，直到一段时间后，退激发变回原样。但实验的结果显然不符合我们的预期。这说明了什么？莹莹张了张嘴，想要说什么，但又没有说出口。姜宇航说，你想到了什么，大胆说出来。莹莹说，这说明针并没有变长。张霖说，可是刚才我们都看见了，插在金属球里面的时候，这根针明明更长。这下莹莹不知道该怎么解释了，气呼呼地抿了抿嘴。姜宇航大笑起来，拿起纸笔，一边画一边给莹莹解释起来。他画了一条线段，说这是那根针，然后在旁边又画了两截分开的短线段，在线段中间的空白处标上"裂缝"二字。看懂了吗？姜宇航问，莹莹很快就点头说，我知道了，是球里面的裂缝把针分开了，变成了几截，所以看起来就长了。张霖说，这次你说对了，可是你有没有想过，既然针已经被裂缝分成了几段，它为什么没有断开呢？显然，裂缝两侧的物体可以无障碍地产生力的作用，就像裂缝根本不存在一样。当针尖碰到裂缝的那一刻，它会瞬间越过裂缝所占据的空间，直接出现在另一侧。裂缝两侧的针，虽然看上去在空间上是割裂的，但却和连在一起的没什么两样。在一侧推拉移动，另一侧的针就会立刻响应，不打一点折扣，也没有半点延迟。

姜宇航暗自点了点头。张霖说得一点没错，裂缝的确具有不可思议的性质。虽然他也发现了各种奇怪的迹象，但并没有形成一个自洽的解释，只认为它是某种特殊的场。在张霖来到研究所不久，他就提出了一个极其大胆的猜想。这些古怪的裂缝，本质并不是什么场，而是时空本身的裂痕。因此，他又称其为时空裂缝。在裂痕两侧的时空，仍然维持了空间的连续性，因此物体的运动并不受裂缝的影响。但裂缝是客观存在的，它除了引发物体的膨胀效应，还会阻碍电磁波的传播。在裂缝中，电磁场的强度为零。

张霖还发现，电磁波在裂缝的界面上反射时，还会出现半波损失。半波损失，是当电磁波从高折射率区域进入低折射率区域时，在界面上反射才会发生的现象。一开始，他以为这是裂缝周围的介质折射率比裂缝高所引起的，但他很快就发现并非如此。那时候，姜宇航已经知道，裂缝不仅可以在凝聚态物质中产生，而且可以在气态、等离子体等物质中形成。只要在这些物质中构建具有分形特征的微观结构，触发石就可以诱发出时空裂痕。在某些稀疏的等离子体中形成的时空裂痕，其周围的大部分空间都是真空状态，可即便在这种情况下，电磁波的半波损失仍然存在。这一切只有一个解释：裂缝中的时空具有比真空更低的折射率！

在我们的宇宙中，真空是折射率最低的区域。有什么东西能比真空折射率更低呢？有一天，张霖突然找到姜宇航说，裂缝的产生，很可能源于另一个时空的侵入。姜宇航说，你这也太玄了吧？张霖把半波损失的实验结果告诉了姜宇航，后者沉吟良久，又问，你有没有建立数学模型，做过定量的计算？张霖说，有。他的确建立了一个数学模型，基于断裂力学的相关概念，来描述裂缝的扩展过程。时空裂缝的激发都要用到触发石，因此他猜测在触发石里存在一个时空**塑性区**。塑性区本来是一个材料力学的概念，指的是在材料中应力超过弹性极限的区域，一般位于裂纹的尖端附近。通俗一点来说，就是内部互相挤压的力超过了材料能承受的程度，导致出现了断裂的情况。张霖把这个概念引入到时空领域，他假设有另一个时空在侵入我们的宇宙，那么在其入侵的那个点，时空本身就会受到某种扰动。当扰动的程度超过时空本身的稳定极限时，就会出现时空塑性区，而在这个区域中，时空本身的结构会出现断裂，从而形成一个时空裂缝的尖端。他参考广义相对论的做法，引入了时空张量，计算了时空裂纹尖端的应力场、应变场和位移场，设法建立了这些场和控制断裂的相关物理参数的关系，从而得到了一个可以描述裂纹扩展过程的方程组。

这是一个很复杂的偏微分方程组，严格求解极为困难，但他找到了一些近似解。从这些近似解中，他发现了一个很重要的现象。时空裂纹在真空中维持时间极短，几乎在产生的同时就会湮灭，因为时空裂纹的存在极大提升了张量场内的势能，就像把一颗鸡蛋竖立起来，是很不稳定的。唯一可以增强其稳定性的方法，就是在其形成位置附近有一个微观结构和时空裂纹极为接近的物质。时空裂纹可以通过一种吸附效应分布在这样的物质上，这样可以最大程度上减少势能的增量，从而延长其稳定存在的时间。触发石就是这样产生的。时空裂纹的尖端正好产生于这块石头的内部，而这块石头内部的微观结构又正好与其匹配，因此这道时空裂纹得以保存下来。或许在很多地方都出现过时空裂纹，但绝大部分都已经湮灭了。

不，还有一个地方仍然保存了一个时空裂纹的尖端，那就在胡一杭的大脑中。张霖走到胡一杭身边，拍了拍他的胳膊。这半天，胡一杭一直在发呆。他既看不清桌上的物质结构模型，也听不懂莹莹和他们在讨论些什么。他只能模糊地看到屋里摆着的几个大柜子，感觉到几个人影在自己身边走来走去。

张霖对胡一杭说，可以跟你聊聊吗？一杭说，可以。姜宇航和莹莹也坐在旁边听。张霖问，你激发铁棍的时候，身体有什么感觉？一杭说，手臂有一定的肿胀感，别的没什么。姜宇航插嘴问，这是裂缝从脑部沿手臂扩展的效应吗？张霖说，可能是。对时空裂纹的动力学过程进行求解后，张霖发现它和材料中的普通裂纹一样，也会自发地从裂纹尖端区域向外扩展。在一般区域里，时空裂纹的扩展速度极慢，因为需要克服很大的势能差。然而，当某个区域中具有与时空裂纹相似的分形结构时，扩展过程所需克服的势能差便会极大地减小。人体的血管和神经系统都具有分形结构，是裂缝扩张的有利环境。姜宇航又说，但是膨胀效应却不明显。张霖说，人体是软凝聚态物质，和铁棍不一样。当裂缝产生后，周围的物质成分可以流动或转移到别的位置，所以膨胀系数比一般的晶体材料要低很多。一杭插嘴道，也不是完全不会膨胀。姜宇航问，什么意思？一杭说，处于激发状态的时候，手臂的确会变得比平时更粗一点。你们还记得坑道里进水的事吗？姜宇航说，我记得，你是第一个挣脱绳子的。他一直对此感到疑惑。一杭说，其实是因为哑巴捆他的时候，他让手臂处于激发状态了。所以退激发之后，很容易就从松脱的绳结里挣脱了。姜宇航恍然大悟。

张霖说，接下来我们要重点研究的问题是，这些时空裂纹到底是哪儿来的。特别是，在时空塑性区里的裂纹尖端，究竟是如何产生的，它的能量来源于何处？根据量子场论的观点，真空里的确会因为量子涨落而出现能量的暂时变化，但无论如何也不可能达到形成时空裂纹所需的能量等级。正因为如此，张霖才推断说，这里面很可能有一个外来的能量源，他认为其来自另一个时空。对于这一点，姜宇航持保留态度。他觉得这种观点有点太讨巧了。面对异常现象的时候，他更倾向于在系统内部寻找原因，而不是虚构一个无法证实的外来力量。张霖争辩说，外来力量并非源于他的妄想，它真切地出现在我们的世界，并且已经引发了一系列的可感效应，包括二郎山大爆炸、黑色闪电，以及球场上的诡异湍流。但姜宇航还是对此持怀疑态度，他觉得这些事情并不能证明什么。更重要的是，张霖一再声称，这些效应背后都有维持会的影子，因此维持会就是那个外来力量在地球上的代言人。

有一次，张霖又警告姜宇航说，维持会很可能已经渗透到研究所里了，姜宇航问，你有证据吗？张霖说，没有证据，就是一种感觉。姜宇航觉得张霖有点过于神经质，他又反问道，依你所见，这维持会到底要干吗？张霖说，我一直追踪他们在世界各地的一举一动，从公开的信息来看，他们主要在植树造林，而且最近的规模特别大。姜宇航说，作为生态维持会，这不是很正常的事情吗？张霖说，看上去很正常，可是有几个疑点。一个是他们种的人工林里，榕树的比例特别高，即使在一些并不适合榕树生长的地域，比如高纬度的寒温带地区，也执意栽种了榕树——奇怪的是，成活率还不低。姜宇航说，也许是他们掌握了某种新的种植技术。张霖说，也许是吧，但还有更奇怪的地方。我最近查到，从三年前开始，他们就开始从澳大利亚购买大量铁矿和镉、镍等过渡金属矿物，源源不断地送到世界各地的人工林种植园区。这些金属矿物和种植有什么关系呢？姜宇航说，这倒是很奇怪，还有别的疑点吗？张霖犹豫了片刻，又说，你听说过火神教吗？姜宇航说，没听过。张霖解释，那是一个新兴的宗教，最近几年开始，在南美洲和非洲的多个小国里越来越盛行。姜宇航说，这和维持会有什么关系？张霖说，根据我的调查，维持会和火神教的兴起密切相关，但两者间具体的关系，我暂时还没有查清楚。姜宇航觉得张霖说得越来越玄乎了，所以又把话题拉回来，说你还是把心思多花在裂缝的研究上吧，维持会什么的，不用太放在心上。过去的事情，就让它过去，我相信他们以后也不会再干扰你了。张霖嘴上说，但愿如此，但心里全然不这么想。

他的预料果然得到了验证。就在他们准备用触发石和胡一杭进行膨胀激发的对照实验时，前去取触发石的助理慌张地跑进来说，石头不见了。姜宇航立刻说，不可能！就在一小时之前，他还在实验楼里用触发石为莹莹展示了一些实验。在那之后，他按照往常的习惯，把触发石留在了实验楼的五楼仓库，锁在了一个密码箱中。五楼有很多实验需要用到触发石，放在这里是为了方便随时取用。姜宇航和张霖等人急匆匆地赶到仓库，发现密码箱已经被人打开，里面果然空无一物。姜宇航把箱子里里外外翻了个遍，然后便一脸沮丧地瘫坐在地上。触发石是所有研究和设备的核心，一旦丢失，后果不堪设想。

张霖说，肯定是维持会的人干的。姜宇航突然反应过来，抓住张霖的衣服问道，你能找到那些家伙吗？张霖说，他们的据点很隐秘，我暂时还没有找到。不过，现在不就正好是一个机会吗？姜宇航说，什么机会？张霖说，追，跟着这几个小贼一路追下去，自然就知道他们的据点了。姜宇航深吸了一口气，让自己镇定下来。不能慌。这时候，助理已经把仓库监控调出来了，几个人拉到最后一看，果然出现了触发石被盗的影像。几个小偷里，果然有研究所里的人，姜宇航记得他是仓库管理员，名字不记得了，但自己平时都叫他小王。让人意外的是，刚被抓住的那两个企图盗窃银行的小贼也在其中，打开保险箱的就是那个瘦子。开箱过程手脚麻利，轻车熟路，让人赞叹。在之前的盗窃行动中，姜宇航对这瘦子的印象很差，感觉他除了吹牛，别无长处。现在，他偷走了触发石，姜宇航对他的印象反倒有所转变，这人倒也不是一无是处。

在研究所后门的最后一处监控中，盗窃者乘坐一辆早已守候在此的面包车离开。离开的时间距离现在还不到一小时。姜宇航找到王伟，后者紧急联系了警察局部门的几个朋友，希望通过警方的天眼系统，追踪这辆面包车。奇怪的是，这个看上去很简单的事情，却迟迟办不下来。王伟问是怎么回事，一个朋友回复他说，现在警方正在办一个很紧急的案子，你的事可能得等一等。王伟急了，说我的事也很紧急，不能拖啊。那边说，王总实在抱歉，这事我也无能为力。就在这当口，孙剑进来了，说他已经发现了那辆面包车的踪迹。孙剑说，他有个在高速收费站工作的老同学告诉他，在十分钟之前，一辆和监控中极为相似的面包车，在成万高速的一个入口处上了高速，然后径直向着绵竹、什邡的方向开走了。姜宇航很意外地看着自己这个研究生，心想这人看上去有点闷，没想到在社会上还挺有人脉的。王伟立刻找了一辆车，照孙剑说的路线跟了上去。姜宇航、张霖和胡一杭都在车里，本来莹莹也想跟着去，但姜宇航说你就别去了，在所里好好待着，陪着你爸。我们很快就回来了。

18 章鱼飞船

孙剑的车开得又快又稳,看得出驾驶经验丰富。姜宇航知道他读研之前,工作过一段时间。不会是开滴滴的吧? 或者在哪个物流公司工作? 姜宇航胡乱猜想着,到底也没问出口。他坐在副驾驶的位置,张霖和胡一杭在后排。他们后面还跟着一辆车,里面是公司的保安。王伟特别挑选了几个很可靠的人,都是公司里的老人,跟着自己很长时间,绝对不可能是维持会的人了。姜宇航吐槽说,你之前对那个小王也挺信任的,好几次说他老实可靠。王伟说,那是我看走眼了,这次绝对不会了。

快要上高速的时候,两辆车突然被交警拦了下来。一位交警把头从窗口探进来,看了看孙剑和其他三人,让他们都下车。孙剑问,怎么回事? 交警说,我们收到群众举报,怀疑你们有人吸毒,请配合一下。姜宇航觉得莫名其妙,但还是打开车门,准备下车。孙剑把姜宇航拦住,说等一下,我和他们聊聊。于是孙剑下了车,把交警拉到一边说了几句话。那交警看着孙剑,眼里露出疑惑的神色，接着，他把其他几名交警也叫了过去，一群人围在孙剑周围，小声讨论着什么。不到一分钟，孙剑就走回来，重新上了车。交警把路障移开，示意他们可以离开了。姜宇航震惊地看着孙剑，说你跟他们说了啥？孙剑说，也没说啥，就说了我们是研究所的，现在正在追小偷，吸毒什么的肯定是他们搞错了。姜宇航说，然后他们就肯放我们走了？孙剑说，对啊。姜宇航说，我虽然没什么社会经验，但也不是傻子。孙剑摸了摸头，有些不好意思地说，其实我跟他们局长有点交情。姜宇航哦了一声，稍微明白了点，但总觉得孙剑还是没有说实话。不过眼下也不是纠结这个问题的时候，也就不再细问了。

上了高速，往西南方向一直开了近两个小时。其间孙剑接了个电话，然后对姜宇航说，那辆车在雅安前面的一个出口下高速了。姜宇航说，这也是你朋友说的？孙剑说是，我朋友比较多。在十几分钟以后，他们也在同一个出口拐了出去。这里已经是山区了，没开多远，道路变得曲折起伏起来。经过一个弯道后，孙剑猛地把车停了下来。几个人往前一看，发现前面的路边，正停着一辆面包车。从特征来看，和监控上看到的那辆车一模一样。

孙剑走到面包车前面，摸了摸引擎盖，像是医生在检查病人有没有发烧一样。检查完，他把头伸进敞开的车窗里看了看。车子里自然空无一人，座椅上的布垫皱皱巴巴的，还撒落了一团饼干碎屑。这群龟儿子跑得倒快。孙剑一边骂着，一边冲上路边的小山坡。山坡看上去挺陡峭，但孙剑连冲带爬，几步就蹿了上去，像一只敏捷的猴子。他站在坡顶望了一眼，立刻喊道，他们就在前面，赶快追！从坡上跳下来，钻进车子，又继续往前面开。走了不到一百米，他就把车开出大路，朝着路边的一块玉米地里拐去。这时候玉米秆上已经结了一串串的棒子了，虽然还没熟，但看得出长势很不错。张霖皱着眉说，可惜了。姜宇航说，没事，回头让公司高价赔偿。张霖说，嫩苞谷是最好吃的，可惜被车压烂了。回来记得找找，看还有没有好的，拣几个带回去。

　　玉米地的尽头是一片稻田，车无法前行。几人下了车，正好看见前面那几个人影登上一架直升机。原来这里早已有人接应。孙剑眼看那几个贼人就要这么溜走，气得直跺脚。姜宇航对张霖说，没办法了，只有用那个东西了。张霖说，你可想好了？一来，那东西现在还不稳定，一会儿不知道会出什么问题，二来，一旦在公开场合使用，以后可就很难再保密了。姜宇航说，顾不上了，赶快拿出来吧。张霖说，好，然后从车上拿出一个皮箱。打开箱子，取出一个像是章鱼模型的东西来。孙剑好奇地凑过来，说这是什么，怎么之前没见过。姜宇航说，这是超轻材料组那边在做的东西，属于应用型的研究，你是做裂缝理论的，当然就不知道了。在东海研究中心，围绕裂缝和触发石的研究，主要分为理论组和应用组。理论组主要关注的是裂缝的产生和扩散机理，以及怎样制造出具有各种不同膨胀系数的分形晶体，而应用组则想办法把这些分形晶体应用于实际的场合，制作出具有商业价值的产品。眼前的东西就是一个最新的实验型产品，还没有正式命名，只有一个内部编号FF81，但开发人员都把它叫作"章鱼"。章鱼的头部由12块沙袋状的分形晶体堆积而成，彼此之间通过磁力吸附在一起。每个沙袋的尾部都有一个柔软的导流管，看上去就像章鱼的触手一样。在12块沙袋的中央，有一个触发点，它位于一个缓慢旋转的圆盘中央。圆盘外面则是一个环形的轨道，轨道上有众多接口分别和每个"沙袋"连接。

张霖拿着章鱼走到胡一杭身边，说，没有触发石，只有靠你了。他让一杭用手指按住圆盘中央的触发点，然后像激发铁棍一样激发它。一杭照做，很快章鱼的头部开始膨胀。圆盘也缓慢地旋转起来。一杭感觉到了圆盘的转动，问这是什么东西？张霖说，这叫作裂缝离合器。一杭说，离合器我听说过，不过那不是车子里的东西吗？张霖说，对，汽车里也有离合器，用来切断或传递发动机输出的动力。不过我们这个离合器不一样，它主要用来控制时空裂缝的扩散方向。你看这根细杆，他让一杭摸了摸圆盘边缘的一个凸起结构。一杭点点头，他发现这个结构是固定在圆盘上的，和圆盘一起在不停旋转。这叫作裂缝导向刷，张霖解释道，时空裂纹从圆盘中心的触发点向外扩散的过程中，必然会经过导向刷。因此，不停移动的导向刷就起到了引导时空裂缝在不同位置进行扩散的作用。一杭并不明白张霖说的意思，但他很快就看到了生动的实景展示。

一开始，圆盘的转速很快，章鱼头部那12个沙袋模样的东西，几乎同步膨胀起来。从几厘米大小，吹气般地膨胀成一个直径数米的大家伙。胡一杭一手托着这个庞然大物，毫不费力，因为膨胀并不增加物体的质量。但这个过程却具有极强的视觉冲击力。他的手指始终放在底部的触发点上，圆盘的转速却逐渐变慢了。这时，即便视力不太好，他也终于发现，章鱼的头部变得凹凸不平，并且随着圆盘转动的节奏而不停起伏着。每次与导向刷接触的时候，对应的区域就飞速膨胀起来，在章鱼的头部挤出一个巨大的鼓包。随着导向刷的移动，头部鼓包的位置也随之改变，章鱼的头部就在这样的扭曲和挤压中继续变大。一分钟以后，一杭的眼睛已经无法看到章鱼的全貌，整个装置像一座小山一样压在他的头上，他却毫无重量——不，应该说是越来越轻，马上就要飘起来了。

姜宇航说，这膨胀速度好像又有提升。张霖说，是，超轻材料小组那边又发现了一种新的分形结构，可以让裂缝的扩散速度提升到之前的三倍。姜宇航说，那退激发时间呢？他们之前已经有了经验，分形晶体膨胀得越快，缩小得也就越快。因此，尽量提高材料的膨胀速度，对于一些需要快速响应的机械装置来说很有意义。张霖报了一个数字，姜宇航赞叹不已，这样的参数已经足以让这种装置具有真正的商业价值了。

孙剑抬头看着这个庞然大物，心里震惊不已。虽然之前做过不少分形晶体的膨胀实验，但看到一个几乎完全成熟的产品，这还是第一次——就像一个空气动力学的研究者，第一次看见了飞机一样。膨胀了约两分钟后，章鱼底部的圆盘上，突然张开一个豁口，接着，一架银白色的梯子从豁口中垂了下来。张霖说，赶紧上去吧，再晚就追不上了。孙剑看了看远处的直升机，它已经变成了一个极小的黑点，于是赶紧沿梯子爬进了章鱼里。

胡一杭虽然视力极差，但手脚却很敏捷，一摸到梯子，就麻利地爬了上去。在他之后，张霖和姜宇航也很快进了章鱼的肚子里——也就是驾驶室。室内的空间不大，和一辆小汽车差不多。主要的控制操作都在一个触控面板上完成，看上去很简单。张霖快速激活系统，然后按下启动按键。12根章鱼的触手，顿时向外喷射出高压气体。触手——也就是导流管——在智能系统的控制下自动调节着各自的喷射角度，庞大的章鱼迅速升到半空中，一部分触手的喷射口转向侧面，在水平方向上加速。

你继续按在这里，张霖把胡一杭的手放到一个内置的触发点上。这个触发点与圆盘中央的触发点直接相连。辛苦你了，姜宇航说，本来只需要放一块触发石就可以驱动的。胡一杭忙说，没事没事，我按着就是。在经过短暂的摇晃后，飞船很快稳定下来，开始向前疾速飞行。

这东西很稳啊，孙剑说，动力是什么？张霖说，是气动引擎。

孙剑说，不烧油？张霖说，什么燃料都不用，完全依靠膨胀形变带来的能量。孙剑竖起大拇指，赞叹起来。张霖对气动引擎的解释并不细致，但孙剑稍微一想，就大致明白了其中的原理。分形晶体在膨胀的过程中，只要在其中预先构造大量的空洞区域，便可以实现对气体压力的调控。具体来说，当空洞位于一个整体膨胀的区域内部时，其体积会随着膨胀而变大，导致其中的气压减小。但也有另外一种情况，当空洞位于两个膨胀区域的中间位置时——比如两条时空裂缝的中央，其体积则会随着膨胀而不断变小，其中的气压就会变大。这是分形晶体膨胀时常见的两种现象，前者称为负压空洞，后者称为正压空洞。作为理论研究者，孙剑对此也很熟悉。他想，张霖口中的气动引擎肯定采用了正压空洞的原理，从而在章鱼膨胀过程中，获得了压缩空气，以便用作飞行的动力。

孙剑猜得一点没错。事实上，那些沙袋尾部充满了大量的正压空洞。头部则完全相反，分布的全都是负压空洞。最顶部的一层负压空洞，可以与外界的大气相连通。在膨胀的过程中，头部的负压空洞从顶部开始，在气压差的作用下，不断吸入外界的空气，再通过空洞间的毛细管，将这些空气一层层地运输到沙袋尾部的储气囊中。简单来说，就像是把自行车打气筒的手柄往上提，把空气引入打气筒的封闭腔内。这只是第一阶段。章鱼膨胀到一定程度时，储气囊和负压空洞间的单向阀门就会自动关闭，开始进入压缩状态。在这个阶段，储气囊实际上转变为一个个正压空洞，它们可以将其中的空气气压压缩到31兆帕，也就是约300个大气压。相当于把打气筒的手柄往下压，把其中的空气注入自行车轮胎里一样。启动引擎时，这些高压气囊中的空气便会顺着导气管向外冲出，为飞行器带来足够的反冲之力。

说起来虽然简单，但其实牵涉到非常复杂的裂缝动力学，如何让裂缝引起的膨胀效应在不同时间、不同晶体位置产生不同的效果——这需要对分形晶体的内部构造进行极为精巧的设计。而且，这个过程在飞行时会不断循环。进入飞行状态后，触发点所在的圆盘会减慢旋转的速度，最终使旋转周期与分形晶体膨胀和收缩的总耗时大致相当。在这种情况下，随着圆盘的旋转，与导向刷接触的沙袋将处于膨胀阶段，而其他11个没有与导向刷接触的沙袋则处于收缩状态。这就是章鱼头部不断扭曲变形的原因——在每个时刻不同沙袋的膨胀状态都不一样。也正是在这样不断膨胀和收缩的循环中，新的压缩空气在飞船尾部的不同部位持续生成，章鱼飞船得以获得源源不断的巡航动力。

章鱼的飞行速度自然比不过一般的固定翼飞机，但比起直升机，还是快一些。几个人从屏幕里看着前方的黑点逐渐变大，心里稍微松了一口气，看来追上是迟早的事了。这时候孙剑注意到面前的屏幕，上面的图像看上去很清晰。他问张霖，这屏幕也是用亚稳态加工技术做的吧？张霖说，当然，不然怎么可能有这么高的分辨率。孙剑说，也是。如果是用普通的分形晶体做的屏幕，体积膨胀了这么多倍之后，显示的画面会出现明显的颗粒感，就像用高倍放大镜去看手机屏幕一样。眼前的屏幕并没有出现这种现象，说明在加工制作时，它就已经处于膨胀状态。事实上不仅是这个屏幕，章鱼飞船里的大部分电子器件都是用亚稳态加工技术制作的。

几个月前，宏硕集团和中芯国际合作的第二代智能芯片流片成功，制程工艺成功突破了1纳米大关，达到了约700皮米，是当今世界最先进的芯片。这其中就用到了亚稳态加工技术。说白了，就是在硅晶圆中引入时空裂缝，将其转变为分形晶体，研究人员又把它叫作分形晶圆。在利用光刻机刻蚀电路之前，先将分形晶圆激活，让其膨胀10倍，然后再进行刻蚀。这样，虽然使用的是传统的7纳米制程，但退激发之后得到的芯片却是0.7纳米制程的。听起来很简单，但操作起来仍然遇到了很多困难。最大的困难就是如何让硅晶圆均匀地膨胀，而不产生晶格畸变。最理想的情况是将时空裂缝引入每一个硅原子的间隙中，这样所有的部位都可以同步膨胀，但这几乎不可能做到。大部分分形图案，比如科赫曲线或树状分形，都会让材料产生形变。相比之下，最理想的仍然是希尔伯特曲线。这种曲线可以布满整个二维平面，而且具有很好的对称性，也就是说，引入沿希尔伯特曲线分布的时空裂缝后，材料沿每个方向的膨胀率都完全一致，因此可以尽量消除畸变。在分形晶圆里，正是通过希尔伯特裂缝来产生膨胀效应的。当然，这些技术细节只有宏硕集团的少数研究人员才知道，中芯国际的人只知道宏硕这边可以提供一种能够快速膨胀和收缩的硅晶圆，但并不清楚它们是怎么制造的。

在经过近半小时的追赶之后，章鱼飞船终于接近目标。那架直升机就在章鱼前方几十米远的地方，其中的人影隐约可见。这时候，众人已经进入了偏僻的山区，脚下全是青黛色的群山。张霖突然叫了一声糟糕，说我们把保安落下了。保安乘坐另一辆小车，之前他们换乘章鱼的时候，保安没来得及跟上来。姜宇航说，不用急，我一直和他们保持着定位共享，他们现在正驱车赶来。孙剑轻蔑地笑了一声说，不用等保安，我一个人就能把他们拿下。姜宇航说，不要说大话，还是要稳一点。不过他看了看孙剑健壮的身体，心里想，或许他没有说大话。和孙剑相处的这两年里，他总觉得这人身上似乎笼罩着一层迷雾，让人看不透。经过今天这一系列事情之后，孙剑显得更加神秘了。他不是个普通的研究生，姜宇航心想，跟着我读研，或许另有所图。

19　蓝色火焰

晚上八点，周全从政府办公大楼里走出来，回头看了一眼宽敞而威严的门厅，心里想，这氛围还是太严肃了。应该把政府大楼建得更亲民一些，不要让老百姓一到这里来就觉得畏缩害怕。回头和严秘书说一下这事，看看能不能想办法改造一下。正想到这里，抬头一看，严秘书正好从旁边跑过来，手里拿着一份稿子。到了跟前，严秘书把稿子递给周全，说，周市长，我把明天会议的发言稿赶出来了，您先看看。周全接过稿子，说，好，我拿回家看看。然后顺便就把刚才想到的和严秘书说了。严秘书说，是，我下来和西建那边的设计团队讨论一下。周全想了想，又说，这样吧，你先别急着找设计，等我明天和李书记商量一下再说。严秘书说，好的，我等您通知。

天已经全黑了，道路在路灯和各色广告牌的映照下，还是显得很明亮。从政府大楼的西北门往南走两百米，就到了火炬大厦公交站。周全把口罩戴上，在公交站的长凳上坐下，静静等候。

很快就来了一辆15路公交，他连忙从公文包里翻出公交卡，刷卡上车。每天他都坐这路公交车回家，大约需要半个小时，直达，不用转车，他觉得很方便。车上人很多，没有座位，他就找了一个拉环紧紧拽着。虽然口罩把脸遮了一大块，但过了几分钟，还是有人认出他来。人群开始窃窃私语。每天都这样，周全已经习惯了。这时，旁边有人突然对他说，周市长，您坐我这儿吧。一看，是一个壮硕的中年男子。周全觉得这人有点眼熟，但又想不起他具体是谁。这人又说，去年工资的事，真是多亏市长了，要不然还不知道要拖多久。周全这才想起来，这是一个建筑工地的包工头，工地老板拖欠他们的工程款，一拖就是三四年，在他的督促和协调下，去年终于把尾款结清了。周全说，应该的，不用谢，你坐吧。那人还是坚持把座位让给他，说，您年纪大，赶紧坐下吧。周全这才道了一声谢，坐了下来。

他穿着一件白色的长袖衬衣，灰色的休闲裤，安静地看着窗外。怎么看，都是一个普通不过的老人。他乐于如此，混迹于普通百姓之中，可以听到很多真实的意见，这是在堆积如山的文件里看不到的。平时，他总是趁着这个时间，和车上的其他人聊聊天，问问他们最近的生活过得怎么样，有哪些不如意的地方。但今天，他只是坐在座位上，一言不发。他心里有事。事实上，从下午听到那个消息开始，他就开始心神不宁。公交车停到小区门口时，他差点误了站，还是司机提醒他，他才反应过来。司机每天都开这趟车，知道他要在这儿下。他朝司机点了点头，扶着车门上的横杆下了车。

回到家，屋里没有人。他想起来，妻子说过今天去参加社区的广场舞比赛，会晚点回来。他看了一眼客厅的时钟，现在是八点五十。妻子平时都会跳到九点钟，今天比赛，估计得九点半甚至十点才会回来。他把门关上，倒了一杯水，大口大口地灌下去。然后走进厨房，打开了燃气灶。想了想，又走到厨房门口，把布帘拉上，这样即便妻子突然回来，也看不见厨房里发生的事情。

燃气灶上浅黄色的火影跳跃着，让狭小的厨房更热了。他搬过一张凳子，坐在灶台旁边，直直地盯着火影。每过几秒钟，他就用筷子在金属灶台上用力敲几下，有时候是连续的两声，有时候是三声，不断重复这个过程。过了几分钟，火焰仍然没什么变化，他开始焦躁起来，连敲击的节奏都跟着加快了。又过了两分钟，灶台上的火焰突然一矮，像是被什么东西往下压住了一样。他立刻站了起来，俯身看着火焰。

火焰顶部，本来不断吞吐的火舌变得越来越慢，像在慢镜头里一样。一缕黑色从火焰内部蔓延开来，不断向外延伸，直到包裹住全部外焰的轮廓。火焰的颜色从浅黄色逐渐变为蓝色，越往里蓝色越深。黑色的丝网笼罩在蓝色的火焰上，像是对火焰施加了某种束缚，让后者挣扎得越来越吃力，最终完全无法动弹了。现在，出现在灶台上的，是一块蓝色的固体火焰。

周全把凳子往前挪了挪，让自己更靠近火焰。火焰带来的热量减小了，厨房里已经没那么热了。他略微探出头去，让嘴巴对着火焰，开始说话。我问你，他对火焰说，张勇军是不是你们的人？声音产生的振动通过空气传播到火焰上，让浅蓝色的外焰一阵抖动。张勇军是市公安局的局长，也是周全手下的得力干将。周全说完这句话以后，本来凝固的火焰慢慢动了起来，像升腾的烟雾一样，时而离散，时而聚拢。过了片刻，火焰终于又重新凝固起来，然而形状却已经改变。现在，蓝色火焰分布的形状，奇妙地构成了一个汉字——"是"。尽管字的形状歪歪扭扭，像一个初学写字的小学生写的，但毫无疑问这是一个真正的汉字。这个字就是火焰对周全的回答。

看到回答的周全非常生气。他尽力压抑住内心的怒火，再次向火焰说话："我们当时是怎么约定的？我允许你们在合理的范围内开展活动，解决人民群众的需求，但是绝对不允许进入政府部门。可现在呢？连局长都被你们侵蚀了！你跟我说，还有多少人？"说到气头上，周全猛地拍了拍灶台，把火焰震成了两块，其中一块噗的一声掉到了地上。随后，这块火焰的颜色迅速黯淡下来，体积也飞快地缩小，最终消散在空气里。地上残留着一小块焦黑色烧灼的痕迹，周全赶紧用抹布蘸水擦了擦，尽量把痕迹消除掉。灶台上残留的火焰蠕动起来，很快就重新生长到之前的大小。然后，它第二次改变形态，排列出新的汉字来。这次的字比较多，所以多花了一点时间。这次的回答是："他在我们约定之前就已经入会了。"每个字都很小，但呈现得很清楚。看见回答，周全冷笑一声。他并不相信火焰说的话，但事已至此，他除了发火，还能怎么办呢？

我再问你，周全继续说道，你们下午让张勇军调动交警，去拦截宏硕研究所的两辆车，对不对？火焰回答，是。周全又问，那车上到底有什么人，拦他们做什么？火焰说，这是会里的机密，不能说。周全骂道，狗屁的机密，你们知不知道，你们这次给我惹大麻烦了！

拦人这事，张勇军没有向周全汇报，但交警队的一个小队长下午打电话跟他说了，而且说最后并没有把人拦下来。周全问为什么，交警队长说那车里有人出来亮明证件，说正在执行公务，要我们立刻放行。周全说，什么证件？交警队长说，两个证件，一个是国安部的，一个是公安部的。周全说，怎么可能同时有国安和公安的证件，这显然是骗子啊！交警队长停顿了几秒钟，说，我们在系统里核实了，都是真的。周全愣了一下，说，那张勇军怎么说？交警队长说，他让我们立刻中止行动。周全有些意外。张勇军是个比较鲁莽的人，有时候行动起来不管不顾，天王老子都拦不住。这次居然中途停止了行动，肯定有内情。他最后问，车里那人叫什么名字。交警队长说，证件上的名字，写的是孙剑。

周全立刻给张勇军打了电话，张勇军支支吾吾的，对拦截的原因一笔带过，说到中止行动的原因，倒是很明确。他说，他接到省厅电话了，不仅确认了孙剑的身份，让他立即放行，而且还要尽量配合孙剑的工作。不过，听起来，省厅那边也不清楚孙剑的具体任务，这人神秘得很。表面上，他是宏硕研究所的在读研究生，这显然只是个幌子。周全仔细地盘问了前因后果，这才知道宏硕研究所失窃一事。他稍微一想，心里不禁打起了鼓来。在研究所偷东西的窃贼，和指示张勇军拦截追击的，明显关系密切。或者说，极有可能就是一伙人——生态维持会。而那个孙剑，一直盯着维持会的车子紧追不放，搞不好，他在研究所里卧底这么久，就是为了查维持会的事。这意味着什么？国家很早就盯上了维持会！周全感到一阵心悸，好像有人在他胸口处用力捶了一拳。不，不用怕。周全努力让自己冷静下来。这都是自己的猜想，或许事情还没那么糟糕，更何况，和维持会合作的这些年，自己并没有做错任何事情。

沉默了片刻之后，周全继续对着火焰说，有个叫孙剑的，可能是上面派来的人，一直在盯着你们。火焰说，这件事张局长已经告诉过我们了。周全说，我一直告诉你们要遵纪守法，别搞那些出格的事情。否则，一旦查出问题来，我第一个饶不了你们。火焰说，放心，我们不怕他查。周全说，但愿如此。你们最近也低调点，别再到处活动了。火焰没有再回答他。过了几秒钟，蓝色的火焰突然往上蹿了一截，像是挣脱了某种束缚似的，外焰也重新变成了黄色，灵活地跳动起来。周全知道它已经离开了。

他拉开布帘，从厨房出来，满头是汗。时间只过了二十分钟，可感觉像有几个小时那么漫长。坐在沙发上，望着窗外的夜空，思绪又回到了五年前。那时候，新规划的高铁南站时间紧任务重，附近的征地拆迁工作却迟迟无法完成。问题的症结在大田村，那里有一大批村民集结起来，想要拉高补偿价码，后期还和施工队硬碰硬地干了好几场，工程人员和村民都有好几个受伤的。警察抓了一批人，可完全不管用，村民的情绪反而越来越激动，三天两头去工地上闹事，工程完全无法推进。这时候，一个叫作生态维持会的组织找到自己，说他们和村民长期合作，可以作为政府和村民的中间人，协调一下征地的事情。在那之前，周全从来没听说过这个组织，不过既然对方有这个意愿，倒不妨试试。其实他心里并没有抱太大的希望，因为他很清楚，这种涉及庞大经济利益的群体性事件，化解起来有多麻烦。很多城市改造工程，就是因为征地拆迁的事情谈不拢，最后黄了。但南站这事，政府无路可退，它关系重大，是必须完成的任务。市委已经开了好几场讨论会，制定了一套新的补偿方案。一旦协调不成功，就抛出这套新的方案去和村民谈。可让周全没想到的是，协调居然成功了！他不知道生态维持会用了什么方法，竟然说服所有村民接受了现有的补偿方案。从那以后，再也没有人去工地闹事，工程得以快速推进。

维持会就这么和周全搭上了关系。周全以为他们会向自己提一些要求，比如要点政府补助经费，或者放松几项审批之类的，但这些都没有。对方就像什么也没做过似的，很长一段时间都没再联系他。这反而让周全警惕起来，找人查了很多维持会的情况，但没查出什么问题来。

大约过了半年，市里面又出了一件大事。一家台湾老板开的电子厂连续发生多起跳楼事件，在社会上引起了很多人的议论。他立马安排工作组进驻，安抚死者家属，调查原因。很快调查就有了结果，每起事件的导火索都各不相同，有的是情感问题，有的是和同事或保安的矛盾，有的是家庭原因，但根源上还是因为劳动强度太大、长期加班造成工人群体中普遍存在着心理问题。从工厂回来的心理医生告诉他，如果不改善工人们现有的心理状态，这种事情以后还会不断发生。他约谈了工厂的管理层，对方口头上表态整改，但并没有实质性的动作。即使对工人加强心理疏导，但效果不大。有一次和严秘书谈起这事，严秘书说，这其实是全国都普遍存在的问题。这种人力密集型的加工厂，都是按件计酬，工人为了赚更多钱，纷纷自愿加班。工厂为了利润，自然乐见其成。更何况，很多工人和工厂之间根本没有劳动合同，所以更谈不上劳动权益的保障了。周全说，那我得和他们厂长再谈谈。严秘书说，没用，这种工厂利润率本来就不高，真要认真管起来，大不了他们把工厂搬走，很多地方可都盼着他们去设厂呢。周全知道确实如此，所以这事也就只有暂且搁置了。没想到过了几天，维持会又找到他，说可以从根本上解决这个问题。

这次来的人和上次一样，是一个面容和善的老妇人。周全问，你们要怎么解决？老妇人说，你知道现代社会的人为什么活得这么累吗？周全说，你觉得呢？老妇人说，因为欲望。想要吃更多的美食，想要穿更名贵的衣服，想要住更宽敞明亮的房子，想要开更豪华的汽车，想要子女上更好的学校，想要接受更好的医疗照护……想要这些，就要赚更多的钱，就需要更拼命工作，就需要爬上更高的职位。所以很多人战战兢兢，唯恐得罪上司、得罪客户，把所有压力和负面情绪都积累在心里。这是一种毒，这是一种名为现代性的毒。虽然是慢性的，可一旦发作起来，后果却极为严重。到时候，毁灭的可能不仅是一个人，甚至有可能引发整个社会的动荡……周全打断她，说，既然你这么说，那有什么方法解毒呢？老妇人说，回归自然，毒自然就解了。从现代社会的尔虞我诈中脱离出来，回到古老纯粹的田园生活，你会发现很多欲望都是外来因素强加于你的，他们用广告宣传、视听媒体引诱你，让你相信这些东西都必不可少。但这只是一种幻觉，目的是激发你的欲望。只有学会控制自己的欲望，心灵才能得到真正的宁静。听到这里，周全感觉对方的话越来越玄乎，像传教似的。他直接问道，你们究竟想怎么做？老妇人笑了笑，说，如果可以，我们想组织那些工厂的工人，分批轮换着跟我们去植树造林，让他们有机会亲近大自然，开阔胸襟。这样，一段时间以后，他们心里的戾气消了，自然就不会再出事了。周全瞪着眼睛看着老妇人，说，就这样？说实话，他有种被人耍了的感觉。但老妇人一脸认真地说，就是这样。他又想，反正也不是什么坏事，让他们试试也无妨，就同意了。

之后的半年，竟然再也没有跳楼等恶性事件发生。他找了个时间去工厂考察，惊奇地发现那些工人的精神状态完全改变了。每个人脸上都洋溢着笑容，和半年之前截然不同。他找几个工人聊了聊。工人说，维持会里的兄弟带他们去种树，在草地上一起唱歌跳舞，举行各种集体活动。从交谈中他发现，相当一部分工人已经加入了维持会。而且，所有人都说，加入维持会之后，感觉心里轻松多了，好多以前的烦恼都不存在了，甚至会觉得自己之前的很多想法很可笑。让他更意外的是，连厂长都加入了维持会。他已经和所有工人签订了正式的劳动合同，五险一金也全额缴纳，要保证工人的各项权益。以前自己只想赚钱，现在想通了，钱赚得再多也没有用，只有战胜自己的欲望，才能得到心灵的救赎。从工厂回来以后，周全独自在办公室思考了很久。这是他第二次见识到维持会的神奇力量。一切看上去都很美好，但这其中好像又有什么问题，比如，宗教的味道很浓。他感觉自己已经摸清了维持会的目的，他们通过帮政府解决各种纷争，进入到群众中去，并不是想要换取什么好处，而是借机传教。一些国外的资料也佐证了他的猜测。据说在非洲的一些小国里，开始流行起一种名为火神教的新兴宗教，其背后就是生态维持会在推动。第二天，他把那位老妇人再叫过来，对她说，我们政府是保障人民的宗教信仰自由的，但是你们不能越界。建议你们去了解一下相关的宗教政策，依法依规进行正常的宗教活动。老妇人只是点头，并没有多说什么。

在这之后，维持会又出面解决了多起社会事件，很多都是长期未能解决的老大难问题，比如城乡接合部的社会治安问题、医闹问题、校园暴力问题等等。每解决一个问题，周全就对维持会的能力高看一分。但不管怎么样，他始终以为他们就是一个比较高明的宗教组织而已。直到两年前，第一次看到火神祭典的场景之后，他才真正认识到维持会所拥有的神奇力量，心里第一次冒出恐惧之感来。但那时，他已经陷得太深，无法退出了。

20 湍流与祭典

就在张霖控制着章鱼飞船全力接近直升机的时候,异变突然发生了。飞船开始颠簸起来,就像进入乱流中的飞机一样。颠簸很快变成剧烈的震荡,所有人都下意识地找地方抓牢,以免被摔得头破血流。第一次经历这种情况的胡一杭脸色苍白,说不出话来。孙剑大声道,怎么回事?张霖一边努力控制着飞行姿态,一边回答说,是湍流,我们进入了一大片湍流里。姜宇航抽出一只手,抓住胡一杭的手臂说,不用怕,我们坐的不是飞机,遇到湍流也不要紧。孙剑想了想,觉得姜宇航说得有道理,的确没什么可紧张的。飞机的飞行极为依赖周围的空气动力环境,所以在遭遇湍流时,有可能出现急速下降等危险情况。可章鱼飞船并非如此。从本质上来讲,它就是一个飞艇,其主体结构是密度和空气相当的分形晶体。因此,就算完全失速,也可以稳稳地停留在空中,而不用担心会失重掉下去。想通了这一截,大家放下心来,把自己牢牢地固定在座位上,等待飞船冲出湍流区域。过了几分钟，震荡果然逐渐弱了下来，很快就完全恢复了稳定。

之前就在不远处的直升机已经不见踪影。孙剑立刻向地面望去，他猜直升机在湍流的影响下坠落了，但他没发现任何坠机的痕迹。张霖也在四处搜寻那架飞机，同样没有发现。他问姜宇航，你看见那飞机了吗？姜宇航想了想说，我刚才好像看见它向前面飞了，但是一转眼就不见了。这时，胡一杭说，我知道它去哪了。孙剑说，哪里？胡一杭说，它飞下去了。孙剑说，飞下去？胡一杭说，我没太看清，只看到它是往下飞的。其实，能看到几十米外直升机的飞行方向，对于胡一杭来说，已经很不容易了。在几天之前，他连几米之外的事物轮廓都无法看清楚，十米之外就完全靠猜了。可从挖掘隧道那天起，随着他频繁地激活时空裂缝，他的视力竟然有了恢复的迹象。一开始他以为是自己的错觉，但很快就发现不是。他的裤子口袋里，有一张照片——照片里有两个人，一个是五岁时的他，一个是他的母亲。自从母亲去世以后，不管去哪里，他都带着这张照片。昨天他把照片拿出来看，发现照片的背景是一座旋转木马。虽然母亲的面貌仍然看不清，但轮廓已经比之前清晰多了。他确认自己的视力正在好转，而这一定和近来发生的诸多事件有关。但这究竟是怎么回事呢？他无法理解，只有静观其变。

这时候，张霖突然大声喊道，原来是这里！他已经认出来了，这里是二郎山。十年前，这里发生的一场大爆炸改变了自己的生命轨迹。他曾多次返回此处，对此地极为熟悉。接着，他马上就明白了胡一杭说的"飞下去"是什么意思。前方的环形山区域里，有一个当年爆炸所形成的巨大深坑，那架直升机应该飞进深坑里去了。想到这里，他立刻激活触控板，准备操纵章鱼飞船向环形山飞去。奇怪的是，尽管飞船的喷气口发出尖锐的气流喷射声，但飞船仍然停留在原地，像是被什么东西困住了一样。

我们并没有冲出湍流区，姜宇航指着面板上的气流分布图说，我们正在它的中心。张霖一看，果然如此。飞船周围仍然布满了湍流，但中心位置却极为平静，像台风眼一样。从气流图上看来，周围这些湍流具有奇异的对称性，气流从四面八方冲过来，在飞船附近统一弯折九十度，从上方或下方溜走。看上去就像在章鱼飞船的四周形成了一面向内挤压的风墙。孙剑看着气流图，惊讶地说，这风是怎么回事，怎么会这么奇怪？即便不是专业的流体力学研究者，他也发觉其中的不对劲来。因为不管怎么看，飞船周围对称分布的风力图像也太过奇特了。张霖想起了路易斯安那州球场上看到的湍流，突然明白了过来——这风不是自然形成的！他调取外部摄像头拍摄的实时画面，在显示屏上放大到一百倍。姜宇航问，你这是在看什么？张霖说，我在看风。孙剑也凑过来说，风有什么好看的。张霖指着画面，说，你们仔细看，这风里到处都是黑线。姜宇航定睛一看，果然如此，那些黑线密密麻麻地分布在图像里，就像细密的渔网一样。他心里一惊，随即看向张霖，犹豫道，难道这是……裂缝？张霖点头说，绝对错不了，这些肯定是时空裂缝。

姜宇航说，可是它们怎么会出现在空气里？他对张霖导出的裂缝动力学方程很熟悉，从那个方程里可以知道，在没有物质依附的情况下，时空裂缝是无法持久存在的。因此，他们才要制造各种各样的分形晶体，作为时空裂缝的附着物。张霖说，不，并不是没有附着物。姜宇航说，在哪里？张霖说，就在风里。孙剑插嘴道，风也可以作为附着物？张霖说，一般的风当然不可以，但湍流不一样。姜宇航突然醒悟过来，大声道，原来如此，湍流的几何形状就具有典型的分形特征！张霖说，正是如此。以前我们的思路都太狭隘了——具有分形特征的附着物并不局限于固体物质，它同样可以是液体和气体，或者说，在后两者之中反而更普遍。姜宇航说，这图像可以再放大吗？张霖说，直接放大不太可能了，我试试插值算法。于是他打开设置面板，在可视化的高级选项里把插值算法钩上。这种算法可以通过已知数据去预测未知数据，因此可以自动补充大量的绘图像素点，极大程度上弥补了传感器得到的原始数据精度不够的问题。很快，屏幕上的图像再度放大，某个局部气流的分布图像显得更清晰了。现在，大家可以清楚地看到气流中的黑色裂缝。正如推测的那样，裂缝沿着湍流中具有分形特征的几何界面分布着。但与固体材料不同，气流中的分形结构是不断变化的，因此时空裂缝也随之不停地伸缩和弯曲着,像某种活物。

还有一个有趣的地方,张霖说,你们注意看,图像上有的地方气流并不紊乱,是标准的层流区域,但也出现了从附近延伸过来的裂缝。而一旦裂缝出现在层流中,就会对气流产生扰动——穿过裂缝的那部分气流,由于没有受到外部环境的影响,仍然保持进入裂缝时的速度,而通过正常路径运动到裂缝前端的气流,其速度或多或少都发生了变化。因此,通过裂缝区域后,层流中的气流速度出现了分化,形成了涡旋结构。果然片刻之后,裂缝附近的层流区域也出现了众多尺寸极小的涡旋,并最终形成了一个围绕着裂缝的较大的湍流。

也就是说,除了依附湍流而存在,裂缝本身也可以产生湍流,是这意思吧? 姜宇航问张霖。后者点了点头,补充道,时空裂缝和湍流之间相互作用虽然复杂,但我想,裂缝对湍流的调制作用是占据主导地位的。姜宇航反驳道,不,我觉得裂缝的调制只是对湍流形态的一种微扰。两人争论得激烈。胡一杭在一旁都听傻了,完全不知道两人在吵什么。孙剑几次试图插话,都没有成功。他有些无奈地看着两人,心里想,现在是争论这些问题的时候吗? 我们可还在湍流中心,飞船正处于无法动弹的状态啊!再转念一想,或许这就是自己和真正的科学家的区别吧。

很快他们就不用再为这个问题而争吵了。不经意间,飞船好像在缓慢移动。他们本来不以为意,但身体突然一晃,飞船突然加速了。张霖往显示屏上一看，飞船果然在快速地移动，他再次激活飞行操纵系统，但没有效果。从气流图像上来看，飞船移动是因为湍流的中央风眼在移动。也就是说，飞船完全是在湍流的裹挟下飞行。张霖突然哈哈大笑，对姜宇航说，看到了吧，果然是我猜对了。姜宇航说，什么意思？张霖说，我们的飞船被湍流控制了，这意味着湍流本身也是受人控制的。姜宇航想了想说，看上去是这样。他从风眼的诡异移动中察觉到了一丝恶意。风自然没有恶意，因此风的背后必然有其他非自然的力量存在。张霖说，从目前的情形来看，对方通过调控时空裂缝，间接控制了湍流。姜宇航终于点了点头，承认张霖的观点是对的。他意识到，自己低估了裂缝的影响。他说，是维持会？张霖说，我们很快就知道了。

飞船稳定而快速地向前飞去，看来对方通过裂缝调控湍流的手段已经极为熟练。姜宇航始终想不通，对方如何控制这种依附于气体结构存在的时空裂缝。按照自己的经验，即便在固体材料中，想要精确调控裂缝延伸拓展的方向和节奏，也极为困难，需要通过复杂的计算和精确的分形晶体材料的制备。飞船前进的方向，正好朝着环形山的中心。几分钟后，飞船就到了天坑的上方，接着便开始向下移动，向着天坑底部徐徐降落。

天坑内部已经被浓密的植被覆盖，已经不是十年前爆炸刚发生时的模样。张霖对此并不意外，他最晚一次进入天坑考察是在四年前，那时候这里就已经长满了各种野草。而最近三年，因为这里被"南山文化"以旅游项目开发为由封闭了，他没能再进来。现在一看，天坑里的确出现了一些人造建筑，但大多是一些零零散散的简易棚子，在树影中露出一角，看上去并不像什么旅游景区。最大的改变反而是出现了大量的榕树。虽然还在飞船上，距离坑底还有不短的距离，但已经能看出这些榕树都异常高大，根本不像是几年内能长成的样子。果然是维持会，张霖想。根据他的调查，这几年维持会在世界各地到处种植榕树，显然眼前的景象也是出自他们的手笔。不过，这些家伙究竟想干什么呢？

距离坑底数十米时，章鱼的降落停止了。飞船在茂密的榕树树冠上着陆。飞船本身没什么重量，树冠可以轻松承载这个庞然大物。随着飞船着陆，奇怪的湍流也消散了。张霖打开舱门，向下看了一眼。在树冠的掩映之下，数百人正安静地站在地面上，抬头看着他们，看着这艘造型奇特的飞船。张霖注意到其中有几个熟面孔，他们正是曾经来小镇劝说过自己的维持会成员。姜宇航也挤到了门边，他一眼就看见了那两个盗贼，还有站在旁边的仓库管理员小王。

树冠距离地面五六层楼高。其中一棵树的主干旁边，搭着一架长长的扶梯。姜宇航看着孙剑说，我们要下去吗？孙剑说，下去，看看他们想干什么。说完就带头爬下飞船，踩着一根粗壮的树枝，小心地走到扶梯旁边。后面三人也只有跟过来。胡一杭视力不好，摸索着从树枝上爬过去，不过他动作敏捷，一直跟得紧紧的。几个人踏上地面，维持会的人已经聚拢在他们身边，围成了一个圈。孙剑双手放在胸前，做出戒备的姿态。

这时候小王出来说，各位不要误会，我们没有恶意。孙剑嗤笑一声，显然并不相信。姜宇航问，触发石是你们拿走的吧？小王说是。姜宇航说，那还给我们吧，我们就不追究这件事了。小王说，姜哥，你这话说得就不对了。触发石本来就是我们维持会的东西，现在拿回来，是物归原主。姜宇航想反驳，但突然想到王伟的触发石的确来路不明，说不定还真和维持会有点关系。倒是张霖开口说，你们到底想干什么？小王说，这次请你们过来，是有事想和你们合作。孙剑嘿嘿一笑，说，你们这请得可真够客气的啊。他已经意识到，偷触发石只是个诱饵，自己居然上钩了。小王说，确实冒失了，不过没办法，有些事情在外面说不清楚，也不方便说，还请多多担待。张霖又问了，合作什么？小王说，不急，今天正好有一场祭典，等看过祭典之后，我们再详谈。

接下来，便有其他人招待姜宇航几人，小王匆匆离开，看上去似乎要忙很多事。所有人对他们的态度都很好，看不出一点恶意。

天坑底部全是榕树密集的气根，几乎每隔一段距离就有一条气根插入泥土中。在这些气根的支撑下，繁茂的树叶遮天蔽日，像是盖上了一个绿色的穹顶。唯一的空旷之地在天坑的中央，那里有一株巨大的榕树，主干直径七八米，周围几十米内没有一条气根，像一个天然形成的广场。这个广场大约一个篮球场大小，四周放着大量的蒲团。姜宇航等人被带到这里，便没人再管他们了。他们盘腿坐下，稍作休息。看样子，这里就是举行祭典的地方。随着时间推移，聚集在广场周围的人越来越多，看上去都是来参加祭典的。

孙剑时刻保持警惕，特别注意观察靠近自己的那些人。但他很快就发现，所有人的神态都很平和，甚至脸上带着微笑。在很长的时间里，他一直和穷凶极恶的歹徒或者各种阴险狡诈的罪犯打交道。那些人脸上，或多或少都会露出阴鸷的气息，不管对方如何伪装，他都可以一眼看出端倪。可他已经很久没有见过这样的神情了。就算在普通人的脸上，如此平和的神色也近乎绝迹了。在公交车上、地铁站里、办公楼中，那些行色匆匆的人，要么焦躁，要么急切，要么激动，要么呆滞，总之，很少有这样悠然自得的模样。这反而让他更加警惕起来。很不对劲，他心里想。不自然，太不自然了。

到傍晚时分，广场边聚拢了数百人。蒲团已经不够用了，不少人就这么站着，也不说话。广场中央搭起一个篝火架，架子上引出几根金属细线，延伸到旁边那粗壮的榕树主干上，绕了几圈。这个装置让孙剑很疑惑，他完全看不懂用来做什么。他问其他人，张霖说像要把火引到树干上。姜宇航说，那不把树都烧了吗？应该是把树上的什么东西引到火堆里，可能是助燃剂之类的。孙剑想不管做什么，似乎没有什么危险，暂且不用管它。

又过了十几分钟，夕阳沉入地下，浓密枝叶覆盖的广场上更昏暗了。这时有人点燃了一个火把。随着火光亮起，广场上立刻安静下来。所有人都停止了交谈，凝神注视着前方那团跳跃的火苗。再一看，四个祭司模样的人出现了。他们穿着白色长袍，分立于篝火架的四个方向。火把被其中一人拿在手上，他走到树干旁，将火把插入树干上的一个支架里。接着，那人突然仰头高呼，声音尖厉，像狼嚎似的，吓了姜宇航几人一跳。所有人都拜倒在地上，低声念叨着什么。孙剑正想低头听一下祷语的内容，但那个祭司停止了呼叫，改用一种低沉的语调说道：火神天司，泽惠万灵，静心诚念，以沐圣慈。说完，四个人都面向篝火架，退后几步，盘坐下来。会众则重新抬起头，望向火把上那橙红色的火光。

就在这时，奇异的场景出现了。一阵突如其来的震动从地下深处萌发，然后逐渐移动到了地表，越来越清晰。广场的地面开始抖动，落叶在震动中跳跃起来，细微的裂缝在地面出现。广场中央的大榕树，从根部开始，一块块树皮蠕动起来，变成了一条移动的巨蟒。孙剑瞪大了眼睛说，那是什么鬼东西？姜宇航说，那东西好像从地下钻进树里面了。随着蠕动的区域逐渐上升，地面的震动随之减弱，最后停止了。现在，树干上明显突出了一块，像是突然长出的一个树瘤。树瘤径直向上移动，最后停留在插着火把的位置。接着，树瘤沿着火把向外生长，瞬间把火把吞入了瘤中。火把上的火焰仍然燃烧了片刻，突然向上蹿了一截，竟然脱离了树瘤，飘浮在空中。

面对这诡异的景象，张霖和姜宇航对视了一眼。两人都有些惊讶，也有些茫然。脱离了火把，火焰的燃烧物质何来？但很快，张霖就有了发现，他对姜宇航说，焰心有暗斑。姜宇航一看，确实有一大块暗斑在火焰的中心。他们立时明白了，火焰的本质，其实就是一团燃烧着的可燃气体。火焰中的黑暗部分都是还未燃烧的气体。随着时间的推移，暗斑的体积迅速减小，这是因为火焰燃烧消耗了气体。张霖又说，有风。孙剑说，哪有风啊？姜宇航说，确实有风，就在火焰外侧。张霖说，风在托着火焰移动。姜宇航点了点头。风来自空气湍流，湍流来自时空裂缝。既然对方能通过湍流控制飞艇的移动，让一团火焰飘浮起来自然也不是什么难事。他现在大致明白眼前的场景是怎么回事了，但仍然不知道其目的何在。

悬浮的火苗逐渐远离树干，不断接近旁边的篝火架。就在暗斑消耗完毕之时，恰好移动到篝火架的上方。一瞬间，篝火架就被点燃，一小团火苗变成了熊熊大火，广场上立刻明亮起来。快来了，快来了，孙剑听见旁边一位信徒开始喃喃自语，眼睛则死死地盯着篝火。他也转头看向篝火，心里想，什么东西快来了？

在某一刻，篝火的中心，突然出现了一个黑点。并不是刚才那样的暗斑，而是彻底的黑，像无底深渊一般的黑。虽然不大，在明亮的火光中却格外醒目。黑点慢慢变大，开始拉长，从一个点延伸为一条线。接着，线条扭动，出现了弯曲和折回。线条不断伸长的同时，它也逐渐从篝火的中心位置向外移动，从内焰进入了外焰，越来越靠近火焰的边缘。与此同时，火焰像是受到了压制似的，跳动的节奏变慢了，焰色也从黄色变为蓝色。当黑色线条和火焰边缘重叠的那一刹那，火苗的跳动立刻停止了。现在，篝火架上出现了一簇凝固的火焰。

凝固的时间并不长，火焰很快就重新闪动起来。这时，有一小团火焰从篝火中分离了出来，向外移动着，很快就延伸到与篝火架相连的金属丝上。火焰沿着金属丝一路燃烧，一直烧到金属丝缠绕着的树干上。在树干上，火焰停留了片刻，然后逐渐熄灭了。姜宇航说，那东西又回到树里面去了？张霖说，的确回到树里面去了，但不是同一个。姜宇航迟疑地看着篝火说，那这里还有一个？张霖说，再看看吧。

果然，过了片刻，一个新的黑点再次出现在篝火中心。接下来的事情和刚才一样，黑点变大延长，向着外焰移动，然后又一团火焰分离出来，沿着金属丝没入了树干中。整个过程持续了一分钟左右。姜宇航说，又一个。张霖眼神凝重地看着那团篝火，没有说话。

就这样，祭典持续了一个多小时，不断有火焰从篝火中分离出来，移动到树干上，然后熄灭。最后，张霖叹了一口气，说，这下麻烦了。孙剑说，这到底是怎么回事？张霖不说话，孙剑看向姜宇航，后者说，我也不知道，不过，应该有某种东西从火里面出来了。孙剑说，是敌人吗？姜宇航耸耸肩，还没说话，倒是从背后传来一句回答："是朋友。"孙剑转头一看，居然是小王。他微笑着站在几人身后，树影映在他的脸上，如鬼魅一般。

张霖指着火焰没入树干的位置，问小王，这些火里的东西，最后到哪里去了？小王朝着天坑一侧指了指，说，去附神台那边了。张霖说，那是什么地方？小王笑了笑，没有回答。他心想，此刻的附神台，应该正在忙碌之中吧。不知这次又会新来几个祭司？但愿这些新祭司能够站在大祭司这一边。

21 地下

火是净垢之物,火神的降临,是为了洗涤人们心里的污垢。小王试图向姜宇航等人宣传火神的伟力。一般人见到祭典时的神异场景后,很容易接受这样的说辞,转而变为火神教的信徒,但这几个人显然不是一般人。姜宇航很不耐烦地打断了他的传教,直截了当地问,你把我们引来,到底想做什么?

宣讲无效,小王也不再废话,把几个人带到广场中央的榕树旁。在树干上用力一拉,现出一扇门来。走近一看,原来树干里有一个偌大的树洞,像个通透的小房间似的。几个人刚走进树洞,门便关上了。洞壁上涂了某种荧光物质,让其中不至于漆黑一片。几个人感到脚下一动,便看见洞壁竟然动了起来。随着洞壁的蠕动,几个人感到所处的空间正在迅速下降。并非电梯那样的匀速下降,而是时快时慢,因为洞壁的挤压是间歇性的——头顶不断收缩,脚下则不断张开,树洞空间便这样挤压到越来越深的地下。像是木材劈裂的声音从四周不断传来。他们像被某个庞然大物吞入腹中，在食道中吞咽似的。孙剑立刻就想到了章鱼飞船。飞船在飞行时，上方沙袋的蠕动状况和此刻的洞壁极为类似。他看向张霖说，这有点像我们的飞船啊。张霖点了点头，但没有多说什么。

下降的过程持续了一分多钟才停下来。眼前出现的是一个宽敞的地下洞穴——或者说地下广场，因为它看上去不比一个足球场小多少。这里灯火通明，人来人往，极为热闹。广场上排列着十几路铁轨，其中七八条轨道上都停放着灰扑扑的货运列车。列车的车厢上盖着篷布，鼓鼓囊囊的，显然装满了货物。另外几辆车正在卸货，几台叉车在车辆间穿梭，把一个个木箱子从火车上搬下来，运到一个如同胶囊般的容器里。场地四周有几十个黑乎乎的洞口，这些铁轨都从其中一侧的洞口延伸出来。但铁轨也就到此为止了，这里是铁路的尽头。一辆卸完货的火车启动了，它沿着来路往回开去，很快就钻进洞里，消失在众人的视野之中。这里似乎是一个转运中心，姜宇航想，这些火车把货物拉到这里来，再通过其他载运工具转到其他地方。很多洞口并没有铺设铁路，想来应该就是货物的出口了，不知道是通过什么方式运出去呢？

姜宇航蹲下身子，抓起一把散落在地面的碎屑。看了看，又放到张霖和孙剑面前。张霖看了一眼，立刻说，是铁矿石。孙剑见状，马上走到最近的一辆列车跟前，几步跃上车厢，一把掀开篷布。车厢里全是这样的铁矿石。他跳下来，走到小王跟前问，你们运这么多铁矿石来干什么？小王摇了摇头说，这是大祭司的命令。孙剑不屑地说，装神弄鬼，狗屁的祭司！这时，姜宇航又指着一辆叉车说，不仅是铁矿。张霖转头看去，那辆叉车上的木箱子里漏出一些紫褐色的矿屑，显然不是他们刚看到的铁矿石。看来，运来这里的矿物种类不止一种。

小王继续往前走，张霖几人继续跟着他。这时，旁边一辆货车上跳下来几个光着膀子的大汉，手里拿着铁铲，看上去是正在卸货的工人。他们显然冲着小王来，一下车就把他围了起来。其中一人走到小王面前，把铲子狠狠地剁在地上，说，这活儿没法干了。小王抬起头看着他，摆了摆手说，有事回头再说。他斜着身子想挤出去，但领头的工人横移半步，仍旧挡在他面前。小王不得不停下来，不耐烦地问，怎么回事啊？那工人说，你自己算算，从上个月到现在，卸货量增加了多少。起码有两倍了吧？我们的人手就这么多，活儿根本干不完。小王说，不是派了几个天使来帮忙了吗？工人嗤笑一声说，那帮新来的天使，什么都不懂，就知道瞎指挥。忙没帮多少，倒添了一堆乱。小王板起脸来，说你到底想怎么样？那工人说，最近的任务这么重，就算派外人来，不熟悉运输流程，恐怕也帮不了什么忙，我看，只有一个办法。小王问，什么办法？工人说，下次天使选拔会，从我们运输队里选一个，这样就有一个熟悉工作流程的天使了，肯定可以极大地提高我们的工作效率。小王说，天使选拔是祭司委员会的职责，你们找我有什么用。说完又指张霖几人，说我这还有急事，你们先让开。工人们还是站着没动。小王怒了，说，这几个人可是大祭司点名要见的，你们还不让开。搬出大祭司的名头，部分工人产生了动摇，他们纷纷看向站在人群后方的一个人，看来此人才是工人真正的领头人。小王也看见了他，于是绕过挡在身前的大汉，径直走到这人面前。大汉这次没有阻拦。

小王看着那人的脸，回忆了一下，说，你是大田村的吧？那人说，不错。小王说，我记得当初高铁站征地的时候，带头闹事的就是你。你叫高……高什么来着？那人说，高远。小王拍了拍腿，说对，就是高远。怎么，过了几年，胆子肥了，连大祭司都敢惹了？高远骂道，你放屁，我们对大祭司从无二心。小王说，那你还不让路？高远没理他，反而问道，我听说，你下午的时候带了两个外人进来？小王说，他们现在已经入会了。高远说，他们是什么人，和你是什么关系？小王说，两个盗贼而已，和我没有关系。高远说，我不信。小王冷笑一声说，你爱信不信。高远说，我还听说，那两个人现在已经内定为下一批天使了。小王说，你听谁说的？高远说，你别管我听谁说的，你就说是不是吧？小王哈哈一笑说，是又怎样。高远上前一步，猛地揪住了小王的领口，竟把他提了起来。他瞪着眼睛，狠声说道，不要以为你是大祭司的一个小助理，就可以欺上瞒下，为所欲为。这几年来，你的那些好友同乡，一个个都选为天使了，我们运输队的一个都没选上。嘿嘿，你说这是为什么呢？虽然被对方提起来，但小王并没有露出慌张之色，仍然冷冷地看着高远，说，你这是怀疑祭司委员会的公平吗？高远说，放屁，我怀疑的是你！祭司委员会拿到的资料，都是你经手的，你肯定在资料里动了手脚。小王突然大笑起来，笑声结束的时候，突然冷声说，不妨告诉你们，下午的那两个人，是大祭司点名要的天使人选。这一点，祭司委员会的人都知道，你们随时可以去问。听到这，工人们低声私语了几句。高远把小王放下来，拍了拍他的肩说，好，我就再信你一次。不过，如果让我发现是你在资料里搞鬼的话，我绝对饶不了你！小王整理了一下衣领，冷着脸看一眼高远，转头向外走去。工人们自动让出一条路来。张霖等人也跟着离开人群的包围。

小王带着他们向一个胶囊容器走去。整个容器大约五米长、三米高，两端呈弧形。走到跟前，张霖摸了一下外壳，触感冰凉，像是某种合金材料。推拉式的门，进去之后，内部分为两个区域——一侧很小，有六个座位，相对摆放着，另一侧很大，空荡荡的什么也没有，地面上散落着黑色的矿物残渣，看上去是货舱。两个区域中间用一道透明的隔板分开。几人各自坐下，包括小王在内，一共五个人，几乎把客舱占满了。姜宇航、张霖和胡一杭坐在一侧，孙剑和小王坐在另一侧。刚一坐好，孙剑就转头问小王，大祭司是什么人，是你们这儿的头吗？小王没有回答。孙剑说，我们现在是去见他吗？小王说，是。孙剑说，他找我们干吗？小王说，坐好，马上就要启动了。说完，他打开座位旁边的盖板，把手掌放在上面。几秒钟后，几个人感觉舱体晃动了一下。看向窗外，装载他们的容器竟然已经飘浮起来。接着，整个舱体迅速恢复稳定，加速向前飞去，很快就钻进了地下广场周围的一个洞穴。火车运来的矿物就是通过这些胶囊飞船转运的。不过，这些洞穴又通往何方呢？一开始他们还能看到嵌在洞壁上的指示灯，但很快就连这一点微弱的灯光都消失了，四周完全看不到半点光亮。飞船显然是自动驾驶的，在飞行过程中感觉不到明显的加速和转弯，似乎一直沿着直线行驶。姜宇航试着从天坑的地理位置出发，猜测飞船飞行的方位，还没等他理出思路，舱体再次震动了一下。门立刻打开了，原来飞船已经降落。从启动到降落，整个过程不超过一分钟。看来飞行的距离不远，姜宇航想，以进入洞穴前的飞行速度估计，现在的位置距离那个转运中心最多不超过一公里。

可是，他们从客舱中一出来，立刻就发现了异样的状况。周围的气温明显升高不少，像是突然置身于酷暑时节。姜宇航还感觉到身体似乎变得沉重了，像穿着厚重的棉衣在前行。但行走几步后，这种感觉又立刻消失了，不知道是身体适应了，还是刚才所感只是一个错觉。眼前是一条走廊，大约十几米长，尽头处有一道门。小王示意他们往门那边走，可是他自己却没有下车。姜宇航正想问他这是哪里，小王突然把舱门关上了。飞船迅速升空，转眼间就消失在几人眼前。几个人左右看看,只好沿着走廊向前走。胡一杭说,我感觉有点心慌。张霖说他也是,感觉这地方的重力不太对劲。姜宇航想,看来刚才不是错觉啊。孙剑说,绝对有问题。他用力跳了跳,看看自己最高能摸到墙壁的哪个位置。估计了一下弹跳高度,他说,跳得比正常情况下矮了两厘米。张霖问他正常情况下的弹跳高度,简单估算了一下说,这地方重力起码比地表高了百分之四。姜宇航说,不太可能吧,从转运站到这里,不过一分钟,重力怎么会差这么多?孙剑说,会不会是因为下方分布着大量的金属矿物。张霖摇了摇头,大规模矿藏的确会影响重力,但不可能达到如此明显的程度。众人苦思良久,仍无头绪。

胡一杭扶着走廊墙壁,试着往前走。只走了几步,他就不得不缩回手来,在身前甩甩。姜宇航看到他的动作,问他怎么了,胡一杭说墙壁好烫。姜宇航一摸,果然温度很高,看来这里的酷热都是从墙上传过来的。他突然想到一种可能,不禁脱口问道,地球重力随深度是怎么变化的?张霖说,我明白你的意思,我刚才也想过这个问题。在地球内部,重力的计算需要考虑两个因素的影响,一个是当前位置的地球有效质量,另一个是该处与地心的距离。从地面往下,随着深度的增加,地球有效质量在减少,与地心的距离也在减小,前者让重力减小,后者则会让重力增加。因为地球的质量大部分都集中在地核中,因此,在前期,随着深度的增加,重力会逐渐增大。当然,一旦到了接近地核的深度,情况就会反过来。这时候有效质量减少的影响就会超过距离减小的影响，从而让重力逐渐减小，直到地心处，重力减小为零。姜宇航又问，你能估算一下，如果按照现在的重力增大比例，需要达到何种深度呢？张霖闭上眼，默算了片刻，说，大概在地下两千公里。孙剑笑道，那已经超过地壳的深度了吧？张霖点头说，不错，这个深度应该是在地幔里了。姜宇航苦笑道，可这不可能。一分钟的时间，怎么可能下降两千公里呢？

　　孙剑走到墙边，敲了敲墙壁，突然说，墙壁的材料很特别，你们都看看。姜宇航一听，也认真研究了一番，说，这好像是一种碳化硅陶瓷。孙剑说，我好像在哪见过这种材料。他认真想了想，终于想起来，之前负责航天发射任务的安保工作的时候，近距离接触过长征系列火箭。他发现，这墙壁的材料和火箭外壁隔热层的质感很像。他把自己的看法告诉姜宇航，后者点头说，这的确是一种高效的隔热材料，据说有效隔热温度可以超过三千摄氏度。孙剑转头问张霖，你知不知道地下两千公里的地幔层，温度是多少？张霖说，根据现在的理论推算，地幔与地核接触交界处的温度大约是三千五百摄氏度。两千公里的深度，比这个交界深度略浅一些，所以温度也会低一些，大概也就在三千摄氏度吧。孙剑面露古怪之色，说，难道我们现在真的在地幔里吗？姜宇航说，别猜了，既然让我们往前走，那走就是了。说不定，推开前面那扇门，就什么都明白了。

22　影片与风

　　推开门，几人走进去。门后是一个狭小的封闭空间，一侧摆放着一条不锈钢长椅，就像地铁站里常看到的那种。天花板的四角透出橙黄色的反射光，把屋子照亮。除此之外，别无他物。就在几人茫然无措之时，一个声音在房间里响起。一个女声，听起来像真人发出的，而非电子合成音。整个房间都在声音的笼罩之下，无法判断声音的方向。

　　这女声说，请大家坐在长椅上。孙剑竖起耳朵，贴在一面墙上听了听，说，墙后一定隐藏着音响设备。说完，又大声喊道，你就是大祭司吗？等了片刻，没有人回答。姜宇航说，我们先坐下吧。孙剑说，好，坐就坐，我倒要看看她到底想干什么。几人在长椅上坐下，宽度正好合适。

　　就在这时，门嘭的一声关上了，屋顶四角的灯光也熄灭了，房间里顿时一片漆黑。孙剑正想站起来，却被人拉住了。张霖的声音从身边传来。他说，先别动，等等看。接着，几人前面的墙壁上突然出现光。从微弱到明亮，光线逐渐构成一幅沙漠地区的俯瞰图像。看来，这墙壁实际上是一个显示屏。孙剑说，搞了半天，是让我们看电影。

画面转换，影像动起来，动物和植物出现在镜头里，最后终于出现了人。画面里出现的是一座装饰华丽的建筑，钻石镶嵌了一整面墙壁。在众多士兵的守卫下，一位身穿军装的黑人男子沿着红毯一路前行。他的身后，跟随着十三位身着盛装的女人，和三四十位年龄大小不一的男子，从几岁到二十多岁。红毯尽头处是一把很大的椅子，椅背和扶手都用黄金塑成。当那人走到椅子前坐下后，军乐队立刻奏响了欢快的音乐，两旁簇拥的人群发出欢呼之声。孙剑皱着眉头说出了一个名字，但其他人都没有听过，孙剑补充道，这是一个非洲国王的名字，如果他没猜错的话，这是那人举行登基大典的画面。事实上，孙剑对这人相当熟悉。在国安局待了这么久，他对国际政局多少有所了解，而这个国王因其暴戾的性格，在国际上声名狼藉，所以他一眼就认了出来。这时，视频响起画外音，简单说明了画面中的人物和正在进行的事情，和孙剑所说完全一样。不过让他们都没想到的是，跟在国王后面的十三位女子都是他的妻子，那一大群男子则是他的儿子。接着，镜头画面拉开，移动了一段距离，重新聚焦在众人面前的顿时成了一幅地狱般的场景。连月大旱，田地龟裂，粮食枯竭，地上躺着大量动物尸骨。树木的叶子全都不见，连树皮也被扒光，只剩下孤零零的主干，像旗杆一样直刺天空。一群瘦到畸形的孩子被放在一张长长的塑料袋上，旁边的父亲手里拿着一小碗粥，凑到一个孩子嘴边，但那孩子已经闭上了眼，再也无法张开。这时，镜头再次转动，对准了不远处的军用机场。在这里，联合国援助的粮食和医疗物资被源源不断地装上一辆辆卡车，驶向这个国家唯一的城市，驶向那座富丽堂皇的建筑。

孙剑砰的一声把手砸在长椅扶手上，骂道，畜生！虽然早就知道现实残酷，可目睹这一场景，仍然给人带来强烈的震撼感。连他都这样，其他几人更是说不出话来。只有胡一杭疑惑地问，怎么了，放的是什么？孙剑说，你看不见也好，免得糟心。这时，画外音又出现了，介绍说这是十年前的场景。话锋一转，说我们再看看这个国家现在的处境。画面立刻发生了转换，连色调都变得明快起来。看得出来，镜头下的城市还是之前那个，但人们的脸上明显有了笑容，身体也壮实了很多。之前金碧辉煌的建筑，现在已经不见踪影，变成了一座普通的混凝土小楼。从机场运来的粮食和其他物资，也通过众多新修的公路，散发到全国各地。最后一个镜头对准了皇宫前的大广场，这里众人聚集，正在举行某种仪式。人群中央是一个高大的篝火架，熊熊烈火正在燃烧。

看到这里，每个人都沉默下来，陷入了思索。近些年来，火神教在一些非洲国家逐渐兴起，这是张霖曾经查到过的，但他并不知道火神教竟然给这些国家和人民带来了如此巨大的改变。如果这背后都是维持会主导，他们的目的又是什么呢？自从发现维持会在打压自己的研究后，他心里一直对其充满了强烈的恶感，随着时空裂缝研究逐渐深入，他开始坚定地认为维持会背后一定有着一种邪恶的、绝不可公之于众的目的。但现在，一切开始动摇。刚才的影像资料看起来并不像虚假的，直觉告诉他，画面中呈现的这些改变的确发生了，因为这正好解释了火神教在非洲国家快速兴起的原因。

第一个短片结束了。在短暂的黑屏之后，屏幕上开始放映第二个短片。片子的叙事方式如出一辙。首先是一片狼藉的战场，烈火烽烟，手持冲锋枪的男人，头戴黑纱的女人。坍塌的城市建筑，浸染着鲜血的废墟瓦砾，逃难的人群，尖锐的铁丝网。所有人都知道这是哪里，也知道这片土地上漫长的战争与仇恨。因此，画外音解释这一切的时候，孙剑甚至觉得这些解说有点多余。接着，像刚才一样，画风一转，一切都改变了。人们放下了手中的枪炮，在废墟中重建城市。原本水火不容的两个宗教派系的信徒，现在却手拉着手，一起围绕着篝火舞蹈。孙剑皱着眉，刚想站起来说这不可能，但立刻又想到了什么，顿时长吸了一口气。原来都是真的，他喃喃地说。

接下来是第三个影片。一开始出现的画面是一群密集分布的住宅楼，楼与楼之间的距离近到一伸手就可以摸到对方的窗户。画面一出现，几个人就立刻认出这是国内的某个一线城市，布满墙壁的广告语和灯牌都是他们所熟悉的。姜宇航说，这是哪里啊？张霖说，看上去像深圳。孙剑说，不对，你仔细看这字，是繁体。张霖说，哦，那离深圳也不远。画面逐渐接近大楼，最后从一个窗户钻进屋内，应该是用无人机拍摄的镜头。然后，镜头的方向一转，屋内的陈设和布局让所有人都愣住了。这个房间很小，看上去也就一个普通厕所大小，而且屋内的确放了一个马桶。马桶的旁边，竟然是一个燃气灶，上面放着一口铁锅，锅里还残留着一些食物。马桶的正上方，有一个淋浴喷头，很难想象洗澡的时候应该坐在马桶上还是站着。与马桶和燃气灶相对的房间一侧，安放着一张狭长的单人床。床宽约为一公尺，一伸手就可以够到马桶盖。床的上空也没有闲置，塞进去一个置物柜，柜子底部距离床面不到一米，空间只够人在床上倚坐着。此外，房间里还有抽油烟机、一个小冰箱、一个简易衣柜，还有一大堆乱七八糟的杂物。整个房间里几乎找不到可以舒服站立的地方，光线也很昏暗，极其压抑。姜宇航说，如果让我住这样的地方，我估计会憋闷死。孙剑说，谁想住啊，无可奈何罢了。这次画外音没有介绍这是哪里，大概也认为大家都能猜到。画面又跳转到其他房间，楼里几乎每个房间都是一样的狭窄压抑。直到画面闪过"五年后"字幕，场景不出所料地再次发生巨大改变。笼屋公寓已经推倒重建，呈现在画面中的是一栋栋清爽整洁的新楼，镜头推进去一看，屋里宽敞明亮，再也不是囚屋一样的景象了。孙剑说，太假了吧，这新房的钱谁出？但影片并没有回答这个问题，只是给出了一个熟悉的场景。新小区的中央广场上，所有业主围坐在一起，双手合十，朝着中心处的一团熊熊燃烧的篝火祈祷。

至此，三段影片全部结束。房间里的灯重新亮起来。孙剑嗤笑一声，对着墙壁大声说道，你给我们看这些东西干吗啊，洗脑吗？墙壁没有回答。张霖突然一脸认真地问孙剑，你觉得这些影片是真的吗？孙剑本来想说都是骗人的，但犹豫了片刻，还是回答道，有一定的真实性，但或许牵强附会，把别人的功劳揽到自己头上。姜宇航说，我觉得第二个最不可信，一千多年来的宗教分歧和现实的地缘矛盾叠加在一起，可不是那么容易化解的。这一段影片肯定是虚构的。话音未落，女声再次响起。她说，不，这都是纪实影片，绝无虚假。姜宇航说，你怎么证明？女声说，我可以让你们亲自去看一看。姜宇航说，你要放我们离开了吗？女声没有回答，而是说，请沿后门继续走。几个人转身一看，后方的墙壁上不知何时出现了一扇门。门的材质和墙壁一样，一旦关上则严丝合缝，难怪几人之前没有注意到。众人没有选择，只能按照指示，一个一个走进门内，继续前行。

经过一段漫长而曲折的走廊后，几个人来到一个新的开阔处。一个二十平方米左右的小房间，其中空无一物，但在房间的左右两个方向上各有一扇小门。门的材质是暗黑色的金属，看上去颇为厚重。那个女声又出现了，似乎音响系统无处不在。她说，左边的门通往非洲板块,右边的门通往亚洲板块,请你们选择一个门进去。听了这话,所有人面面相觑,一时不知道是什么意思。孙剑指着左边的门问,你刚才说,从这门进去,能到非洲?女声回答是。孙剑说,门后面是机场吗? 女声说,不需要机场,门后面就是非洲。孙剑说,可是我们现在不是在亚洲吗? 女声说,没错,这个房间所在的位置是中国西南地区。孙剑说,我明白了,你想说这是一道任意门,对不对? 说完,他哈哈大笑起来。但笑声很快就停止了,因为他发现张霖和姜宇航都板着脸,一脸严肃。孙剑说,怎么着,你们不会真的相信这是任意门吧?姜宇航说,本来我不应该相信,但你想一想,我们为什么可以在一分钟之内从地表移动到地下两千公里深的地幔层呢? 孙剑说,胡扯,我们现在最多就在地下几十米。姜宇航说,那你怎么解释重力和温度的变化呢? 孙剑说,这是他们在故弄玄虚。你们都是科学家啊,这个世界上,有哪种技术可以实现这样的高速移动,有吗? 根本不可能嘛! 这时,张霖突然说,有的。孙剑看向他,问道,什么啊? 张霖说,时空裂缝。

不知不觉中,姜宇航已经走到左侧门口。他屏息凝神,抓住门把手,扭动,然后缓缓拉开。其他人见状,立刻转过身,盯着门口看。门终于完全拉开了,可是后面只是一个普通的走廊,墙壁上光秃秃的,没有任何装饰。几人走进去,沿着走廊往前,拐一个弯,停住了脚步。他们终于看到了那个东西! 一个极为标准的圆形边界，突兀地截断了走廊，像一个大门洞，黑乎乎的，什么也看不见。张霖小心地走到边界旁，他脱下外套，向里面甩过去，再拉回来。衣服没有任何损伤，看上去并无危险。孙剑更大胆，直接把手伸进去，然后再拿出来，看了看。什么感觉，姜宇航问。孙剑说，没什么感觉。张霖见状，也伸手进去，放了十几秒钟才缩回来。那边似乎更凉一些，他说。见没有危险，姜宇航也大胆地试了试。确实更凉，他笑着说，看来这会儿非洲的气温比亚洲要低一点。张霖说，不能这么说，我们现在可是在地幔层啊。他把食指含在嘴里，然后举在空中感受了一下风向，然后说，风在往我们这边吹。姜宇航说，正常，那边的气压高一点嘛。然后又打趣说，不要小看这风，这可是从非洲吹到了亚洲的洲际风。张霖倒是很认真地回应道，确实，这可是地球环境史上从未出现过的大气流通管道。好在它的流量不大，要是流量足够大，或许能改变全球气候呢。

孙剑对这风并不感兴趣，他鼓起勇气，一下子整个人进入边界里面。张霖见了，也立刻跟上。姜宇航回头看了看胡一杭，说，你怕吗？胡一杭说，不怕。姜宇航说，好，那我们一起进去。说完，拉着胡一杭的手，一起迈了进去。在下一瞬间，他们立刻从边界的另一侧走了出来，似乎这个黑色的圆洞没有任何厚度一样。眼前是一个同样的走廊，建造风格完全一样。

张霖回头看了看刚钻出来的姜宇航，说，你们在裂缝中看到什么了吗？姜宇航说，什么也没看到。张霖说，是啊，可惜了。我本来以为可以看到裂缝内部的状况。姜宇航疑惑地说，你怎么会这么想呢？如果这真的是时空裂缝，你应该很清楚，任何物体都不可能置身其中——包括我们的身体，所以你绝不可能看到任何东西。张霖说，这些我当然知道，可是这里面有一个大问题。无论在哪次实验中，穿过时空裂缝的物体——比如一根细铁丝，从裂缝另一侧伸出来的位置，都位于原有位置的正前方。或者说，裂缝两侧的细铁丝，虽然中间是断开的，但它看起来仍然是笔直的，不会因为裂缝的存在而产生弯折或者错位。同样，裂缝也不会改变其两侧电子云的分布形态，也就是说，如果穿过裂缝，电子的速度大小和方向都不会发生改变。姜宇航说，没错，我们很早就发现，裂缝不会改变穿越它的微观粒子的运动状态，惯性定律仍然成立。张霖说，这正是问题所在。设想一下，如何让物体实现从亚洲到非洲的瞬间移动？如果完全由惯性主导物体在裂缝另一侧出现的位置，那么一定要有一个贯穿亚洲和非洲的巨大裂缝，而且这个裂缝必须笔直。因为一旦出现弯曲，物体就会从弯曲处冲出裂缝，无法到达最后的终点。你认为真的存在这样的裂缝吗？姜宇航认真思考了片刻，摇摇头说，不太可能有这样的裂缝。张霖说，我的看法和你一样。所以，这件事只有两种可能：其一，这并不是时空裂缝；其二，它们可以改变物体在裂缝中的移动方向。

这时，孙剑突然插嘴道，还有第三种可能。没有瞬间移动，这里不是地幔也不是非洲。全都是假象，骗人的。姜宇航说，这个简单，我们出去看看就知道了。他走到一个拐角处，发现前面出现了一扇门。旁边有一个按钮，按钮上有一个向上的三角形箭头。看上去像一台电梯，张霖说。姜宇航直接按下按钮，门立刻打开了，里面是一个封闭的小空间。所有人都进去以后，门缓缓关闭，墙壁上随即亮起了熟悉的荧光，正像他们之前在下降的树洞中看到的那样。接着，墙壁蠕动起来，把整个空间向上方挤压过去。所有人又坐了一遍这种奇特的升降载具，只不过这次是上升。大约一分钟后，蠕动停止了。

门开了，孙剑第一个走出去。门口所在的位置同样是一个树洞，而且仍然是榕树。张霖想起曾经查到的一些资料，上面显示生态维持会在全球各地大面积种植榕树。现在他大致能够理解这样做的原因了。榕树是构建时空裂缝网络的重要依附体，这个网络的庞大与复杂，已经远远超出了他的想象。

几分钟后，孙剑重新回到门口。他对张霖说，你说得对，现在只有两种可能了。

23 火神教

三个小时后,所有人都已经确认,之前看到的那些影片全都真实。当那些影片中的景象,真正呈现在眼前的时候,虽然已经有了心理准备,但所有人再次感到了难以言喻的震撼。

最后,他们回到看影片的小房间里。所有人都沉默着,语言在这一刻显得无比苍白。终于,张霖打破了沉寂的空气,他对着墙壁说,我们在走廊里所经过的黑域,其实是时空裂缝,对吧?那个女声似乎一直等在这里,她立刻回答,没错,你的命名很贴切,这就是时空裂缝。张霖又说,你们可以控制物质在裂缝中的运动。女声说,不,准确地说,你们的物质无法真正进入裂缝,所以控制运动一说,无从谈起。不过,我们可以调控裂缝的皱褶,让你们的物质从某些特定的位置离开裂缝。

这时,孙剑插嘴道,什么叫"你们的物质"?女声说,就是字面意思,或者再加一个词,你们宇宙中的物质。孙剑皱起眉头,"哈"了一声,似乎对这个回答不太满意,但又不知道该如何问下去。姜宇航说，你的意思是，你们来自一个与我们不同的宇宙？女声说是。姜宇航说，那你们是怎么到我们这里来的呢？刚问完，他就想起了什么，立刻补充道，是通过时空裂缝？女声的回答出乎姜宇航的预料，她说，不，我们从来就没有真正进入过你们的宇宙，正如你们也无法进入裂缝中一样。在一些基本的物理参数上，我们两个宇宙的性质极为不同，因此，彼此的物质绝对无法流通。听到这里，张霖恍然道，原来是这样，那些时空裂缝就来自你们的宇宙吧？女声说，不错，那就是从我们宇宙中伸出的一些触须。张霖想起之前发现电磁波在裂缝边缘反射时测量到的半波损失，并由此推断裂缝中的空间具有比真空更低的折射率。那时候自己还为此疑惑不已，因为这按理说是不可能的，现在知道那是来自另一个宇宙的空间，疑惑便解开了。现在事情很清楚了，张霖想，有一个不知从哪冒出来的别的宇宙，不知怎么的突然撞进了我们的宇宙里，但是这两个宇宙的时空又完全无法融合，像油和水一样，于是只能在我们的空间里挤出了一大堆时空裂缝。但是对方刚才说的皱褶和触须又是什么意思呢？张霖问了，女声说这是他们为了描述空间性质所提出的一些专业术语，自己只是找了两个比较接近的意象来翻译，其中细节恐怕很难用这边的语言来解释。张霖说，明白了，总之你们可以控制穿越裂缝边界的我方物质从某个特定位置离开，对吧？女声说，是的，只要在我们的空间里做一次简单的折叠就行了。之后，在空间里形成的皱褶就会自动引领物质的走向。张霖很难理解对方说的话，不过他点了点头，并不打算深究。说到底，裂缝中是另一个陌生宇宙的时空。在那里，人类所知的所有科学规律都有可能不成立，因此所有理性分析和思考都缺少了必要的基石。目前为止，关于那个宇宙，他唯一知道的事情只有那里的真空折射率更低。这意味着对方的真空磁导率和真空介电常数很可能也和自己这边不一样，但这又能推出什么呢？

我有三个问题，姜宇航再次开口说道。第一，既然两个宇宙的物质不能互通，那你们是怎么进入我们的世界开展活动的？第二，你们为什么要帮我们做这些事情，又是怎么做到的？停顿片刻，又说，第三，把我们找来，到底想要我们做什么？

这一次，女声没有立刻回答，而是沉默了片刻，似乎在整理自己的思绪。片刻之后，声音再次响起。她说，让我们来看看火吧。与此同时，墙壁上突然伸出一个平台，上面放着一个灯盏。下一刻，火光突然从灯芯中冒出来，把昏暗的房间照亮了一些。这是一台自燃灯，女声说，通过智能芯片控制电火花点火。孙剑说，这没什么了不起的。女声说，确实，只是一个小玩具而已，不过这个呢？话音未落，就见那灯盏上的火突然变蓝，然后像凝固了似的，火焰的边缘完全停止了跳动。接着，更古怪的事情发生了。焰火的各个部位像受到某个力量的牵引，竟然缓缓地向着不同方向移动起来。火焰的形状随之改变，一些镂空的区域居然出现在火焰之中。十几秒钟之后，移动停止了。所有人呆呆地看着那团火，一句话都说不出来。他们不知道眼前的东西还能不能叫作火，因为那团蓝色的火光现在已经变成了一个汉字的形状——那是一个"神"字。

你们装神弄鬼果然有一套，孙剑开口道，难怪能骗到这么多人。姜宇航想起祭典上的那些场景，忍不住感叹道，你们对火焰的控制竟然达到了如此精准的程度！这种奇特的火焰流场是怎么调控出来的啊？张霖说，很简单，控制火焰中可燃气体的空间密度分布就行了。说完，他又进一步解释道，在一个复杂的火焰场中，存在着各种不同的组分，其边界必然具有分形特征。借助这些分形边界，他们就可以在火焰中附着形成众多时空裂缝。然后，通过操控穿越裂缝的气体组分的流向，就可以人为地制造众多高密度的可燃物区域和低密度的可燃物区域。这样一来，火焰的形状也就跟着改变了。本质上，这就是通过裂缝制造的阻燃区来隔断火焰的流场，也正因为这样，燃烧部位的供氧量难免受到影响，所以火焰的颜色就变成了蓝色，这意味着其处于不完全燃烧的状态。这时，女声开口了。她说，张霖你可真是个无趣的人啊！难道这就不能是因为火神的力量吗？张霖猛地一震，满脸震惊地抬起头来，似乎听到了什么不可思议的事情。孙剑问，你怎么啦？张霖摇了摇头，说没事，我可能想多了。

姜宇航对墙壁说，好了，现在我们知道你可以操控火焰，非常厉害，简直可以说叹为观止。可是，你还没有回答我的问题。女声说，不，我已经回答了你的第一个问题。姜宇航愣了一下，恍然道，我明白了。虽然你们无法进入我们的宇宙，但你们可以依附具有分形特征的物质结构制造时空裂缝，然后通过时空裂缝操纵那些物质——就像你们控制火焰和榕树一样。张霖突然插嘴说，恐怕不仅是物质，还有人。他指着一直坐在一旁的胡一杭说，这就是一个例子——你们依附他的大脑神经元构建的时空裂缝，让他几乎变成了一个瞎子。唉，女声叹息道，这确实是我们的失误。

那是十几年前，她回忆道，那时候我们刚发现了你们所在的宇宙，对于这个新世界，我们还很陌生。我们尝试着把触须伸进你们的宇宙，可是制造的裂缝极不稳定，很快就会自动湮灭。直到有一次，随机出现在一块岩石里的裂缝稳定维持了很长时间，我们才逐渐摸到了门道——也就是在你们的研究中提到的分形附着。听到这里，张霖看了一眼姜宇航，小声说道，看来他们在研究所里的耳目不少。姜宇航无奈地耸了耸肩。女声继续说，后来我们进行了很多实验，为了验证时空裂缝在不同物质中的稳定时间，从岩石到乔木，从飓风到火焰，几乎所有能试的物质结构都试了一遍。包括闪电，张霖插嘴道。女声说，不错，包括闪电。事实上，闪电具有典型的树状分形结构，或者更专业地说是"扩散置限凝聚结构"，因此是一个良好的时空裂缝附着体。当然，我们也试过以高等动物的神经系统作为附着体，比如人类的大脑。人类的大脑皮层具有极其复杂的分形结构，相匹配的裂缝必须极为精细，否则很容易破坏其原本的结构。在一些早期实验中，我们确实对一些朋友造成了损伤，我再次向你们表示歉意，这绝非我们的本意。

女声停顿下来，所有人都看向胡一杭。他犹豫了一下，终于还是开口问道，那我的视力还能复原吗？女声略带歉意地说，很遗憾，裂缝对神经系统的损伤是不可逆的。胡一杭张了张嘴，本来想用最近视力有所恢复的情况来反驳对方，但孙剑突然开口说道，可耻啊可耻，你们就是通过在人类大脑里的裂缝来控制这些人的吧？难怪他们都这么听话，说不打仗就不打仗了。姜宇航和张霖也对视一眼，心想原来是这样。如果真的能控制人类的大脑，那之前看到的几个影片，也就不算什么了。

可是女声立刻反驳了孙剑的话。她说，你们知道人类的大脑中有多少神经元吗？根据你们科学家的研究，人类大脑由860亿个神经元组成，但根据我们的估计，其数量远不止于此，至少有千亿之多。而且，其连接之复杂，结构之精密，想要弄清楚运作机理，在短期内绝对不可能，因此想要通过裂缝来控制人类的行为，根本就不可行。她还举了一个例子，说人类的科学家经常研究一种名为秀丽隐杆线虫的简单生物，这种生物体内一共有三百多个神经元。可就是这三百多个神经元，其连接网络的复杂性也大大出乎了科学家的预料，前后经过几十年的研究，直到最近才绘制出了这种线虫完整的神经连接图，而这距离完全解析出其神经活动与生理行为间的关系还很遥远。所以，想要理解和操控由千亿个神经元组成的人类大脑，其难度可想而知。

孙剑突然哈哈大笑起来。他抬起头看着屋角的灯光，仿佛那灯光是对方的化身一样。笑声停止的时候，他摇着头说，太假了，你编的谎话太拙劣了。女声没有回应，于是他继续说道，你们说，无法控制人类的思想，那么请问你们是如何做到之前我们看到的那些事呢？恕我直言，除了直接控制大脑，我很难想象你们能用其他的方法做到，就算是通过宗教洗脑也不行。女声沉吟片刻，回答道，你说得对，正常情况下这样的情形的确很难出现。可是，我虽然说过无法精确控制人类的大脑，但在这些年的试验过程中，我们终究还是有所发现。我们发现了一种很特殊的脑神经回路，它在所有人的大脑意识中都普遍存在。一旦阻断这种神经回路，刚才你看到的那些事情就发生了。除此之外，我们对人类的大脑没有做过任何其他干预。孙剑说，哼，我不信。女声继续说，这种神经回路通常出现在大脑深处的线条体区域，其处于激活状态时，会引发一系列复杂的心理和行为反应。比如，专制的军阀想要加冕为王，富有的资本家想要攫取更多的财富，虔诚的教徒想要消灭所有异端，勤劳的职员想要升职加薪……每个人的心里都多多少少有一点欲望和野心，像草原上的野火，一旦遇到合适的环境就会蔓延扩大，而阻断这条神经回路，就像这团野火仍在萌芽阶段的时候，泼上一大盆冷水，将其彻底浇灭。

女声停止之后，一时间竟没有人再说话。他们回想起刚才看到的那些案例，意识到女声说的话很可能是真的。人世间的这些矛盾，看起来纷繁复杂，彼此毫不相关，但归根结底都是各种欲望和野心的产物。如果真的可以通过时空裂缝抑制人类的欲望，说不定还真的可以釜底抽薪，解决那些矛盾。想到这里，姜宇航突然觉得，这些异类的出现，对于人类来说，或许也不是什么坏事。可是，等等，他们为什么要帮助人类呢？姜宇航再次皱起眉头，看向墙壁。就像猜到了他的想法一样，女声再次响起。她说，你们也许想问，我们为什么要做这些事情，对吧？孙剑立刻说，不错，我才不相信你们有这么好心，穿过宇宙的屏障，千辛万苦地来帮助我们。你们肯定别有用心。孙剑认为对方多半会抵赖一番，但没想到女声立刻就承认了。

我们的确别有所图，女声说，不过请你们放心，你我之间没有利益冲突。相反，合则两利，我们完全可以双赢。孙剑说，少扯那没用的，你们到底想干吗？女声说，很简单，我们只是想找个避难所而已。

24　虫洞与榕树计划

　　从树洞中钻出来，到达木屋的时候，已经是晚上一点了。张霖等人被指引着来到一个临时的宿舍——一间用木板搭建的简陋小屋。屋子里有两个房间，每个房间都有一架上下铺的双层床，旁边还放着座椅等。生活用具大致齐全，而且都是木质的，看来他们准备让人长住。唯一的例外是放在桌上的一台笔记本电脑，这是屋子里唯一的金属制品。胡一杭随便挑了一个房间，躺在下铺很快就睡着了。孙剑进了另一个房间，也睡在了下铺。他担心晚上出现意外情况。经历了这么多事情后，姜宇航和张霖也很疲惫，但精神却极度兴奋。姜宇航说，我在外面站一会儿，现在肯定睡不着。张霖说，我也睡不着，陪你站会儿吧。

　　姜宇航抬头看了看繁茂的榕树枝叶，一低头，便看见不远处的树林里有人在巡逻。巡逻的人数还不少，粗略数来，起码有十几个人，他们从各种角度盯着这个小木屋。他说，看来我们完成任务之前，是别想跑掉了。张霖把手里拿的一沓资料分出一份，递给姜宇航。回来的路上他大致扫了一遍资料，上面介绍了很多新奇的数学工具，他自己并没有用过，但看上去在求解偏微分方程时的确很有用。他问姜宇航，你用过这些函数吗？姜宇航说，见过一些，我十几年前做过涉及薛定谔方程严格解的工作，所以对求解偏微分方程的技巧有一些了解。不过时间隔得太久，大部分都忘了。张霖说，看来你会比我更快得到特解。姜宇航说，那可不一定，这些偏微分方程毕竟是描述裂缝动力学的，你虽然在数学技巧上不如我熟悉，但是对问题的物理图像理解得很深。我反倒觉得，你会比我先解出来。

张霖又翻了翻资料，他把所有纸页整齐地叠起来，放在旁边的木质阶梯上。然后，他也一转身坐了下去。你相信那祭司说的话吗？他问姜宇航。你呢，你信吗？姜宇航反问道。张霖沉吟片刻后说，我信。姜宇航说，为什么？张霖说，他们的态度很诚恳，而且所说的话，和之前我们观察到的现象很契合。姜宇航说，如果这是一个精心编造的谎言呢？张霖摇了摇头，没有再说话。

那个所谓的大祭司到最后也没有现身，全程只是通过声音和他们谈话。虽然听声音是女性，但性别其实毫无意义。姜宇航等人现在已经知道，所谓祭司，其实就是在大脑中植入了时空裂缝的人类。刚植入裂缝的教徒，还要经过一段时间培训，直到他们掌握了激发裂缝的方法，才能够升为正式的祭司。因此，只有祭司才能激发和使用那些基于时空裂缝而设计的工具和器械，比如之前他们所搭乘的那种电梯。训练良好的祭司甚至可以操控众多具有分形结构的自然之物，比如火焰和气流，因此在普通信徒眼里，就像具有了神力一般。但归根结底，所有的祭司，也不过都是地球人而已。

据那位大祭司说，异世界的生物之所以费尽心机进入另一个宇宙，是因为他们自己的世界正面临一场宇宙级的灾难。这场灾难将毁灭掉他们所生存的整个星系，他们完全没有抵抗的方法。在危机面前，他们中的一部分精英已经乘坐飞船走上了逃离母星系的征程，但大多数普通人就没有这么幸运了，被抛弃的他们只有绝望地困在母星上，等待灾难的降临。但在一个偶然的情况下，他们发现了另一个宇宙的存在。

那是一次前所未有的高能物理实验，具有极高能量的粒子碰撞后，宇宙空间被击穿，一个奇怪的通道产生了。通道的另一端，似乎连接到了一个全然不同的新的宇宙。他们的科学家非常兴奋，就像溺水之人抓住唯一的木棍一样。他们尝试着直接把自己的身体从通道中挤过去：把触须收拢，用力在空间中压出折痕，然后沿着折痕跳跃，就像他们平时在移动时所做的那样。但他们很快发现，通道非常狭窄，要让整个身体全部跳过去是做不到的。所以他们开始分裂，把触须割裂开来，形成一些细小的孢子，让孢子从通道中跳过去——这次终于成功了。但在新的宇宙中，这些孢子很快就破裂了，直到一段时间以后，他们发现了附着效应的存在，从此才得以更加稳定地留存在新的宇宙之中。

听大祭司这段讲述的过程中，张霖尽力用一些形象化的想象来理解那个异世界生物的结构和行为。虽然知道这样想象出来的东西，很可能和真实存在差异巨大，但多少可以帮助他对整件事形成一个笼统的印象。听到这里的时候，他问道，你刚才一直在说，他们的孢子——也就是触须裂解后的产物——挤进了我们的宇宙之中，对吧？祭司说，对。张霖说，可是实际上在我们的宇宙中，出现的是像裂缝一样的异时空区域。我想，是不是孢子的侵入把他们周围的一部分时空也带进了我们的宇宙之中呢？因为只有这样才能形成我们观察到的时空裂缝。祭司说，你这样理解很正常，因为你们的世界图景与我们相差甚远。但是，你只要对我们和我们的宇宙有更多的了解，就会意识到，事情的实质其实比你们的想象更简单——所谓的孢子，就是时空裂缝本身。张霖歪着头，努力想理解这句话。倒是姜宇航先反应了过来，他脱口问道，难道生物和空间是一体的？张霖这时也意识到了这一点，猛地睁大了眼睛。大祭司这才慢悠悠地回答道，不错，这就是我们与人类最大的不同。某种程度上讲，我们并没有由物质构成的实体身躯，因为我们的身体就是空间本身。

张霖突然明白了，这是一种由空间畸变所形成的智慧生物！为了方便起见，他在心里把他们称为"时空族"。在时空族的母宇宙中，不知为何，空间本身极不稳定，很容易形成各种皱褶，进而扭曲成各种复杂的微结构。这些微结构天然地具有分形特征，因此，这些异界生物的物理本质，可以说就是一团具有分形结构的扭曲空间。当然，某些物理学理论——比如弦网凝聚理论认为，在我们人类的宇宙中，所有的基本粒子都是时空结构的某种集体激发行为，从这个角度来看，我们宇宙的物质和时空也是一体的。但无论如何，在宏观层面，物质和时空仍然具有清晰的边界。在现实中，人们习惯的仍然是传统的牛顿时空观——物质是实体，而时空只是物质存在的场域。可是在他们的宇宙中，即使在现实层面，物质和时空的边界也极为模糊，以至于他们的科学家很早就发展出了类似广义相对论的时空理论，甚至把引力也纳入了统一的规范之中。同样地，他们也很早就发现了物质的波粒二象性，也就是说，任何物质都既具有粒子性，也具有波动性。在这个基础上，他们提出了一套自己的量子理论，并最终完成了和广义相对论的统一——这正是人类所梦寐以求的大一统理论。

可是，虽然时空族对时间和空间的本质有着比人类更深刻的理解，也建构了极为优美的理论物理学体系，但这很大程度上是因为其宇宙时空本身的不稳定性所带来的便利。在实用科学的领域里，他们其实并不比人类先进多少，一些领域甚至还远远落后于人类。例如，在他们的宇宙中，最先进的超级计算机的算力可能还比不上人类的一部普通手机。因此，面对时空裂缝与依附物体之间的相互作用，以及两者在其他环境因素的影响下如何发展的这类问题，他们的科学家往往束手无策。因为这类与相互作用有关的问题，一般很难通过解析的方式获得精确解，早期只能通过近似得到一些定性认识，最终还是要依靠数值计算的方式来得到足够精确的结果。这就需要用到大规模的超级计算机了。

所以，他们把张霖和姜宇航引来了这里。其实在很早的时候，他们就注意到了宏硕研究所。除了小王，他们还在研究所里安排了数十个暗桩。一开始，他们的目的是限制人类对时空裂缝的研究，因为他们很害怕被人类科学家发现真相，影响他们的宇宙移民计划。但最近一两年，他们放宽了这种限制，不再干扰张霖和宏硕研究所，而是加强了监视力度。因为他们自己的科学家遇到了一个难以解决的问题——如何在增加宇宙间虫洞宽度的同时，维持它的稳定性。通过孢子侵入人类的宇宙之后的第二年，他们竭尽所能地扩大了通道的宽度，终于能够让一个完整的意识体穿越到新的宇宙中了。但迄今为止，这种类似"虫洞"的通道，宽度仍然极为有限，而且维持稳定所需的条件极为苛刻，因此，他们只能让极少的一部分人移民到新的宇宙中。虽然验证了跨宇宙移民的可行性，但这种实验性质的小虫洞，无法满足大规模移民的需求。想要扩大虫洞的规模，除了需要更高的能量打开破口，更重要的是在输运的过程中维持虫洞和时空裂缝的稳定性。如果是在真空状态下，这一问题并不复杂，但新宇宙中的时空裂缝必须依赖附着物才能稳定存在，这一来就把理论物理的问题变成了一个凝聚态物理的问题了——这正是他们最不擅长的领域。而张霖和姜宇航等人，不仅对时空裂缝极为熟悉——事实上，他们也是地球人里唯一对时空裂缝有着深入研究的科学家了，而且在宏硕研究所里还有着一个超级计算中心，对于需要进行大量数值计算的问题来说，也是一个极为重要的条件。因此，他们开始关注宏硕研究所里开展的课题，想要借他山之石，攻己方之玉。本来他们还可以再观察一段时间，可惜最近，母宇宙的状况突然恶化，可能很快就会爆发灾难。他们没法再等下去，索性便和张霖等人直接摊牌了。

时空族的科学家们在这个问题上其实已经做了大量研究。他们把自己的研究资料毫无保留地送给了张霖和姜宇航，希望两人能在他们的研究基础上，通过数值计算得到一个精确解。他们在木屋中为两人准备了笔记本电脑，这两台电脑都可以和外界联网，因此也可以连接到宏硕研究所的超级计算中心，提交计算任务。当大祭司向张霖等人说明这个要求的时候，所有人都感到很意外。孙剑还是坚持认为这其中一定有阴谋，事情肯定不像大祭司说的这么单纯，但眼下也没有别的办法，逃也逃不出去，只有先答应下来。大祭司承诺，得到精确解之后，会立刻放他们回去。换句话说，他们再次成了人质。

当晚，姜宇航和张霖在门外聊了很久。大体上，他们相信大祭司所说的话，但对一些细节抱有疑虑。比如，大祭司一再强调，时空族侵入后，不会给人类的生活带来什么改变，即他们依附在人类的大脑中，也不会影响被依附者的意识。况且，这只是暂时的。寄生在人类脑中，唯一的目的是通过祭司展示"神迹"，壮大火神教的势力和影响，从而借助信徒的力量帮助他们完成"榕树计划"。

这个计划说起来很简单，就是在全球范围内，大规模种植榕树，最终让榕树的气根彼此相连，形成一个完整的根系网络。人类用榕树搭建盆景的时候，已经使用过让不同榕树彼此融合生长的方法，这样可以快速得到一棵大型的榕树盆景。所谓榕树计划，不过是把这个过程放大到了全球的尺度，让整个地球变成一个榕树盆景。根据估算，计划进行时，亚欧大陆上将同时有四千五百亿株榕树被培育，非洲大陆和美洲大陆各有两千多亿株，澳洲也有一千多亿，全球合计种植约一万亿株榕树。其大致成形后，这些榕树将通过技术干预融合生长，最终全部融为一体。

距离接近的榕树植株的合体拼接，通过传统的园艺手段就可以做到。但跨洲植株融合，需要通过横跨大洋的人造根系来完成。通过在榕树根系的分形结构中附着时空裂缝的方式，时空族的科学家们已经学会了调控根系的生长。最初级的调控，是通过影响各种激素的分泌，促进榕树的根系向更深和更远处延伸。当根系深入到一定程度后，水分和无机盐的分布会减少，氧气含量也严重不足，这些都会影响根系的进一步生长。因此，通过一个横贯上下的纵向裂缝，从上往下输送养料就变成了必需的条件。但这些调控仍然远远不够，因为在构建跨洲根系网络时，榕树根系通常处于地下几公里至十几公里的深度，就像海底电缆一样从海底穿过。在这种深度下，仅仅是压强就可以瞬间把榕树根系压得粉碎，没有任何根系可以在这样的深度下存活生长。因此，维持会的祭司们仿造榕树根系的结构，用铁、钴、镍等元素的合金，生产了一大批人造根系。制造的过程很简单，先让时空裂缝附着在榕树根系上，再从裂缝入口灌入大量合金微粒，调控它们的出口，让这些元素均匀覆盖在裂缝的全部表面。这样，通过裂缝对根系结构的附着模仿，沿着裂缝成型的合金也就自动形成了根系状的分形结构。最后，再把这些人造的合金根系铺设在海底，便可以将所有大洲的榕树根系网络全部连接起来，形成一个全球性的分形网络环境。

听到这里的时候，姜宇航说，这个人造根系的制造过程似乎和3D打印很像。张霖说，我倒是觉得更像蚂蚁窝。姜宇航露出疑惑的神色，张霖说，我在网上看过一个视频，有一个艺术家将熔融的铝水倒入一个蚂蚁窝里，待其冷却后挖出来，铝水就凝固成了蚂蚁窝的形状，枝蔓丛生，四通八达，不觉得和他们的人造根系很像吗？姜宇航说是，说不定他们还是从那个视频里得到的灵感呢。

张霖问大祭司，为什么选择榕树？祭司回答道，主要有两个原因。一是因为榕树的生长速度较快，而且其通过气根蔓延的方式，也便于用来扩展分形网络的覆盖范围。其二，时空族科学家经过大量实验之后发现，榕树枝干内部的分形网络结构，其分形维度和时空裂缝的分形维度最为接近，因此榕树是时空裂缝附着的最佳载体。说到这里，祭司感叹道，虽然地球环境中天然地存在数量众多的分形结构，具备让时空族生物移民的基本条件，但大部分分形结构的维度和空间生物本身的分形维度差异巨大，只能用于暂时歇脚，并不适合长期附着生存。因此，进行大规模移民之前，他们必须将目的地的环境稍做改造，以更适合时空裂缝的附着——这就是榕树计划的本质。姜宇航点了点头，他觉得这一点倒是很好理解，就像人类提出要改造火星环境以便于移民一样。大祭司说，人脑的分形维度一般在2.7左右，这对于异世界的空间生物来说，稍微有些高了。虽然他们可以适应的分形维度在2.1到2.8之间，但最舒适的维度环境还是2.3左右，这正是榕树枝干的分形维度。所以，一旦榕树计划完成，所有寄居在人脑中的空间生物就会立刻转移到榕树系统之中。根据他们的估计，一个由一万亿株榕树所构成的统一网络，已经足以承载他们星球上所有人移民附着了。

所以，关键问题又回到传输的虫洞上。只要能让扩宽的虫洞维持稳定,大规模的移民行动立刻就可以开展起来。这正是他们交给姜宇航和张霖的重要任务。然而,祭司所说的这些,真的可信吗? 姜宇航对张霖说,如果移民完成,他们不从人脑中撤走,如果他们找到了可以控制人类意识的方法,那我们岂不是彻底变成了他们的奴隶? 再说了,一旦移民启动,数量庞大的异界生物进入我们的世界,生存环境和文化差异如此巨大的两个智慧种族,真的可以和平共处吗? 张霖说,你的意思是,不配合他们的研究? 姜宇航说,研究可以先进行着,我们不妨先建立一些数学模型,提交一批细枝末节的计算任务,但暂时不要触及核心问题。张霖想了想说,也好。说完,忍不住打了个哈欠。

夜已经很深了。

25　电流

　　黎明时分,孙剑被一阵窸窸窣窣的声音吵醒。睁眼一看,张霖正蹑手蹑脚地从上铺爬下来。他不以为意,闭上眼,准备继续睡。他以为张霖是起床上厕所。但张霖离开房间以后,并没有向厕所的方向走去,而是轻轻地打开了木屋大门,出去了。意识到这一点,孙剑立刻警觉起来,起身来到大门处,想看看张霖去哪儿了。但天坑中雾气很重,他只看到一个人影在远处的树林中一闪,就消失在浓雾之中。他想了想,没有追出去,回房间重新躺下了。过了大约半小时,他听见有人推门进来,果然是张霖。他突然开口问,怎么这么早起床？张霖被他吓了一跳,回头看着他,脸上挤出僵硬的笑容说,肚子不舒服,上了个厕所。然后就爬上床,假装继续睡觉。孙剑知道他没有睡,但也没有继续盘问。

　　这天,四人一直睡到中午时分才陆续起床。维持会的人提了些盒饭送来,放在中央的方桌上。几个人洗漱之后,围坐在桌边准备吃饭。孙剑看了看装盒饭的袋子,说这维持会不是自诩环保组织吗，怎么还用不可降解的塑料袋。可见维持会满嘴谎言，全不可信。姜宇航一边吃饭一边说，确实，我感觉他们说的东西也是不尽不实的，昨晚我和张霖说好了，暂时不会帮他们。说完看向张霖，但张霖低头吃饭，没有搭腔。倒是一向安静的胡一杭开口说，有件事我一直没告诉你们，我感觉……我的视力比之前恢复了一些。

姜宇航惊疑道，你确定？胡一杭抬头看向姜宇航，说，你面前的菜是土豆烧肉，旁边是清炒豆芽。姜宇航说，还真是。张霖也放下筷子，问他，什么时候恢复的？一杭说，从挖隧道开始。姜宇航说，那没几天。一杭又说，我感觉和金箍棒有关。张霖说，什么意思？一杭说，挖洞的时候整天激发金箍棒，感觉脑袋发胀，那天从地下出来了以后，视野明显清楚了一些。姜宇航想了想，说，难道是势能消耗，让裂缝缩小了？他问张霖，你用触发石做了那么多实验，其中的时空裂缝有缩小的迹象吗？张霖摇头道，我测量过，裂缝从未缩小。事实上，这也是长期困扰我的一个问题，按理说，时空裂缝在延伸和扩张的过程中，源头处的时空塑性区的势能会减少，从而让裂缝的扩张性逐渐降低，但奇怪的是每次激发结束后，裂缝几乎都恢复成原样，就像能量从未损耗一样。姜宇航说，可是一杭脑子里的那个裂缝似乎是会损耗的。张霖说，没错，这才符合常理啊。姜宇航说，或许触发石里的裂缝势能很高，损耗尚不明显。张霖摇头道，不可能，损耗再小应该也是可以测出来的，除非……他犹豫了一下，还没来得及说出口，姜宇航反应过来了，替他说道，除非损耗的能量又被补充上了！

接着，他又回忆，那祭司昨天说过，时空裂缝是异世界生物分离出的一部分躯体。可是，如果那只是残肢断臂，已经和躯干主体分离了，没理由还能获得能量补充啊？孙剑说，除非它们是蚯蚓，断开了可以变成两条。姜宇航说，这种情况通常只存在于一些结构简单的低等生物上，我并不认为像他们这样结构复杂的高等智慧生命具有这个能力。孙剑说，那可不一定，外星人嘛，谁说得清呢。这时，张霖插嘴，还有一种可能。姜宇航问，什么可能？张霖说，胡一杭脑子里的裂缝，的确是断开的残肢，所以会随着使用而损耗缩减，但触发石里的不是——它并没有和主干断开连接。姜宇航说，这个不太可能吧，难道他们的身体可以穿越虫洞和另一个宇宙中的躯干相连？张霖说，不，你误解我的意思了。我的意思是，有一个完整的个体，已经传送到我们的宇宙这一侧了。

姜宇航立刻明白了。的确，这样解释最合理。与触发石相连的异界个体，如果已经完整地进入了我们这一侧，那么石中的裂缝的确更容易得到能量的补充。姜宇航说，他们一定可以在不同的裂缝之间传输能量。张霖点头道，只要身体各部分在虫洞的一侧，凭借他们对空间认识的深刻程度，我相信这绝对难不倒他们。

要知道,他们的身体本来就是畸变的空间啊!

孙剑说,这样看来,情况比我们想象的还要紧急了。我们必须得尽快向人类示警。姜宇航说,房间里的电脑可以联网。孙剑说,上午你们睡觉的时候,我已经试过了,只能连接研究所的超算中心,上不了公共网络。姜宇航说,他们果然限制了。孙剑说,你向中心提交任务的脚本文件呢,我看看。姜宇航从房间里把电脑拎出来,打开脚本文件给孙剑看。孙剑看了看,指着一行代码说,这一行非常长,用了好几个换行符。姜宇航说,不错,这是一个初始矩阵。孙剑说,我们能不能把几句注释藏在这一堆代码里面呢?姜宇航立刻明白了孙剑的意思,他说,应该可以。于是在一个极不起眼的角落里,他们加了几句求救内容,并简要说明了天坑的位置。孙剑说,会有人看到吗?姜宇航苦笑道,其他用户看不到我们的任务文件,只有中心的维护人员可以看到,不过正常来说,他们一般不会去看别人提交的计算脚本。孙剑想了想说,如果我们让这个计算任务卡死在超算系统里呢?姜宇航眼前一亮,说,这倒是个好主意。于是他往下拉了几行,在一个循环里面加了几句代码。现在,这个脚本文件所生成的计算任务将让某几个超算核心陷入一个死循环里,而且占用大量内存。在这种情况下,维护人员应该会主动终止这个任务,并且检查出错的原因。如果一切顺利,他们应该能在脚本文件里发现这个求救信息。

第二天，姜宇航就向超算中心提交了这个计算任务。接下来几天，由于对大祭司的话仍有疑虑，他没有继续研究时空裂缝的问题。有一天，他看见张霖正在书桌上演算着什么。走近一看，发现张霖在对一个矩阵做对角化。这是一个3乘3的矩阵，看上去似乎和电磁力有关，因为里面写着很多电场和磁场的符号。他站在旁边等了好一会儿，直到张霖演算出结果，才开口问，这什么矩阵啊？张霖头也不抬地说，一个传输矩阵，用来计算时空裂缝的延展势和电流的关系。姜宇航说，有什么发现吗？张霖指着对角化后的矩阵说，你看这个非零项，很明显，延展势和电流具有不可消除的交叉项，这证明两者之间肯定有关联。姜宇航想了想说，也就是说，裂缝会倾向于顺着电流的方向延伸。他略显惊喜地说道，这是一个很重要的发现，你是怎么想到这个的？张霖说，我见到胡一杭激发分形晶体之后，产生了一个疑问。为什么他脑部的时空裂缝会沿着手部延伸出来，进入到分形晶体之中呢？要知道，我们用触发石激发分形晶体时，两者必须直接接触，换句话说，触发石中时空裂缝的末梢和晶体的分形结构间不能有太高的介质壁垒，否则裂缝是无法延伸的。但胡一杭却打破了这个常规，因为他头部的裂缝和分形晶体间至少相隔了一米。姜宇航说，我认为这是因为人体内自身具有的分形结构，比如从大脑延伸到身体的神经系统，为裂缝的延伸提供了一座天然的桥梁。张霖说，当然，这一点毫无疑问。但我的问题是，为什么裂缝不向着其他方向延伸，比如脚部，而是像长了眼睛似的向着握持着晶体棒的手部延伸呢？姜宇航说，你搞清楚了？张霖点头说，大致清楚了——问题的关键，就在于神经电流。

姜宇航皱着眉头，似乎对这个结论并不满意。他刚张口想要说些什么，张霖就抬起手，拦住了他的话头。我知道你不满意，张霖说，你大概觉得我在信口开河，因为神经电流实在是一个太过宽泛和模糊的名词。但你我都不是生物学家，对人体内的生物电系统并不了解，所以你若是一定要让我说出一个更专业的答案，我承认我办不到。不过我们不妨从一些常识出发，从物理学的角度来分析一下这个问题。我们知道，当人体想要肢体做出某个动作时，大脑中的中枢神经系统会向脊髓发送一组电信号，随后脊髓中的运动神经元放电，让与之相连的肌纤维收缩，从而形成动作。这就相当于是一次从大脑到肢体的单向电流。但在实际的行动过程中，大脑还会随时根据四肢的反馈来调整运动状况，比如当拿起的物体重量超出预期时，大脑就会从四肢返回的神经信号中得到这个信息，从而调节随后的下行信号，让更多的肌纤维参与到抓举过程中来。所以，事实上肢体末端的神经信号也在同时流向大脑。也就是说，这可以看成一个电流回路。

姜宇航说，所以你认为时空裂缝就是沿着这个电流回路延伸到肢体末端的？张霖点头道，你还记得吧，你曾经问过一杭，怎么激发分形晶体。他说，握着铁棍，脑子里想着挥动棍子的动作。姜宇航说，没错，他是这么说的。张霖说，事实上，就算没有实际动作，只在大脑中对相关动作反复地想象，也会激活大脑中相应的神经电流。这也是最近流行的脑机接口系统的基本原理所在。所以，他大脑中的想象，并不是毫无意义的，这可以帮助他更顺利地将裂缝导引至相应的肢体位置上。姜宇航说，你说的听上去有些道理，不过我觉得不妨做个实验，验证一下。张霖说，好，我去把他叫过来。

他，自然指的是胡一杭了。他正坐在木屋外面的一棵榕树下，手掌贴着树干，眼睛盯着上方看。张霖顺着他的目光往上，看见一个树瘤状的物体，人头大小。正想问胡一杭在干吗，那树瘤突然膨胀起来，很快就大了一圈。这时胡一杭看见了张霖，把手缩回来，有点不好意思地笑了笑。张霖拍了拍他的肩膀，说，这树也能激发啊？胡一杭说，是啊，我也是偶然发现的。

其实张霖早就推测榕树可以激发了。在祭典上，从篝火中出现的裂缝，最终融入榕树中。现在他已经知道，其实所谓的祭典，就是异界生物的一次虫洞穿越实验。火神教利用实验过程中的神秘现象，将其变成了一个凝聚教众信仰的仪式。在这个实验里，为了降低环境物质对虫洞稳定性的影响，最好的方法就是让虫洞连接的宇宙两侧都处于真空状态，但这样又让穿越过来的时空裂缝失去了附着物。因此，在地球一侧，为虫洞的开口处选择最佳的环境就变成了一个棘手的问题。他们最终选择了火焰——

让地球一侧的虫洞开口出现在一个火焰之中。这样做的好处至少有三个：其一，相比其他固体物质，火焰在物质密度上要低得多，对虫洞的干扰较少；其二，火焰中具有丰富的分形结构，便于裂缝附着；其三，他们对火焰的操控已经极为熟练，可以很好地保护穿越者的安全。

随后，他们乘坐树洞中的"电梯"进入地下转运站。榕树电梯的出现，表明这棵树并不是自然生长的，其内部具有复杂的分形构造，以便在触发时可以实现复杂的机械功能，就像研究所制造的那个章鱼飞船一样。只不过，他之前并不知道榕树中的"分形机械"究竟在哪里。现在看来，很可能就在这些树瘤里。因为分形机械一定具有极高的分形结构密度，远超自然生长的榕树枝干，所以在触发的时候，形变的敏锐度和幅度也就最显著。这些树瘤完全符合这样的特征。

张霖说，怎么样，现在激发起来熟练很多了吧？胡一杭说，确实比之前更快了。不过他对激发速度什么的倒不在意，反复激发树瘤只是想耗尽脑部裂缝的势能，尽快恢复自己的视力。昨天张霖和姜宇航说的话，他大部分没听懂，但关键点他弄明白了。张霖说，你先别忙，我们来做个实验。姜宇航也走了过来，对他说，你激活树瘤的时候，脑子里想的是什么呢？胡一杭说，我想的是用手拍打树干，一掌又一掌。张霖说，试着想点别的，比如用脚踢足球。胡一杭答应了，并再次用手贴着树干，过了十几秒钟，树瘤一动不动，看来没有激活成功。胡一杭说，这个不行，踢足球激活不了。张霖又指挥道，继续想踢足球，不过这次用脚抵着树干。一杭疑惑地缩回手臂，脱了鞋把脚蹬在树上。过了几秒钟，树瘤果然动了。

  姜宇航忍不住感叹道，果然如此，你的直觉还真是准啊！张霖笑了笑，没说话。这时，孙剑的声音突然从小木屋里传了出来，似乎遇到了什么意外情况。张霖三人连忙跑回屋内，发现客厅地面的角落裂开了一条缝隙，一个陌生男子的头从缝隙里钻了出来。孙剑手里拿着水果刀，贴在男子的脖颈处，已经将其控制住。那男的看见三人进来，艰难地转过头，脸上露出尴尬的笑容。

26 天使学徒

陌生男子说自己叫谢峻洋,因为误入此地,被火神教的人发现后控制起来了。张霖说,不可能,这地方有围墙,有关卡,不可能误入。谢峻洋只好把自己和赵哥等人合谋盗窃的事情说了出来。听完后,姜宇航说,自己确实听瘦子说过,有个在银行里工作的内应,那人就是你?谢峻洋连连点头。孙剑质疑道,你说你跟着哑巴来这里,就是说,哑巴本身就是火神教的人。可是火神教的人掺和到盗窃案里,是为什么呢?谢峻洋愣了一下,似乎没有想过这个问题,但他很快神色恍然道,那哑巴肯定是大祭司的人。接着,又自顾自地说,看来传言是真的了?孙剑突然骂道,你在嘀咕些什么,出来给我说清楚。他像拎小鸡一样一把将谢峻洋从地缝里拎了出来。

据谢峻洋说,火神教现在一共有三个大祭司,分别驻留在亚洲、非洲和美洲的三个天坑里,是当地教会的最高领袖。每个天坑产生于一场大爆炸,它是火神教在当地的组织基地。亚洲天坑出现的时间最早,这里的大祭司也是"法力"和影响力最强大的,地位在其他两个大祭司之上。但近些年,非洲的火神教发展迅猛,非洲大祭司名下的天使数量眼看就要超越亚洲部分了,这让亚洲的大祭司压力很大,所以也开始想办法增加天使的数量。听到这里,孙剑忍不住插嘴问,天使到底是什么玩意儿。众人在地下转运站的时候,就听见小王和运输队起争执,似乎就与"天使"的名额有关。谢峻洋说,最初,火神教里的信徒分为两大类,一类是没有法力的普通信众,一类是有法力的神族。据说,神族从天界降临人间,所有的祭司都是神族。这些祭司具有种种神奇的法力,能让器物收缩膨胀、弯曲变形,能操控火焰,甚至呼风唤雨。他们是火神教的实际管理者。但随着教会规模扩大,祭司逐渐不够用了。即便每次火神祭典都大量降临新的祭司,但还是无法满足教会管理的需要。于是祭司们开始从普通信众中选出天资卓越者,向其传授法术,帮助他们管理教中事务。这些被选出的人,就被称为天使,可以说是最低等的神族。每个月火神教都会选拔一次天使,选中的人被聚集起来,由祭司传授法力,并教授一些法门。

  姜宇航轻声对张霖说,看来,所谓天使就是脑中被植入了时空裂缝的地球人。张霖说,没错,那些祭司应该就是穿越过来的完整的异界生物了。他问谢峻洋,这里一共有多少祭司?谢峻洋说,这个天坑里至少有一千个。孙剑说,你不是被抓进来的吗?怎么对火神教知道得这么清楚?谢峻洋苦笑一声道,在前几天的选拔中,他被选为新一批天使。从那以后,自己在天坑中的地位发生了天翻地覆的变化,从囚犯一跃成为高高在上的神族,很多信众都刻意来巴结自己,自己也从那些信徒的口中知道了很多火神教的内幕。孙剑说,既然如此,你现在怎么这么狼狈,一点也没有天使的样子啊。谢峻洋灰头土脸的,身上的衣服也破烂得不成样子,大概是在地缝中被扯烂的。身上还有多处刮伤,头上也肿了一个大包。他说,我也不想这样啊,急着逃出来,哪还顾得上别的。孙剑说,你跑什么啊?谢峻洋说,唉,我结业测试的时候失败了,没有成为真正的天使。孙剑说,那又怎么样?谢峻洋说,祭司们很奇怪,说我这种情况很罕见,要仔细研究一下我。我听说以后,连夜逃了。我可不想像小白鼠一样被解剖了。我偷偷激活了囊泡通路,从集训营出来,本来想直接逃到外面去,但附近好几个地面的出口都关闭了。这时候我想到一则小道消息,说大祭司刚把几个尊贵的客人安置在这个小木屋里,他们严禁教众在这附近活动,以免影响到客人。所以,我觉得不妨先在这里歇歇脚,等待时机再逃出去。

  姜宇航走到地缝边,向下望了一眼。缝隙中,一段粗壮的树根从中裂开,其中一个不小的椭球形空间,足以供人容身。他指着树根说,这就是你说的囊泡?谢峻洋说,是,就是它。张霖看了看说,就是一个空洞,在时空裂缝的挤压下可以在分形系统中移动,原理和我们坐的榕树电梯差不多,只不过小一些。姜宇航问,这种囊泡多吗?谢峻洋说,很多,神族在这附近往来活动,基本靠它。张霖说,你激活一下我看看。谢峻洋突然涨红了脸,说不用了吧。张霖问他原因,他嘟哝了半天,原来他对自己的技艺很没信心。在张霖等人的一再坚持下,他才磨磨蹭蹭来到地缝边,伸出手掌贴在一段靠近囊泡的树根上,闭上眼睛,咬牙切齿地,看上去已经用尽了全力。一开始,囊泡周围的树根毫无动静,直到三五分钟后,与他手掌接触的地方终于微微膨胀起来,推动囊泡往树根一侧移动了一点。在那之后的一分多钟时间里,囊泡缓慢地移动了大约一米,而且过程并不顺利,因为囊泡的内壁不时冒出木质结构的鼓包,总体形态也在不停地扭曲,一会儿拉长,一会儿又变成球形。就这么折腾了几分钟,谢峻洋便把手缩回来,满头大汗地看着张霖说,可以了吧。孙剑笑道,我总算知道你身上的伤都是怎么来的了。张霖和姜宇航也会心一笑,心想就这操控水平,难怪没通过结业考试。

姜宇航说,这东西不错,我们也可以利用它逃出去。他对胡一杭说,你来试试看吧。一杭走到洞口,学着谢峻洋的样子,激活囊泡一侧的树根。几秒钟后,树根便急速膨胀起来。谢峻洋惊讶地说,你也是天使学徒?胡一杭没有回话,他盯着开始移动的囊泡,不停改变手放置的位置。在他的不断调节下,囊泡移动得越来越快,整体形状也维持得很好,没有出现鼓包。谢峻洋看得眼都直了,他想,这人肯定是已经毕业的正式天使——不对,搞不好是个祭司。

印象里，似乎还没有天使能如此熟练地操控囊泡。糟了，如果他是祭司，那自己岂不是大事不妙。想到这里，他偷偷后退几步，想从一旁溜走。可惜孙剑一直盯着他，一把将他推了回来。

谢峻洋确认胡一杭并非祭司或天使后，极其惊讶地问，你是怎么操控囊泡的，为什么这么熟练？一杭说，自己这两天一直在反复激活树瘤，慢慢地对榕树枝干根茎的膨胀特性熟悉起来。同时，他也总结了更多技巧，不像前些天激发铁棍时那样，只知道一味地让其膨胀。他并没有藏私的意思，于是很坦率地向大家说明了一些操控要领。

在激活的过程中，有三种基本的途径可以用来调节物体的膨胀效应：其一是手碰触的位置，其二是手与树体接触时的手形，其三是激发过程中头脑中构想的场景。触碰位置决定了时空裂缝在树上的侵入点，正是从这个点出发，裂缝才得以沿着树体中的分形结构向四周蔓延。因此，触碰点是膨胀的起点，往往也是膨胀效应最强烈的地方。但如果触碰时并非集中于一点，那么膨胀的起始区域就由手形来决定。比如，当两根手指同时触碰到树体，这两个触碰点就是膨胀效应最强的区域，导致的后续效应与单点触发时差异很大。比如，单点膨胀会让所有区域的物质依次膨胀，因此往往会在材料原有的空穴区域形成负压空洞，而两点膨胀则会对其连线间的位置产生挤压效应，从而产生正压空洞。如果触碰区域更多，比如将手心窝起，让手与树体间形成一个环形的接触区域，后续效应则又完全不同。因此，手形也是影响膨胀过程的一个重要因素。最后，头脑中的图景决定了裂缝从脑部向树体扩展的速度，比如构想拍击树干的画面，比起构想静坐写字的画面，裂缝的扩展速度明显更快。

张霖想了想说，可以从偏微分方程的求解条件来理解这些要素。如果把分形晶体的膨胀过程抽象为一个时空裂缝的扩散方程，手部触碰的位置或者手形，其实就是这个偏微分方程的边界条件，而脑中的图景则决定了方程中扩散系数的大小。所以，如果我们能把具体操作、特定的边界条件和扩散系数一一对应起来，就可以求解这个偏微分方程，从而精确地操控树体的膨胀过程。姜宇航说，没有这么简单，因为一个偏微分方程中的边界条件和扩散系数通常是固定的，而分形晶体激活过程中，触碰点和手形是可以改变的——刚才看一杭就经常移动手的位置。所以，这个方程本身就是不断变化的，想要求解它可没那么容易。孙剑说，你们俩别去钻牛角尖了，让一杭再讲讲吧。就说说，你是怎么确定手的移动模式的吧。

胡一杭说，我书读得不好，你们说的那些方程啊，系数啊什么，我可一点都不懂。其实他隐隐约约记得一点，他猜上学的时候学过，但或许只是名字类似，在他印象中课本上的很多名词长得像围棋棋子似的，看上去都差不多。棋子最重要的不过是黑白两种颜色，同色的棋子间有什么分别，他并不关心。但是，棋子一旦落在棋盘上，就立刻产生了差别，因为不同的棋子间连接形成不同的模式。而他最擅长的，就是总结和推演这些模式。他说，我很早就发现，触摸位置的不同会让铁棍的膨胀过程出现微妙的差别，其中原因我自然不知道，但在频繁的触发过程中，我很快就对这种差异了然于心，知道铁棍在什么时间会膨胀到什么程度，哪里会凸起一点，而哪里又会有一点弯曲，这些细微的不规则之处，正常人用眼睛很难看出来，但我把手放在铁棍上的那一刻就已经完全预见了，像下棋时面对一盘残局，脑海里推想出几十步棋之后的局面一样。

张霖说，看来你围棋下得很好。胡一杭说，不，我不会下围棋，我喜欢的是五子棋。张霖说，哦，是五子棋啊。你接着说。胡一杭说，也没什么可说的了。这两天在榕树上，我用同样的方式总结了一套触发模式，刚才试着用来控制囊泡，发现效果不错。比如，在囊泡后方触发时应该用大拇指和食指同时接触榕树根系，尽量张开虎口，让触发点处于囊泡两侧。接下来一段时间里，手指始终贴着树，但要缓慢合拢虎口，让两根手指逐渐靠近。这样可以让囊泡闭合。同时，另一只手应该在囊泡前方中央的位置激发膨胀。这只手只能使用一根手指，而且不能一直接触树，必须频繁抬起手指再放下，就像点击鼠标一样。这样做能均匀膨胀囊泡的前方，保持囊泡整体的形态。如此循环往复，囊泡就可以不停地向前开拓了。

一杭一边说一边演示，尽量让大家都明白他的意思。张霖说，这些手势一般的初学者 —— 他看向谢峻洋 —— 也能做到，但触发效果却差了一大截。也许，触发过程中掌握各种微妙的变化，才是最重要的。正是这些细致入微的操作，保证了囊泡移动过程的迅捷和平稳。你觉得呢？谢峻洋连连点头，说，没错，我看那些祭司演示的时候，也发现他们手部有很多小动作，但我始终不明白为什么，今天听这位小哥一说，我才知道原来这里面还有这么多窍门。

这时，孙剑突然走到胡一杭面前问道，这些真的是你自己总结出来的？一杭说，是，我没事琢磨出来的，也不知道有没有用。我没事就喜欢瞎琢磨。孙剑说，就像你琢磨五子棋那样？一杭说，对，就像琢磨五子棋一样。孙剑皱了皱眉，没再说什么。他还是有些不太相信胡一杭说的，在他看来，这就像一个武侠小说里的普通人，在没有师父的引导下自己琢磨出了一套拳法一样。他平时不喜欢看书，但对金庸的武侠小说极为痴迷。武侠小说里，的确有自创武功之人，例如创造独孤九剑的独孤求败，创造九阴真经的黄裳等，无一不是天资卓越之辈，但胡一杭怎么也不像武侠小说中所描写的绝世天才的样子。他更愿意相信一些更现实的原因，比如这小子其实和维持会是一伙的，或者他背后另有高人等等。但目前没有任何证据证明他的猜测。他究竟是天才还是骗子，孙剑看着胡一杭，心想，或许，我应该找时间跟他下一盘五子棋。

27　附神台

　　结束囊泡的话题之后，姜宇航又想起一开始的问题，于是他问谢峻洋，你刚开始似乎说到什么传言，那是怎么回事？谢峻洋扒到窗口，向外看了看，然后把窗帘拉得更严实一些。孙剑说，放心吧，外边没人。谢峻洋说，是，不过还是谨慎一点好。他从方桌上拿起水壶，给自己倒了一杯水。姜宇航想，看来这事不简单，一句两句说不清楚。谢峻洋喝了一口水，才慢悠悠地开口，那个传言，在底层教众里流传甚广，据说最早从运输队里传出来。上面好像也找祭司出面澄清过一两次。但传言这种东西，你不澄清还好，一澄清，反而信的人更多了。这么一来二去的，上面好像也明白了，不再回应这事。孙剑忍不住了问，到底是什么事？谢峻洋说，有人说大祭司想谋反。孙剑说，你刚才不是说，大祭司已经是一把手了吗？谢峻洋说，在这边，当然是一把手，但在老家，他上边可还有人哪！孙剑问，那你信吗？谢峻洋说，我本来不信的，现在倒有点信了。

传言亚洲区大祭司肆意操控天使选拔，刻意提拔了很多自己的同乡亲友，在火神教中形成了一个规模庞大的宗族集团，并借此掌控了教中的大部分核心事务。据说，大祭司被侵蚀前是巴中市小林村人。这一说法未得到证实，但相信的人不少，因为近几次的选拔中，来自小林村的人实在太多了。有人就觉得，显然大祭司在培养自己人，这是在意图不轨。但也有人觉得这只是人之常情，说明不了什么。

小林村是一个人口超过五千的大村，以赵、王二姓为主。近些年，维持会以打工的名义从村里招募了大量人手，不仅青壮年，连老弱妇孺也招了不少。这些人在同乡的鼓动下，几乎都信了火神教，而后，其中近半数的人又被选拔成天使。要知道从教徒中选拔天使的比例极低，毫不夸张可以说是百里挑一。一旦被选拔为天使，就意味着拥有法力，对于普通人来说，这是一个难以抗拒的诱惑。所以底层教众对选拔结果抱有怨言并不奇怪。

谢峻洋说，留在村里的人几乎都入了教，传言大祭司派出很多探子，去各地联络那些打工的村民，争取把他们也拉进来。现在看来，那个哑巴很可能就是这种探子。他和赵哥、郑飞二人有点亲戚关系，所以让他去拉拢二人。孙剑说，听上去跟传销似的——不过想想也是，传教传销，都要"传"嘛！姜宇航插嘴说，赵哥和那个瘦子，最后是让研究所里的小王带过来的。谢峻洋说，是，小王也是大祭司的人。姜宇航说，所以他们两个也入教了？谢峻洋点头道，不仅入了教，而且赵哥据说已经内定为天使了。

姜宇航说，我对这个选拔过程挺感兴趣，具体怎么选拔？通过考试吗？谢峻洋说，哪有什么考试，就是由祭司助理将相关人员的资料搜集汇总给大祭司，大祭司逐一面试，通过感应来确定人选。姜宇航问，怎么个感应法？谢峻洋说，据说是把手放在选拔者的额头上。姜宇航说，那换句话说，这事大祭司一个人说了算，反正她感应出了什么东西，谁也不知道。谢峻洋说，可不是嘛！

这时，孙剑突然举手示意，有人来了。谢峻洋赶紧溜进地缝，躲了起来。孙剑几步走到门边，突然把门拉开。外面站着一个陌生男子，穿着教徒的服装。他似乎正想敲门，没想到门突然开了，他有点发愣。孙剑问，你来干吗？那人这才回过神，下意识地回答，祭司大人让我来带各位客人去参加附神大典。孙剑问，什么是附神大典？来人说，昨天选出了一批新的天使，要在大典上为他们加注神力。姜宇航听明白了，附神大典应该就是为了在地球人的脑中注入时空裂缝而召开的。他问，一定得去吗？来人说，大祭司特地让我转告，在大典上正好可以给各位客人解答一些疑问，或许有助于你们完成任务。孙剑突然一拍桌子，说，好，去就去，正好会一会你们的大祭司。自从来到天坑，几乎无时不听到"大祭司"三个字，可至今难得一见。虽然在地下影院听过大祭司的声音，但大祭司究竟是男是女，长什么样貌，我们都还不知道呢。来人说，祭典即将开始，请各位马上跟我走吧。姜宇航说，稍等一下，我换件衣服。来人说，不用换了，赶紧走吧，快来不及了。姜宇航说，这么急吗，那走吧。来人转身向外走去，姜宇航等人连忙跟在后面。不多时，谢峻洋也从木屋里溜出来，混在一行人里，他紧跟在张霖和胡一杭身后。张霖轻声问，你怎么也来了？谢峻洋说，大典现场人来人往，或许有机会趁乱溜走。张霖紧张地看了看前面的领路者，那人始终大步向前，一次也没有回头看。

孙剑凑到姜宇航身边，小声道，你注意看那人的左脚脚腕。姜宇航疑惑地看了一眼孙剑，才向前看去，没看出什么来。孙剑提示道，有血迹。姜宇航又看了一遍，这才发现那人左脚的裤腿处有一道紫黑色的污迹。他说，那是泥印吧？孙剑摇摇头，说，绝对是血迹，而且你看他的左手，一直扶着腰腹，那里肯定受了伤。姜宇航仔细观察了一会儿，那人行走时姿势稍微有些不自然，孙剑说得没错。孙剑又说，据我观察，他腰部受的是刀伤，伤口很长，但是不深。姜宇航想，这也能观察出来？他问孙剑，这人受了伤，又能说明什么呢？孙剑说，这种刀伤不太可能自己造成，所以这人多半与别人发生了争斗，而且很激烈，动了刀。从血迹颜色和他的反应来看，伤口应该很新，我估计受伤时间不超过一小时。那么就有两种可能，第一，他来接我们的路上受到了袭击。姜宇航点头,听上去很合理,又问,第二种呢? 孙剑说,第二种,他袭击了前来接我们的人,甚至杀死了对方,在这过程中他自己也受了伤,然后他顶替了对方。

这……应该不至于吧? 姜宇航发现经过孙剑一分析,事情变得越来越偏离正轨了。孙剑说,我的判断是,第二种情况的可能性要远高于第一种,因为他一直在掩饰伤势。如果是第一种情况,他大可不必如此小心,甚至他可以向我们直言受到了袭击,让我们路上小心。姜宇航顺着孙剑的思路想,确实很有道理。可是,他这样做又是为了什么呢? 姜宇航问孙剑,孙剑摇摇头,凑到谢峻洋身边问,附神大典在哪里举行,你知道吗? 谢峻洋说,在附神台,那地方在天坑最东侧的边缘。孙剑说,那我们现在走的方向对吗? 此刻,一行人正在茂密的榕树林里穿行,脚下是曲折狭小的土路,两旁的榕树枝叶向路中央倾斜,盖成一个厚实的绿色顶棚。谢峻洋仔细辨认了一下,说没错,确实是去附神台的。孙剑皱了皱眉,心里的不安越发明显起来。如果这人带领的方向是错误的,他还安心一点,至少这可以解释他冒充领路人的原因,可他却仍然向着附神台而去,这意味着他的目标并不在这几个人身上。麻烦了,孙剑想,这下搞不好会出大事情啊。

天坑底部面积很大,植被繁茂,一行人走在路上,很少看到其他人。但孙剑隐约察觉到,仍然有人监视他们。这些监视者隐藏在暗处,目送他们前行,并没有其他动作。孙剑想,或许他们和领路者一样，也已经换了一批人。

在小路上拐了半个小时左右，一行人终于来到附神台。这里已经是天坑的边缘，陡峭的崖壁就在不远处。附近的榕树枝干在数十米高的地方互相纠缠在一起，密密麻麻且严丝合缝，经过人为修整形成了一个高悬于地面的木质大平台。枝干上长出的树叶在平台上铺展开，像铺上了一层绿色的地毯。一部分枝叶从平台上隆起，架成座椅的形状，上方甚至还形成了一些装饰性图案。平台的周围有一些台阶，同样由榕树枝干生长而成。如果只是这样，那这个平台也并不稀奇，只是一个大得离奇的盆景而已。

姜宇航一行人走出枝叶的笼罩，到了真正能看清平台的开阔处，立刻就被这里密密麻麻的各式树瘤吸引住了。不管是平台下方那些起支撑作用的气根上，还是平台上方那些扭曲缠卷的座椅附近，到处都是瘤状的结节。小的有拳头大小，大的直径足有一米。树瘤的形状也有细微的差别，虽然大部分都是球状，但仔细看其实并非标准的球状，而是扁率和偏心率多少都有些差别的椭球状。不少树瘤彼此连接在一起，形成异常复杂的结构。

张霖走近树瘤，仔细看起来。虽然已经知道火神教对时空裂缝的应用中，树瘤充当了分形机械的作用，但这还是他第一次见到如此密集的树瘤群。大部分树瘤的表面都有细密的纹路，他立刻想到，这一定是反复膨胀的过程中留下的痕迹。理想状况下，分形晶体可以在时空裂缝湮灭后恢复原状，但在实际的"膨胀—

收缩"过程中，由于各种损耗和扰动的存在，最终状态和初始状态多少会有所差别，这不免在分形晶体上留下各式痕迹。悬挂在张霖面前的这个树瘤，表面的细纹分为两种形态，分别留存在椭球形的两侧。两种细纹呈现出平行排布的状态，间距均匀，但一侧的细纹很密集，另一侧较为稀疏。这种没有交叉点的细纹，通常意味着它的形变过程较为简单。张霖很快分析出，这种细纹是在单向的弯折过程中留下来的。也就是说，这个树瘤在激活后，会向一侧弯曲，于是在弯曲的内侧产生了较为密集的细纹，在外侧则留下较为稀疏的细纹。明白了树瘤的形变状态后，再结合它所处的位置，不难明白它在整个系统中的作用。张霖指着树瘤对姜宇航说，这是一个曲折升降结构，可以通过调节其曲折程度，让连接其上的纵向木杆升高或降低一定的距离。姜宇航点了点头，很快也指出另外一些树瘤的作用，其中有一个可变凸轮，一个自动力连杆，还有一个颇为精巧的擒纵机构。

张霖感叹道，这整个附神台，就是一个大型的自动机械啊！这种复杂程度的大型机械装置，真是前所未有，连苏颂的水运仪象台都远不能及吧。姜宇航说，规模上的差距还不是最重要的，两者的本质差别还是在动力源分布和设计理念上。事实上，不管古代还是现代，绝大部分机械装置，都依赖于一个单一的动力源，或是畜力，或是水力，或是弹簧，或是蒸汽机，或是核反应堆。即使采用分散式驱动系统的动车组列车，即使在每一节车厢中都布置独立的动力装置，其动力源仍然有限，绝大部分机械零件仍然是在其他物体的带动下运转起来的。而由各种分形晶体所组成的大型机械系统则完全不同。由于时空裂缝可以渗透到每一个分形机械的零件中，从而带来一系列预先设计好的形变，以此带动整个系统有序运转。从某个角度来说，系统中的每个零件都是动力源之一。因此，分形机械系统的动力源是极端去中心化的。正是基于这样的动力源分布特点，它们的设计理念也就与传统的机械系统大相径庭。张霖说，现在想想我们的章鱼飞船，可真是够简陋的了。姜宇航说，的确，而且设计也很有问题——我们还是在按照传统的集中式动力分布特点来设计的。张霖说，我现在已经想出了好多修改方案，回去以后好好改一改。这时，一直站在旁边的孙剑插嘴道，别瞎想了，能不能逃出去都不好说呢。

附神台边上聚集的人越来越多。整个场面异常诡异，所有人都紧闭着嘴，不和旁人交谈，似乎连呼吸都小心翼翼的。孙剑问谢峻洋，这氛围正常吗？谢峻洋说，好像不太对劲。孙剑想，果然，一会儿肯定会出事。不过出点乱子也好，局面越混乱，对自己越有利。

人群把附神台周围的空地挤得满满当当的时候，一声闷响从台子下方传来。附神台像一只远古巨兽，缓缓地动了起来。

28　压电线圈

　　附神台基座上的几个巨型承压树瘤蠕动着舒展开来，不断变长，不一会儿就变成了一群粗壮的支撑柱。随着支撑柱升起，台面中央隆起一个观礼台，上面摆放着三排藤制座椅。随之出现的还有一个祭司模样的老人，他站在观礼台前方，望向台下的人群。人群里不少人主动弯腰向他致意，看上去他在教众中威望很高。孙剑问谢峻洋，这该不会就是大祭司吧？谢峻洋说，不是，不过这人是资格最老的教会长老，据说入教时间还在大祭司之前，是第一批降世的祭司之一。你看他的头发和胡子，全部都是白色，教徒们都叫他白长老。

　　白长老向台下扫视一眼后，开口说话了。他一张口，附神台周围的五六个盘状树瘤也随之振动起来，像几个巨型音响，把他说的话扩散到整个场地中。姜宇航说，没想到还可以用分形机械做音响。张霖说，这有什么难的，不就是把树瘤做成振动腔，然后耦合起来，连成一个多级放大器吗？姜宇航说，挺有意思的，真亏他们想得出来。

白长老说，大典即将开始，让我们先请祭司委员会和观礼嘉宾入座。这时，先前那位领路人再次来到张霖等人面前，伸手示意他们上台。张霖下意识地看了看远处的台阶。那些台阶都在附神台的边缘，颇有些远，但要上台似乎也只能从那里过去。领路人似乎知道张霖在想什么，他指向众人前方，那里的树干上不知何时出现了一个个树洞。几个人一下子就明白了，原来是从这里坐树洞电梯上台。

与此同时，几个祭司模样的人也从人群中走出来，准备进入树洞中。他们就是祭司委员会的成员，每次天使选拔的初选名单，由他们来确定。姜宇航朝他们看，发现了一个熟悉的面孔——小王他竟然是这个委员会的一员。小王像是感应到他的目光，也转头看向张霖，还向他点了点头。张霖板着脸，没理他。小王不以为意，正想转头回来，突然又疑惑地把目光对准了张霖的前方。他知道，邀请这些人观礼是大祭司的命令，但前面那个领路人却是一个他从未见过的教徒。作为大祭司的助理，他对大祭司下直属的人马再熟悉不过，就算一些低级别的教徒，他也多少见过几面，可那个领路人自己却一点印象都没有。

他觉得有些不对劲，正想上前询问，突然几个教徒冲过来，把他围了起来。他抬头一看，认出是运输队的几个人。这段时间，运输队推选的人一直无法通过天使选拔，他们对自己很有意见，已经找过好几次麻烦了。他皱着眉，看看其中一个大汉说，高远，你又想干什么？高远冷哼一声说，我觉得你没有资格上台。小王说，岂有此理，我是祭司委员会的一员，怎么没有资格上台？高远说，你是祭司吗？小王说，我虽然不是祭司，也没有法力，但我是代表大祭司参加祭司委员会的。高远说，这只是你一面之词，谁知道你是怎么哄骗大祭司拿到这个席位的。总之，既然名叫祭司委员会，就只能由祭司组成。你，没有资格！小王气得浑身发抖，握紧拳头就想往高远脸上挥，但他忍住了。所有人都知道，让他加入祭司委员会本来就是大祭司授意，高远借此闹事，根本就翻不起浪来。他倒是很疑惑，这些人为什么要这样做。

就在小王和运输队纠缠不休的时候，张霖一行人和其他的祭司已经进入树洞电梯，升到了附神台上。谢峻洋提前混入人群，不知道去了哪里。电梯的出口在台面上一段两米多高的树桩里，从缓缓撑开的树洞中踏上台面后，祭司们熟练地走到观礼台边，坐在第一排藤椅上。那个领路人则把张霖等人带到了第三排藤椅上。所有人都坐好后，领路人悄无声息地从台上退场了。整个过程中，不管是白长老还是台上的祭司，谁都没有正眼看过这位领路者一眼，只当他是一名普通的低级教徒。只有孙剑一直盯着他，所以他看到他在登台前后动的一些手脚，但并不明白用意。

台下的纠纷一直没有消停，白长老终于发话，让运输队的人放小王上来。高远见白长老出面，也不再纠缠，让出一条路来。

表面看去，他导演的这出闹剧毫无意义，但他自己很清楚，闹剧的真实意图其实已经达到了。他目送小王进入树洞电梯，嘴角露出冷笑。

树洞电梯再次启动，准备将小王送上高台。然而，一阵刺耳的吱呀声从树洞中响起，伴随着一声凄厉的惨叫。随后，台面上本来应该是电梯出口的那根树桩突然扭动起来，又迅速陷下去。台上出现了一个大坑。观礼台上的人纷纷起身来到大坑边。白长老向下看了一眼，眼中露出凌厉之色。他蹲下来，双手按在大坑边缘，大喝一声，就见脚下的台面蠕动起来，扭曲的树体慢慢恢复了原状，大坑消失了，一根树桩重新屹立在台面上。树桩一侧缓缓地裂开，露出一个树洞来。众人向洞中一看，都露出骇然之色。小王的身体被扭曲的树洞挤压得不成人形，已没了生机。

罗西，你进去看看。白长老对其中一位祭司说道。这位叫罗西的祭司是匠作部的主事，天坑里的各种器械机关都是由匠作部的祭司们负责设计的。他们其实就是母宇宙中各学科的专家，来到新的宇宙之后，他们根据时空裂缝在新宇宙中的特性，设计了一系列新奇的器械。这个过程不仅用到了他们自身的技术储备，同时也参考了很多在新宇宙中获得的知识，吸收了很多地球人类在机械设计上的经验。罗西钻进树洞，四处查看一番，很快就在树洞壁上发现了一些轻薄的残片。这些残片既像陶瓷，又散发着类似金属的光泽。他立刻明白了故障的原因，于是取了几块残片，交到白长老手上。

白长老说，这是什么？罗西说，禀长老，这是以压电陶瓷为核心元件做的闭合线圈。白长老仔细看了看残片，说，压电陶瓷又是什么东西？罗西说，压电陶瓷是一种在这个宇宙广泛使用的功能材料，它可以在机械能和电能之间实现互相转换。简单来说，当它受到挤压时，材料两端会出现电性相反的束缚电荷。此刻，它相当于一个电容器。因此，在其两侧接通外接线圈后，线圈中便会产生电流。白长老说，那又怎样呢？罗西说，这正是电梯出故障的原因。电梯运行中，时空裂缝会在树体的不同部位间依序引发膨胀，由此带动树洞空间升降。在树洞壁里嵌入压电线圈后，树体的挤压会让压电线圈产生电流，而电流则会干扰时空裂缝的扩展方向和速度。如此一来，本来预先设定好的膨胀过程就被打乱，树洞空间随机扭曲，形成现在这种局面。

罗西向白长老解释的时候没有刻意压低声音，站在旁边的张霖和姜宇航自然听得清清楚楚。姜宇航凑到张霖耳边说，之前你说电流和时空裂缝间具有耦合效应，看来完全正确。张霖说，那是当然，不过这起事故很奇怪啊，为什么我们上来的时候电梯没有出故障？孙剑插嘴道，很简单，我们上来以后，才有人在树洞里做了手脚。姜宇航说，谁？孙剑小声说，这还不明显吗？姜宇航"啊"了一声，想起那位奇怪的领路人。毫无疑问，是他！

简单料理这起事故之后，所有人又都回到了观礼台上。白长老继续主持典礼，各项仪礼如常进行。但孙剑坐在这台子上，如坐针毡。现场只有他知道，刚才那位领路人可不只在电梯里做了手脚。他清楚地看到那个家伙还在观礼台的后方撒了些东西，像是某种液体，但等他仔细去看的时候，台面上又什么都没有。现在，孙剑已经明白这人冒充领路人的原因——他就是为了得到这个随宾客登台的机会，只有这样，他才有机会在电梯和台面上做手脚。可是，那人到底在台面上撒了什么呢？孙剑越想越觉得恐怖，他感觉自己像是坐在一堆炸药包上，随时会粉身碎骨。

经过一些无聊的祝祷过程后，典礼终于要开始了。在开始之前，白长老大声宣布："有请大祭司！"就见观礼台后方台面蠕动，一座单人高台缓缓升起。姜宇航等人忍不住回头看去，只见一名女子坐在高台上，神情冷淡地对着观礼台点了点头，然后向台下的教徒挥了挥手。

姜宇航说，果然是女的。他想，看来在地下房间里听到的那个声音真的是大祭司的原声。张霖也向后看了一眼，却没有露出意外的神色。孙剑对张霖说，你应该认识这位大祭司吧？张霖的身子突然震了一下，脸色僵硬地说，你什么意思？孙剑说，我已经在宏硕研究所待了两年。老实说，你们现在应该也猜到我的身份了。我进研究所之后，调查了大部分高层人员和关键研究员，包括去年进所的你。张霖说，那又怎么样，我又没做过什么违法乱纪的事，不怕你查。孙剑说，没错，你的背景很清楚，没什么问题，只不过，你向我们撒了个谎。张霖沉默地看着前方。

孙剑继续说道，你曾经说，回国以后，你和女朋友一起进了一个二本大学工作，但因为你一直执着于裂缝研究，最终和女朋友分手了，对吧？张霖没有答话，一旁的姜宇航点头道，没错，我记得是这么说的。孙剑说，我去了那所学校。张霖身子再次一震，抬头看着孙剑说，那你也去过医院了？孙剑点头，说，我去的时候，她已经不在那里了。

姜宇航忍不住插话，你们究竟在说什么？孙剑说，他之前和我们说，跟女朋友分手了，其实没有。根据我的调查，他女朋友因为一场交通事故造成的严重脑震荡而被医院判断为可能永久处于植物人的状态。姜宇航连忙阻止孙剑，说，不要再说了。他担心提起伤心事会让张霖心里难受。再说了，在这种事情上说个谎也没什么。可孙剑还是继续说道，不，这正是事情的关键。我看过他女朋友的照片，孙剑再次转身看向大祭司，真是奇妙啊，和这位大祭司长得一模一样。姜宇航说，这怎么可能？他看着张霖，等着他回应。良久之后，张霖终于抬头看向姜宇航，说，没错，她的确是我的女朋友孟涵。姜宇航转身看看大祭司，又看看张霖，说，这到底是怎么回事啊？不等张霖回答，孙剑先说，不，这不是孟涵。张霖突然涨红了脸，说，她就是孟涵。孙剑冷笑几声，看着张霖的眼睛说，不要再骗自己了，你比我更清楚，孟涵早就已经死了。现在在她脑子里的，是一个外星人的意识和灵魂。她和那些祭司一样，都是可耻的入侵者，希望你能摆正自己的位置！

姜宇航听明白了。孟涵就是大祭司，但大祭司并不是孟涵。

29　威廉斯氏综合征

　　孙剑等人说话之时，附神大典已经正式开始。白长老宣布了这次天使选拔的最终入选名单，一共十位。每念到一个名字，都在人群中引起一阵骚动。由于电梯损坏，十位入选的教徒不得不从楼梯上依次登台。姜宇航转头去看，一眼就看到一位老熟人——赵哥。谢峻洋说得没错，这位大祭司对同乡还真是极为照顾。他突然问张霖，既然你和孟涵交往了这么多年，那你去过她的老家吗？张霖点头道，我只去过一次。姜宇航说，那边的人乡土情结一定很重吧？张霖想了想说，这个我倒不清楚，不过那个村子给我最大的印象就是穷——整个村子连砖房都没有几间，全是老旧的土房子，很多屋顶上瓦都没有，铺的是茅草。姜宇航有些吃惊，说，现在还有这么穷的村子啊？张霖说，村里有很多痴呆儿，几乎每户都有。孟涵的表哥表弟都有智力障碍，没法出去打工，只能待在家里。怎么能不穷？村里人说这里风水不好。依我看，应该是某种遗传病吧。姜宇航恍然道，竟然是这样。

十位入选天使上台站好后,白长老一声令下,附神台顿时颤动起来,一个巨大的树桩从台面中央缓缓升起。树桩的直径足有五六米,十个一米大小的树瘤环绕着它。这些树瘤的中间镂空,足以容纳一人进入。果然,颤动停止后,所有的入选者都立刻找到一个树瘤钻了进去,毫不犹豫,目标明确,显然事先已经有所安排。树瘤里有一些藤条编织成的座椅形状。所有人坐定后,白长老刚要宣布附神开始,便听到台下一个洪亮的声音说道:"无耻啊,全都是内定的!"

白长老面色一肃,向下看去,说话的正是刚才闹事的高远。他沉声呵斥道,你是何人,为何一再扰乱大典?高远说,他只是一个普通教徒,因为对天使选拔的程序有所疑问,所以才贸然打断大典。白长老说,你有何疑问?高远说,他怀疑大祭司在选拔过程中徇私。白长老说,大胆,你竟敢质疑大祭司!所有人都看向大祭司,但她一脸平静,并没有生气的样子。白长老又说,扰乱大典,污蔑神尊,你知道是什么罪名吗?今天你要是不能拿出证据,可不要怪我执法无情。高远大笑三声,说,白长老,诸位教友,历次天使选拔,小林村的候选人多能入选,其他地方的人却屡屡落选,这一点难道还不能说明问题吗?对此,教中兄弟谁不心知肚明,哪里还需要什么证据!白长老说,一派胡言,大祭司处事素来公平,哪有徇私之举?你说小林村入选者众多,可有实证?高远说,确有实证。接着,他拿出一沓打印材料，由运输队的人在人群中散发起来。白长老自然也拿到一份。上面罗列了历次中选的小林村村民，同时还做了诸多统计。在小林村的入围教徒中，最终当选为天使的比例高达百分之七十八。这显然是一个极不合理的比例。白长老看完，把材料交给诸位祭司传阅。这些祭司既是选拔委员会的成员，自然对历次入选情况有所了解，知道大祭司一向对小林村的人有所优待，但第一次看到如此详尽的统计，看到如此离谱的入选比例，仍然不免吃惊。

最后，白长老走到大祭司跟前，将材料递给对方。孟涵只是扫了一眼，并不细看。白长老说，大人，我看这材料上有诸多妄语，还望大人出面澄清一二，以安人心。孟涵说，上面写的都是实情，没什么可澄清的。白长老退后一步，露出震惊之色，说，大人，如果材料所述俱为实情，那您可就犯了教规第五条"不得徇私"之罪，依律应该免去大祭司之职！孟涵说，是吗？虽然我承认材料上所列的人员名单俱为实情，但这并不意味着我有徇私之举啊。每个教徒是否入选，我都是根据他们与母体的匹配度来确定的，和他出生何处，毫无关系。白长老沉声道，大人，小林村入选比例如此之高，大人若说自己毫无私心，恐怕很难服众！台下的议论声也渐渐响亮了，一些教徒开始叫嚷起大祭司下台的口号。孟涵盯着白长老说，依我看，难服众是假，你想上位才是真。白长老退后一步，肃然道，大人何出此言？孟涵说，运输队和你早有联络，你以为我不知道？白长老突然笑道，我总管榕树计划，向地下输送大量建筑材料，与运输队多有交流，这难道也是罪过吗？大人，事到如今，你还是先想想怎么给会中教友们一个解释吧！

孟涵说，好，你想要解释，那我就给你一个解释。你来到这边这么多年，应该知道，母体与人脑的匹配度是由什么决定的。白长老说，大脑神经网络的分形维度。孟涵说，不错，通常来说，人脑中的神经网络，分形维度都处于母体能够容忍的上限，只有极少数人类的大脑，其分形维度处于母体的舒适附着区间。作为大祭司，我的任务就是从候选者中，把这些人挑出来。白长老冷笑道，大人既然知道此类人极其稀少，就更应该扩大选人的范围，难道说，这些罕见之人都集中在小林村吗？孟涵说，是的，小林村的大部分人都是母体的优良附着物，这就是我四处寻找小林村村民的原因。白长老怒道，荒谬！小林村是神选之地不成？孟涵说，哪有什么神选之地，小林村也不过是个平常的村落罢了。不过，它有一个特别的地方。正是这个特别之处，让它成为附神天使的最佳来源地。白长老说，什么特别之处？孟涵说，你听说过威廉斯氏综合征吗？白长老说，那是什么东西？孟涵说，一种遗传性疾病。患者一出生，体内的七号染色体就缺少了20个基因片段。这种病会影响患者的学习能力，所以大多数患者都有学习障碍。小林村就是这一遗传病的重病区。因为地形，小林村自古以来较为封闭，村里的几大家族互相通婚，大部分村民彼此沾亲带故，这也造成威氏病在村中广泛存在。

白长老沉吟道，这种病会改变脑神经的分形维度？孟涵说，大脑的神经系统，是在成长和学习过程中逐渐发育成熟的。学习对于塑造神经元的连接网络尤为重要。因为学习能力缺乏，大部分村民的脑神经网络都与正常人略有区别——准确地说，就是分形维度低于正常人。这恰好成为他们在附神上的优势。听到这里，白长老眼神闪烁，看上去有些动摇。他质疑道，你说村民都有这个病，可我看他们都很正常，哪有患病的样子？孟涵说，我找来的人，自然都是症状轻微的，不过即便如此，也能从其行为上看出一些端倪。她抬头看向前面的附神台，大声喊道，赵叔，请出来一下。很快，赵哥就从树瘤里钻了出来，疑惑地说，结束了吗？

孟涵指着赵哥，对白长老说，你看此人，面颊凸出，鼻翻嘴阔，这就是典型威氏病的外貌特征。白长老说，我印象中农民都长这样。孟涵又说，那我再说说他之前做过的事情吧。于是把赵哥做生意被骗、盗墓和抢银行的事情简略说了一遍。

白长老听完后说，这人确实脑子缺根筋。孟涵说，思维呆板，不知变通，拙于学习，这正是威氏病所带来的影响。其实他的症状已经算很轻微的了，在我们村里，很多重病患者，连最基本的社交活动都无法完成。

孟涵和白长老的交谈，并没有避着其他人，观礼台上的祭司和姜宇航等都听得很清楚。祭司们彼此交头接耳。一些曾经反对大祭司的，现在却被说服，反而和其他人争辩起来。姜宇航也随着孟涵的讲述，回忆起诸多细节。他意识到，孟涵说的确是实话。只不过，就算她在天使选拔中出于公心，毫无私情，眼前这场酝酿已久的风暴，真能顺利平息吗？

果然，沉默片刻之后，白长老突然扬声道，一派胡言，这些特征在很多人身上都存在，根本就说明不了什么。孟涵冷声说，那你想怎样，要不要让他去医院开个证明啊？她看出白长老其实相信她说的话，但她也知道，就算解释再合理，现在也已经无济于事。他们筹备那么久，绝不会这样轻易放弃。现在是箭在弦上，不得不发了。

白长老退后几步，到附神台边缘，面向台下教众说，大祭司涉嫌违反教规，德行有亏，我代表祭司委员会宣布，正式启动调查程序。调查期间，由我代理教务。白长老看向大祭司，冷声道，请大人暂且下台，接受调查！孟涵笑笑，坐在台上丝毫不动。白长老"哼"了一声，大声喊道，执法祭司何在？话音刚落，便有十几位壮汉拥上附神台，将孟涵团团围住。白长老再次说，请大人配合调查。孟涵仍然不为所动，白长老正想让执法祭司强行带她下台，但整个附神台突然震动了一下。台面中央的树桩上，出现脉动的迹象。一些鼓包从树桩下方的根系里涌上来，缓缓向着外侧的树瘤方向移动。

孟涵猛地从座位上站起来，大声宣布道，附神即将开始，所有入选者就位！听到这话，赵哥连忙又从台子上跑回之前的树瘤里。

白长老和所有的祭司都知道，附神的过程就是以时空裂缝为载体的母星生物扩散到人类大脑中，以脑神经的分形网络作为附着物的过程。不管是天使的附神过程，还是祭司的附神过程，原理和本质其实都一样。不同的是，附着于天使大脑的时空裂缝，并非一个完整的意识体，它们来自某些断裂的触手，因此只能完成一些简单的工作，其能量也较为有限。附神之后，天使本身的意识仍然来源于之前的人类，而祭司则不同。祭司的脑部附着体具有独立的意识。因此，祭司的载体，大多为已经确诊为植物人的人类，因此其没有内在的自我意识。附神之后，祭司的意识自然来自异星生物。台上的每个祭司都经历过附神，这才能够以人类的身体为依托，在这个陌生的世界活动。这一过程必须保持安静，避免外界干扰，因此，白长老让执法祭司们暂且停手，待附神完毕之后，再行驱逐之事。

孟涵根本就没正眼看过围在她四周的那些执法者，只是凝神注视着那根粗大的树桩，似乎颇为紧张。树瘤开始慢慢膨胀，意味着时空裂缝已经扩散到树瘤之中。这是正常的流程，之后裂缝会经过树瘤的调制附着于人脑，而树瘤则会重新缩小，恢复正常。

白长老对孟涵的举动感到奇怪。附神典礼已经举行过多次，除了早期的几次以外，几乎从未出过错，不知道她有什么可紧张的。不过，为了保险起见，他还是找来缓存祭司，询问他这次附神所涉及的母体范围。

在他们的母宇宙里，每个生命都由母体孕育。祭司们来到这个新世界后，发现这里的生命形态截然不同，特别是自称人类的智慧生命，其思维方式和文明成果，一度让祭司们无从理解。即使通过附神的方式，在人类大脑中寄生了很长时间，他们也很难适应这种新的生活。他们面临的首要难题是他们失去了与母体的联系——换句话说，他们变成了一个个独立的个体。在母宇宙中，所有人都以某些节点与母体相连。只有那些犯下严重过错的生命，才会被母体从身上切断、遗弃、放逐。这些被放逐的时空因为失去与母体的连接，从扭曲逐渐变得平缓，时空曲率不断下降，直到变成曲率为零的平坦时空，同时也失去其蕴含的所有生命信息。因此，来到这里的每个穿越者都有一种强烈的被遗弃的孤独感。他们必须附着在某个分形网络里，以维持身体的形态不被湮灭。让他们震惊的是，在这个世界上，以人类为代表的高等生命，从一出生就是独立的。人类的词汇里，根本就没有接近"母体"这一意涵的名词。最开始，他们以为地球是人类的母体，因为在他们的宇宙里，母体和星球是同义词。每个星球都是一个母体，包括那些发光的恒星。星球之间，则是平坦的宇宙空间。但他们很快发现，地球虽然哺育着各种生物，这些生物和地球之间却没有物理性连接，也没有思维和意识互动。简单地说，地球只是一块巨大的岩石，它没有生命和意识，所以它不是母体。

缓存祭司就在台上。所有从母体中分裂的个体，来到这个世界后，最开始一段时间依附于火焰，之后大部分时间都附着于榕树。这段时间，缓存祭司会负责训练这些"新人"，帮助它们适应新的环境，并教会他们一些必备技能，例如如何通过时空裂缝控制分形机械。一段时间之后，再通过附神让他们转移到人类的大脑之中。所以，缓存祭司是对这批新人最熟悉的祭司了。听到白长老的问题后，他回忆了一下这批新人的出处，然后精确地逐一报告。由于这次仪式是天使附神，所以每个树瘤中注入的只是一些时空裂缝的片段。缓存祭司指着一个树瘤，这是来自母体北部荒原三叉枝家族的片段，他们家族现在的节点数是三千亿，平均的节点度数是3.82，复杂度较低，集聚程度一般。

"三叉枝"是对这个家族分形特征的一个直观描述，表示其族人的身体类似于具有三个枝杈的树状结构。白长老一听这些数据就知道，这是一个平民家族，于是他让祭司说下一个。缓存祭司又指着另一个说，这个来自赤道海的谢宾家族，本来的节点数有五万亿，不过大部分在飞船派叛乱中裂解了，现在剩下两万亿节点，复杂度和集聚程度都很高。谢宾这个词的全称是"谢尔宾斯基"，本来是一个波兰数学家的名字，他提出了一种以三角形为生成元的特殊分形结构，因此这个结构便以他的名字命名。时空族使用人类的语言时，便把具有这种分形结构的家族冠以谢宾之名。

  白长老点了点头。谢宾家族曾经赫赫有名，诞生过很多智者，不过这并不是他所关心的。他直接问缓存祭司，这里的片段，有康托家族的吗？ 和谢宾一样，康托也是一种典型的分形结构的名称。据他所知，大祭司本人就来自康托家族。缓存祭司想了想，说没有。白长老又说了几个和康托家族关系紧密的家族，但缓存祭司都逐一否认了。

  白长老越发疑惑，既然这些片段中没有来自康托家族的亲友，大祭司紧张什么呢？

30　内斗

　　附神进行到快二十分钟的时候，白长老终于觉察出不对劲来。此刻已经有九个树瘤恢复原状，其中的天使也从树瘤中钻了出来。但赵哥所在的树瘤仍然在持续地膨胀和收缩之中，这意味着附神仍在进行。这可不是天使附神的样子，他想，这里面一定有问题。这时，缓存祭司来到他身边，向他汇报，自己刚发现了一个异常的情况。附神赵哥的母体残片，身份被人刻意修改过。而且，从他在树体中所占用的分形空间来看，这很可能是一个独立的意识体。白长老说，那你查到这个意识体的来源了吗，是哪个家族的？缓存祭司犹豫了一下，说，根据意识体的空间构造来看，他不属于任何家族。白长老怒道，狗屁，没查到就说没查到！缓存祭司立刻认错，说自己工作会仔细再筛查一遍。

　　虽然不知道大祭司在搞什么鬼，但白长老意识到自己必须动手了。他命令执法者直接上前抓捕大祭司，不用管附神之事了。孟涵见状，厉声呵斥道，你们好大的胆子，竟敢扰乱附神大典！

几个执法者立刻站住了,一时不敢再上前。白长老大声说,你们尽管去,一切后果由我承担。执法祭司们这才鼓起勇气,向大祭司围去。

孟涵冷笑道,凭你们几个,恐怕还带不走我。她的右手在座椅扶手上一拍,四周的台面立刻裂开,露出几个巨大的黑洞,洞口中涌出一股强风来。几秒钟不到,整个台面立刻被一股飓风笼罩。在这样的大风中,执法祭司连站稳都不易,自然无法再向前。孟涵伸出手,让风吹过手掌,感受着气流的涌动。不多时,她手掌周围形成了一团旋风。她看向白长老,把手一推,这团旋风顿时急速向前冲去,迎面击中白长老。白长老立时仰面倒地,在风中翻滚好几圈,摔了个鼻青脸肿。

姜宇航讶然道,这人控制时空裂缝的技巧果然高明。他对身旁的一杭说,像她这样控制气流,你能做到吗?一杭伸出手掌试了试,很快就掌握了让手掌上方的气流转向的方法,但像孟涵这样精细地操控风向,一时半会儿还做不到。孙剑说,看来把我们的章鱼飞艇卷进坑里的那道大旋风,多半也出自这大祭司之手。姜宇航说,很有可能。台上其他祭司也在极力调控风向,但最多只能在身体周围撑起一个一米见方的风盾,只要孟涵一出手,便立刻溃散。他想起教徒们常说的,大祭司的法力比所有祭司都要强大。

白长老费了很大力气才重新爬起来。他的脸上露出狠戾之色，大声叫道，此时不出手，还等何时？话音刚落，就见一团火焰从观礼台上燃起。姜宇航看得清楚，火焰就源自自己前方的一位祭司。他的双手各托着一团火焰，红彤彤的，像举着两只大灯笼。趁着孟涵还在控制飓风，这祭司右手一抖，手上顿时火势大涨，一甩手，烈火便径直向孟涵飞去。眼看就要撞上孟涵，一股小型龙卷风突然从下方升起，瞬间把火焰推开了。孟涵转过身，看着这位祭司说，火长老，你也要反吗？火长老不答话，手一抖，又把左手的火焰甩了出去。孟涵皱着眉，呵斥道，老顽固，明知奈何不了我，还要逞强！但下一刻，她感觉不妙，因为那团火并非朝着她，而是斜向下飞去，瞬间没入了木质的台面中。她下意识退后几步，离那里远一些。孙剑看到火焰落地点的一刹那，立刻大声喊道，快趴下。他顺势将周围几个人都扑倒在地。他认出来了，那就是之前领路者动手脚的地方。

下一刻，如鞭炮般噼里啪啦的响声从下方传来，把台上炸出好几个小坑，然后是一股浓烟，带着刺鼻的味道蹿了出来。一闻到这味道，孙剑立刻就明白，那领路者在台子上撒下的是一种混合液体炸药，主要成分是硝酸肼、高氯酸肼等。这东西整体看来是一种透明的液体，像水一样，爆炸威力却不容小觑。因其隐蔽性很强，特别受恐怖分子的青睐，孙剑在反恐训练中多次遇到它。好在这次浸入台面下方的液体总量不多，否则整个观礼台都会掀翻。不过即便如此，附神台也受到严重破坏。从炸出的洞口看去，台面下方的分形机械损毁严重，各种零件都从洞口溅射出来，一些力学传导部件还在时空裂缝的驱动下不断弯折和伸缩着，像土里挖出来的蚯蚓，绝望地挣扎着。

风停了。分形机械运转时所特有的木质摩擦声也停了。张霖面色一变，他意识到孟涵陷入了困境。没有飓风，没有湍流，在这样的环境中，再强的"法力"也没有用武之地。几个执法祭司也反应过来，立刻爬起来，再次抢身上前。

爆炸虽然出乎意料，但孟涵并不慌张。她看了眼附神树桩，树瘤仍在发出微光，她松了一口气。附神过程所涉及的分形机械是一套独立系统，得以在爆炸中幸存下来。执法者已经到了二十米开外，还在不断靠近，孟涵立刻蹲下来，把右手压在台面上。以她为中心的木质台面突然卷曲起来，从外向内高高翘起，然后向中心聚集、合拢。几秒钟不到，一个巨大的木质球壳便成型了。球壳的中心便是孟涵，距离她很近的张霖等人也被包裹进来，观礼台上的火长老等几位祭司却被弹了出去。

球壳形成的屏障把几位执法祭司挡在外面，白长老见状连忙赶上去，用手贴在球壳外侧，在球壳上逐渐扭曲出一个小孔来。他感觉到孟涵的抵抗，两人身上扩展出的时空裂缝交织成一团，彼此阻碍着对方的延伸。孟涵一方的裂缝离体更远，所以较为细密，可以在分形材料中构造出很精细的"扭结"来与对方的裂缝对抗。所谓扭结，其实就是将正压空洞和负压空洞的微观结构交错堆垛起来，形成一种层叠状复杂微观结构。当对方的时空裂缝扩散至此时，正压空洞会被压缩，负压空洞则会扩张，两者的效应相互冲抵，能最大程度上降低整体的膨胀效应。因此，构造扭结是一种常用的防御性质的手法。但白长老一方的裂缝毕竟离体更近，脉络宽度较大，引发的膨胀效应自然极为明显，即便有扭结的层层阻碍，也逐渐在球壳上开出一个拳头大小的洞口来。

姜宇航等人目睹孟涵和白长老斗法，再回想刚才的大风，像看了一场玄幻电影。虽然他们对时空裂缝有一定程度的了解，也制作出了章鱼飞船这样的分形机械，但看到二人如此熟练地使用裂缝攻击和防御，花样百出，还是忍不住惊叹出声。胡一杭更是看得入了迷，不知不觉中他也把手放在球壳上，一边观看，一边模仿起来。只有孙剑还保持着警惕，听着球壳上传来的剧烈的震动声，他感觉这个壳子里不安全，有机会一定要赶紧溜出去。

无法阻止白长老对球壳的侵蚀，孟涵长吸一口气，把左手也贴向台面。她闷哼一声，左手猛地发力，整个球壳突然整体晃动起来。球壳下方的榕树气根急速膨胀，不断伸长，飞快地将球壳顶了起来。转眼间，球壳脱离台面，像一个巨大的气球一样，升到几十米高的半空中。白长老仍然不肯放弃，他借着在球壳上打开的洞，双手牢牢地攀附在壳面上，随球壳一起升到空中。

与此同时，台面中央的附神树桩也迅速生长起来。在向上生长的过程中，它逐渐向着球壳的方向倾斜。当它到达与球壳相当的高度时，正好位于后者的下方。接着，附神树桩穿透球壳，两者合为一体。下方的祭司们并没有放弃，尝试着操控其他的气根接近球壳，但孟涵在所有邻近的气根中快速布置大量扭结，极大地拖延了其他祭司的行动。从目前的状态来看，他们起码需要十几分钟才能让那些气根生长到球壳所在的高度。在那之后，又至少需要十几分钟才能打破球壳。孟涵估算了一下时间，心里有了底。她争取到大约半个小时的时间。这段时间，应该足够完成附神过程了。等附神完成，尘埃落定，这些人——以及与他们暗中勾连的非洲大祭司，他们所做的一切，就都没有意义了。

白长老双手扒着侵蚀出的洞口，再次加速扩大洞口。或许是孟涵分了太多裂缝到其他地方，这次，他遇到的抵抗减小了不少，很快球壳上的开口扩展到一尺来宽。找准机会，他用力一跃，跳进了球壳之中。还没等他看清详细情形，一张由藤条编织的大网就将他笼罩起来。大网迅速收紧，白长老无力挣脱，就这样被困在了球壳中。

孟涵走到他面前，叹息道，白长老，你不应该跟我作对。白长老大骂道，你这个贱人，为了一己私利，在教中一手遮天，肆意妄为，你就不怕母神的惩罚吗？孟涵笑起来，说，母神的惩罚？为什么要惩罚我？白长老冷笑道，在天使中安插亲信，破坏选拔过程，这是众所周知的……孟涵打断他，说，看来我刚才的解释，你还是不相信啊！你不相信也没关系，等母神降临之时，一切诽谤和疑虑自然烟消云散。白长老沉默片刻，又说道，就算你在选拔过程中真的没有徇私，也不代表你没有其他问题。孟涵说，是吗？那我倒要听听看了。白长老哼了一声，说，上个月我仔细核对过采购的账目，发现了很多大幅虚报的迹象。比如镍矿一项，付款记录显示，购买的矿物总量为72万吨，可是我询问过匠作祭司，榕树计划根本就不需要采购如此庞大的镍矿。显然，这是一笔虚增的采购支出。采购和财务一向是你亲自主管，从不轻易让别人插手。不用说，这笔钱肯定进了你的口袋了吧？说完，白长老看着孟涵，露出轻蔑之色。对于白长老的话，孟涵稍显意外。她没有料到财务账目会被对方看到。不过她并不紧张，仍是一脸平静地说，不管你信不信，担任大祭司期间，我没有贪污一分钱。白长老哈哈大笑，显然丝毫不信。

这之后，孟涵从白长老身边走开，来到张霖一行人附近。球壳里空间有限，张霖等人自然把他二人的对话听得清清楚楚。孟涵径直走到张霖面前，盯着他看了片刻，然后才扫向其他人，她开口说，你们知道他为什么要反我吗？她指向白长老，后者再次闷哼一声。孙剑说，还能为什么，争权夺利罢了。老实说，你们之间的争斗跟我们有什么关系，我一点兴趣也没有。他本来想说，这种事情我见得多了，但考虑到在外星人面前，不免有给人类抹黑的嫌疑，所以忍住了。孟涵说，你错了。你所看到的，都是表面现象。我们之间的矛盾，并非权力之争，而是路线之争。

而且，它与你们人类的命运息息相关，你一定会感兴趣的。孟涵的话立刻引起了大家的注意，姜宇航说，你能具体讲讲吗？孟涵说，今天让你们过来，本就是为了告诉你们这些事情。正好现在无事，我给你们详细说说。希望你们听完以后，能够做出正确的选择，尽快给我们提供一个能用于大规模传输的方程特解。

自从发现和来到新的宇宙之后，时空族们便开始努力适应和改造这个新世界。他们利用众多具有分形结构的物质稳定自己的身体结构——也就是人类眼中的时空裂缝，同时也寻找着最舒服的附着物。在众多选项中，榕树的枝干和根系所构成的分形网络，和他们身体的分形维度最契合。准确地说，这个维度就是2.313。这是一个介于二维和三维之间的分数维度，在众多分形结构中普遍存在，没什么特别的。但遗憾的是，地球上现存的榕树总量太少，远远不足以容纳所有的时空族人。因此，他们必须改造地球的环境。于是，他们建立维持会，以其为核心在人类社会中建立和发展火神教，借助教会的力量大规模种植榕树。

然而，在榕树计划的执行过程中，另一种声音慢慢出现了。火神教的部分祭司提出，既然可以附神在人类的大脑中，为什么还要执着于原来的身体维度，执意附神到榕树里呢？人类大脑的网络维度高于时空族的身体维度，这导致很多触手和结点在附神后都发生了额外的分裂，给他们带来身体和精神的双重痛苦。但这种痛苦会逐渐减弱。随着时间的流逝，很多祭司慢慢适应了这种高维度的环境。因此，他们觉得没有必要固守原有的身体维度。最关键的是，附神在人类大脑中，可以直接取代人类，占据这个世界的统治地位，不像榕树，那仅仅是一种普通的植物。

最开始，大部分祭司都认为，即使到了新的世界，仍然要维持原来的身体构造，随意改变身体维度会异化整个种族。但最近几年，附神于人脑后，祭司们都尝到了甜头。以人类的身份行事，比起附神于一段木头，实在方便了太多。即使通过时空裂缝多番改造，树仍然是树，在功能性和自主性上，榕树无论如何无法和人类的身体相提并论。人脑派越来越多，几乎压过了榕树派。

说到这里，孟涵指着白长老说，这位白涛白长老，就是人脑派的精神领袖。他们今天找各种借口想推翻我，不过是为了在教中推行他们的理念罢了。她特地走到张霖面前，说，如果让他们上台，人类很快面临一场巨大的灾难。大量人类会被异族侵入大脑，变成傀儡。你想要这样的未来吗？张霖连连摇头。孟涵说，只有榕树派可以与人类和平共处。我们已经在划定的区域种植了大量榕树，到时候，迁徙过来的时空族只会在这些树林中活动，不会也没有能力威胁任何人类。相反，我们还可以在科技上互相取长补短，共同进步，这岂不是一桩美事？

听到这里，白长老哈哈大笑起来。他看向张霖等人，说，如果我是你们，我可不会相信她。你们大概不知道，这位大祭司原本是康托家族尘埃分部的一名普通矩形长老，但在短短数年之内，她竟一跃成了家族的核心主枝，这可不是一位"和平人士"能做到的。她的手腕和心计之高明，实在让人叹为观止。这时，孟涵插嘴道，那么我倒是想要问问，你认为我们榕树派的阴谋和算计是什么呢？白长老哼了一声，没说话。显然，他不知道这个问题的答案。孟涵又转向张霖等人，说，你们相信他的话吗？换个角度来看，作为榕树存在的时空族，与侵入人脑的时空族相比，谁更有威胁，这难道不是显而易见的事情吗？

听完这一席话，孙剑完全明白了火神教内部的情况。两年前，他从受命进入宏硕研究所，其中一项任务就是调查火神教，特别是它在川西地区的情况。当时自己的头儿用一种神秘兮兮的语气说，在调查的过程中，不管遇到什么诡异的事情，都不要惊慌，保持镇定，尽快向组织汇报。他问，这任务危险吗？其实他并不在乎危险，他想问的其实是这次任务的重要级别。一般来说，越危险的任务，重要级别越高，完成以后立功受奖的概率就越大。他有个关系极好的战友，拿了一次个人二等功，没事就把军功章别身上，在他眼前晃。他也想拿一块。头儿说，这个不好说。他坚持问，和索马里海盗的任务相比，如何？头儿想了想说，你干掉了几个海盗？他说，两个。头儿说，自从火神教发展到非洲东部地区以后，索马里已经没有海盗了。他惊讶道，火神教把他们全部干掉了？他想，如果是这样，那这次任务确实够危险的。头儿说，具体怎么回事，就靠你自己调查了。现在，孙剑当然知道，火神教并不是依靠武力消灭了海盗，就像大祭司给他们看的那几个影片一样。没有欲望的海盗，还是海盗吗？

祭司们仍然在努力打破球壳，两派间的争斗已然处于白热化阶段。但他知道孟涵一定还有后招，因为她看上去一点也不慌乱。眼下最重要的是，自己要带着其他人从这场火神教的内斗中安全脱身。因此，他对孟涵说，你说的一点儿没错，比起人脑派，榕树派才是我们地球人应该支持的。这时，张霖突然说，看来你和我想到一块儿去了。孙剑说，你什么意思？张霖说，其实前几天，孟涵私下和我聊过一次。孙剑想起那个早晨，暗道一声不妙。张霖继续说，孟涵已经对我说明了教中派系之争的情况，眼下我们和榕树派可以说是站在一条船上，一旦人脑派掌权，人类文明就危险了。孙剑不动声色地说，是啊，可我们也没办法介入他们的争斗啊。张霖说，不，有办法的。姜宇航问，什么办法？张霖说，找出传输方程的特解，想办法多送一些时空族过来就行了。

姜宇航说，这是什么道理呢？孟涵开口解释了。她说，对于大多数普通的时空族人来说，改变身体的维度不仅痛苦，也违反母神教义和家族道德。时空族各大家族都有不同的分形结构，有的是树状分叉结构，有的是谢尔宾斯基三角，有的是科赫曲线，还有很多人类从未见过的结构。虽然都具有自相似的特征，但彼此之间往往泾渭分明，区别极大。所以，每个家族都以维持自身的独特结构为生存宗旨。时空族通过孢子裂解和自相似生长繁殖，这保证了分形结构能够在每一代人中保持稳定。人类可以在不同家族间通婚，这对于时空族而言无法想象，因为不同的分形结构之间是不可能融合的。这种极端封闭的家族集团，自然形成极高的文化壁垒。壁垒又会导致猜疑和争斗。每个家族都认为自己的分形结构是祖先流传下来的神圣之物，绝对不可以改变。目前火神教的祭司，其实都是时空族的精英，大多数是科学家，来到这里是为了探索和改造新世界，因此他们的观念都较为前卫，也不太受传统道德的约束，可以有限度地接受自身结构的改变。但只要大规模传输开始，更多普通民众到来，两派的人数占比就会立刻改变。普通民众绝对不可能接受人脑派那种改造身体的观点。一旦榕树派占据了绝对多数，人脑派的妄想自然也就不足为虑了。孙剑看看旁边的白长老，他始终黑着脸，难免露出一丝忧虑的神色。看来，孟涵说的很可能是真的。

这时，张霖突然说出一句话，震惊了在场所有人。

他说，其实，我已经得到特解了。

31　特解

孟涵似乎早有预料，张霖说完后，她立刻追问是什么样的特解。张霖说，别着急，我先说一说自己的思路。

大规模传输，虫洞的宽度必须大，按照时空族目前所用的方法，打开虫洞所需的能量随着宽度的增加呈现指数增长。所以，几乎不可能打开太大的虫洞。必须设计一个新的方案，将这种指数增长压制到多项式增长的模式。我仔细观察和分析了你们给我的时空裂解方程，从数学模型上，它和断裂力学中用来描述裂纹尖端应力场的强度因子的形式很接近。之前，为了研究时空裂缝的扩散性质，我比较系统地了解了断裂力学。所以，当我再次试图把断裂力学运用到虫洞的产生机制中时，我突然产生了一个大胆的想法。在裂纹产生的机制中，有一种通过多个均匀排列的点缺陷来诱发线性裂纹的方法。你们看过石匠是如何凿开一块大石头的吗？先用錾子在石头上凿出几个深孔，这些深孔之间的距离大致相同，而且排成一排直线。然后，用锤子在这排深孔的一侧敲击，石头很容易就沿着深孔的排列线分裂成两块，而且裂口非常平整。

孙剑插嘴道，不错，我爷爷是石匠，我曾经见过他用这种方法，从石头上分割出一块块大石板来。张霖说，没错，所以我想，是不是可以在排列成直线的几个不同位置，同时打开较小的虫洞，利用虫洞本身对时空的扰动，让它们彼此产生叠加效应，进而激发出更大规模的时空裂隙来。姜宇航说，想法挺不错，计算结果呢？张霖说，我参考断裂力学的方程组建立了一个数学模型，引入有限个直线排列的虫洞，计算它们对周边时空的整体影响。结果显示，多个直线排列的虫洞的确可以通过互相激发，产生一个规模远大于单个虫洞的时空裂隙，足以满足大规模输运的需要。只要初始虫洞稳定存在，这个时空裂隙就同样能够维持稳定。姜宇航说，你是通过解析计算得到的结论，还是数值模拟得到的？张霖说，都试过了，数值模拟和解析解匹配得极好，没有任何问题。

孟涵喜道，太好了，这个特解正是我们需要的，你把具体的参数发给我吧。张霖正要答应，孙剑终于忍不住大声说道，先等一下。张霖说，怎么啦？孙剑对孟涵说，我们要商量一下。不由分说，他直接把张霖、姜宇航和胡一杭拉到一边，孟涵没有阻拦，只冷眼看了孙剑一眼。几个人围成一团，孙剑低声道，暂时不要把特解告诉她，好多事情还没弄清楚呢。姜宇航也说，对，我觉得这个女人不简单，我们就说还要再验证一下。孙剑又问胡一杭，你觉得呢？一杭想了想，说，至少有一件事，我认为她在说谎。一杭说，她曾说时空裂缝对大脑造成的损伤不可逆，但他觉得并非如此。随着使用次数的增加，近来自己的视力改善明显，这和她说的完全不一样。孙剑说，对嘛，这人的话很多都不尽不实的，我们应该再观察观察。说完，三个人都看向张霖。但张霖不为所动，坚持认为应该立刻把特解给她，尽早开展大规模传输，以打压火神教中的人脑派。张霖的顽固让孙剑有些生气，他狠声说道，你可不要感情用事啊！眼前这人，可是一个不折不扣的外星人，她可不是什么孟涵。你的孟涵，六年前就已经死了！张霖脸色惨白，闭上眼睛，不说话了。

这时，孟涵走了过来。孙剑立刻迎上去，说，我们商量了一下，觉得还是要严谨一些，再验证一下。孟涵没有理他，径直来到张霖面前，只看着他。张霖低着头，脸上闪过一丝狠戾，他抬头说，没问题，我可以给你。孙剑立刻说，不行，我们三个都不同意，你没有权力单独做决定！孟涵转头看向其他人，说，你们三个都不同意吗？姜宇航尴尬地笑笑，说，也不是不同意，这种重大的决定，还是要多考虑一下。孟涵也笑了笑，她从袍袖中拿出一块平板电脑，说，对了，差点忘了告诉你们一个重要的消息。你们先看看这个。她把平板电脑递给姜宇航。

上面是一则视频。视频里，一个小女孩被绑住了手脚，坐在一个木椅上。随着视频的推进，视角转换，逐渐露出小女孩的脸。姜宇航握持平板的手抖了起来。一种极端愤怒的情绪涌上心头。他回头去看胡一杭，胡一杭伸着脖子也在看平板，似乎看不太清。虽然很不忍心，但姜宇航还是把平板贴到一杭眼前，他终于认出了视频中的女孩。那人正是他的妹妹，胡莹莹。

是这样的，孟涵解释道，在我不知情的情况下，人脑派的祭司们一直在暗中搜寻方便附神的植物人患者，以扩大他们派系的力量。有时候，在遇到合适的对象时，就算对方大脑健全，他们也会不管不顾地将人抓起来，通过人为手段使其成为植物人。我是强烈反对这种做法的，太残忍，太不人道了。这视频里的小女孩，就是他们最新抓捕的一个，听说是从宏硕研究所里抓获的。你们看看，会不会是你们认识的人啊？其实，从姜宇航等人的脸色就能知道答案，但不等他们回答，一旁的白长老急了，大骂起来，你放屁！研究所里到处都是你的暗桩，那里向来被你捂得严严实实的，我们根本渗透不进去，怎么抓人？他又对着孙剑等人说，你们不要听这个女人胡说八道，依我看，这根本就是她自己下令抓来的。

孙剑看到莹莹的一瞬间，就明白了，这事跟人脑派没关系。这就是一个极其简单而粗暴的威胁，没什么技术含量，但极具效果。果然，姜宇航和胡一杭两人都动摇了。孟涵接着说，只要你们把特解的参数告诉我，大规模传输一启动，人脑派自然不足为惧。那时候，这些被他们抓捕的人质，就可以尽数释放了。说完，她看向姜宇航，问道，你觉得呢？姜宇航强忍着愤怒，沉声道，这孩子现在没事吧？孟涵说，放心，现在都还好。不过我担心人脑派狗急跳墙，要是做出什么无法挽回的事情，那就不好办了。听说，他们明天就会有所动作。孙剑骂道，明天！这就是你给我们的最后期限？孟涵说，我也很遗憾，不过事态紧迫，你们能够考虑的时间确实不多了。姜宇航突然抬头说，不用考虑了，我们把特解的参数告诉你。胡一杭也立刻附和，现在就给你，你把莹莹放了。孟涵笑着说，太好了，你们为全人类做出了一个正确的决定。她看向孙剑，说，你还有意见吗？孙剑低下头，沉默不语。

孟涵把手机递给张霖。屏幕显示的，正是他所用的数值计算程序的参数输入界面。他毫不犹豫地把所有的待定参数输入其中，然后点击运行。很快，结果显示页面弹了出来。孟涵接过手机，又进入到参数矩阵中浏览了一遍，满意地点了点头。做得太漂亮了，她对张霖说，有了这个特解，大规模迁徙就可以立刻展开了。

这时，白长老突然大笑，说，你恐怕没有机会了。话音未落，球壳上突兀地崩裂出一条巨大的豁口，十几位祭司同时从外面跳进来，将孟涵团团围住。出乎意料，他们却没有再向前移动，也没有再激活任何分形机械，而是每人掏出了一把手枪，对准孟涵。

看来他们自己也知道，在时空裂缝的掌控上，他们无论如何也比不上大祭司，所以寄希望于人类的枪械武器。孟涵冷笑道，先是炸弹，又是手枪，看来你们真是被人类同化了。你们忘了母神的教诲了吗？"不要在外物中迷失你的心智，唯有与神连接的身体才是一切力量的源泉。"白长老已经解开了身上的束缚，他晃晃悠悠地站起来，向地上呸了一口，然后说，狗屁的《母训》。十年了，我们已经和母神断开十年了！《母训》上说，罪恶之人，神将断开与他们的连接，让他们在虚无中死去。可是我们没有死，我们活得好好的。他死死盯着孟涵的眼睛，厉声说，这是个新的世界，在这个世界里，没有什么狗屁母神！我们自己，就是这个世界的神！

孟涵皱眉说，看来你已经疯了。白长老冷声道，我疯没疯，不用你管！但我知道，你马上就要死了。说完，他猛地挥动手臂，示意祭司们一起开枪。他相信，就算大祭司具有强大的法力，她也绝对无法躲过所有的攻击。在这种密集的弹雨中，她必死无疑！

奇怪的是，预想中的枪声迟迟没有响起。他转头看看四周的执法祭司，他们都僵在原地，一动不动，像是变成了十几尊雕塑一样。他终于感到透心的恐惧。这是什么法术？他下意识地退后了几步，脚一软，差点摔倒在地。眼前的情形远远超出他的想象。的确，叛乱发动之前，他预想了各种意外情况，各种障碍和不利的情形，也尽可能准备了不同的后备方案，但不管哪种情况，他都没有预想过这样诡异的场景。

孟涵说，闭上你的人类眼睛，用你真正的眼睛看一看吧。白长老一愣，竟然乖乖闭上了眼睛。他在这具躯体里待得太久，早已经习惯于透过这两只内嵌着晶状体的器官来观察世界，他几乎忘了还有别的观察方式。现在他想起来了，他还有一双自己的眼睛。他切断与这具人类身体的信息交换，重新把意识集中到附着于脑部的那一片时空裂缝上——那是自己真正的身体。周围一片黑暗，只有身体的震颤让他意识到自己的存在。恍惚间，他像是又回到了母宇宙里，回到了十年以前。他蜷曲起身体前部的几个枝杈，然后发出急促的振动。这就是他的眼睛。从眼睛里发出的时空波动，像水波一样以光速朝着四周扩散。人类的词汇里，这种时空波动被称为引力波，或者更准确地说，叫作高频引力波。在碰到障碍物之后，高频引力波又反射回到他的身体，而他通过感知反馈回来的波形，重构出周围的景象。

看清周围的真实场景后，他扑通一声坐在了地上。引力波之眼的视野中，他看到了一束束若有似无的丝线从每个祭司的脑部裂缝里伸出，纠缠着向前延伸，逐渐集结在一起，最终连接在了另一个人的脑部裂缝中。这个人就是他一直忽略的那个候选天使，那个大祭司的同乡，威氏综合征患者，可笑而笨拙的银行窃匪——赵哥。他重新睁开人类的眼睛，看见这位赵哥正从树瘤中走出来。他轻轻一挥手,所有的执法祭司都被一股大力击中了一般,飞快地从球壳的豁口处弹了出去。白长老大惊失色,转身想跟着跳出去,但下一秒,他感到一缕丝线伸进了这具身体的大脑中,与自己的时空身躯牢牢地连接了起来。他失去了对这具人类身体的控制。那道丝线里是让他无比熟悉又无比恐惧的气息。

母神大人! 他惊恐地大叫起来,母神大人来了!

32　母神

　　赵哥控制着这具人类身躯，缓慢地走了几步，又摇摇头，活动了一下四肢。虽然事先训练了一段时间，但真正进入到这具柔性的碳基躯壳里，仍然让他感到极度不适应。自己像被关进一个狭小的牢笼里。笼中遍布荆棘，刺痛着他的身体，每一刻都煎熬无比。如果不是迫不得已，他实在不愿意来到这个新的宇宙。这里的一切都让他觉得陌生和怪异。

　　但情势紧急，不得不来了。大约一百年前，他就收到了大衍神即将死亡的消息。大衍神作为一个3级母神，包括自己在内的9个4级母神都围绕着大衍神旋转，是周围这一片宇宙空间的统治者。这样的日子过去了100亿年。近几百年来，大衍神越来越不稳定。他常常无预警地抛射大量触手，在周围裂解为云状的时空碎片，自身则越发消瘦起来。一百年前，大衍神终于向周围的宇宙空间发出通报，他大概撑不了多久了。虽然已经有所猜测，但明确听说这样的消息，周边区域的所有母神仍然很震惊。因为

3级母神的死亡，通常伴随着巨大的时空风暴。这场风暴将裹挟所有4级母神，杀死他们身上的所有灵体。

灵体虽然只是母神身上的寄生之物，但比起臃肿的母神来说，他们更为灵活机动，可以帮母神完成很多事情。因此，灵体的数量和科技发展程度，是衡量母神实力的重要指标。失去灵体的母神还活着，但几乎什么事也做不了，无法抵抗任何危险，和一个废物没有区别。或许再过几十亿年，会有新的灵体演变出来，但一个没有灵体的赤裸母神，事实上很难安全度过如此漫长的再生期。因此，3级母神的死亡，基本上也就意味着周边所有4级母神的死亡。

然而，时空通道的出现改变了他们必死的结局，一批又一批灵体进入新宇宙，逐渐适应和改造着那里的环境，一个又一个落脚点建立。直到现在，母神亲临！

祭司们选择附神植物人，是为了避免多个意识争夺身体主体的情况。但植物人通常都经历了严重的脑部创伤，多个脑功能区无法正常运作，因此，附神后需要灵体借助时空裂缝的能力来修复人脑。这次母神意志的到来，虽早有安排，但时间太过匆忙，他们没找到合适的植物人宿主。这当口，正好赵哥等人到了天坑，孟涵安排赵哥成为母神的宿主。威氏综合征患者具有较低的脑神经分形维度，便于顺利附神。孟涵并不担心附神后宿主意识的干扰，以母神对时空裂缝的操控能力，任何干扰都没有意义。

母神通过这具身体的眼睛,看着前方胡子一大把的老头,开口道,人脑派的领袖? 白长老颤抖着,一句话也说不出来。人脑派与榕树派似乎只在附着物上争论,但本质上,他们想要永远摆脱母神的束缚。因为以人脑为附着物,久而久之,灵体的分形维度逐渐变化,越来越接近人脑,那时就很难和母神产生连接了。

每一个母神都有一个固定的分形维度,他的维度是2.313。大衍神统治的所有4级母神中,他的维度最高。母神的维度很大程度上决定了灵体的维度。不管灵体演化出何种具体的网络形式,其分形维度必定和母神大致相同,只有维度相近的时候,时空扭矩才可以在母神和灵体之间传递,灵体才能从母神那里获得能量。而灵体的维度往往决定智能潜力,一个维度小于2的灵体族群,一般很难发展出科技文明。因此,大衍神辖下,他的灵体族群科技最发达。

所以,在他看来,改变身体维度,是毫无疑问的反叛行为。他略显鄙夷地看向白长老,准备输入一道高强度的时空扭矩,毁灭其时空本体。但下一刻,他惊讶地发现,自己和这个灵体之间的连接竟然断开了。他立刻恢复连接,将意识侵入灵体,查看了一下对方的身体状态。大致估算一下,这个灵体的身体维度竟然已经增大到2.51,8.5%的维度差异,让他和这个灵体之间的连接极不稳定。他再次试着向对方输入一道毁灭性扭矩,仍然没有成功。扭矩一进入连接线,连线瞬间断开了。他皱起眉头,心里涌起一股难以抑制的烦闷。

连接断开的刹那，白长老其实有所察觉，不过他没敢妄动。母神在他们心里积威甚重，以至于他一时间难以相信连接断开之事，以为是自己的错觉。第二次断开后，他终于确认了这一点。一瞬间，他的心里掀起狂风巨浪，在绝望的境遇中又看到了一丝希望。难道说，母神在新宇宙中的掌控力大幅削弱了？他猜测着，同时也暗中积蓄着力量，准备在下一次连接断开时，即刻逃离。还有机会，他心里想，这个新的宇宙极其巨大，只要远离母神，未必没有东山再起之日。但在他思绪汹涌之时，清脆的枪声响起，随后，他的脑浆迸裂，溅落了一地。

开枪的是执法祭司中距离白长老最近的一位。开枪之后，他眼中露出极度恐惧的神色。赵哥叹了一口气，把意识延伸到所有执法祭司的脑海里，控制着他们把手枪全部扔到地上。这就是人类的武器吗？他轻蔑地看了一眼，摇摇头。这样的武器，对自己没有任何威胁。

这样的人，赵哥指着白长老的尸体，对孟涵说，这里还有多少？孟涵和所有执法祭司的分形维度偏差并不明显，完全在自己的掌控之中。对此，他有些疑惑。同样在人脑的高维度环境中寄生了这么久，为什么其他人的本体维度增加得并不多，而白长老的改变却如此巨大？孟涵立刻请罪说，可以立刻召集所有教众，让母神统一查看。赵哥说，不用了，我自己来吧。说完，一摆手，球壳瞬间碎裂，悬空的观礼台也飞速下降，很快接近地面。他凝神四顾，连接本体和周围的所有时空裂缝，就像在母宇宙中所做的那样。一瞬间，所有的祭司都感知到了母神的气息，他们不由自主地向着母神的方向跪拜下来。而那些嵌入时空碎片的天使，虽然不知道发生了什么，也能明显地察觉到脑海中的异样。

突然，一个祭司从人群中飞了起来。他无助地扑腾着四肢，似乎想要摆脱这种无形的束缚，但丝毫不起作用。下一刻，他的身上凭空燃起熊熊大火。凄惨的叫喊声持续了十几秒，一具焦黑的尸体从半空中掉落，碎裂成几块。赵哥转头看向别处，以偏差5%为界限，寻找着目标。很快他又找到另一个祭司，用同样的方式处理了。天坑中，惨叫声此起彼伏，所有人都惶恐地匍匐在地上，颤抖着不敢抬头。

扫视完台下所有的教徒后，他视线一转，看向了胡一杭。这人的身上，他感觉到了时空裂纹存在的迹象，但奇怪的是，无论如何，他也无法连接他——连极不稳定的暂态连接都无法建立。刚才，他所找到的最大偏差也不过9%。这位年轻人脑中的时空裂纹，毫无疑问远超这个偏差度。虽然无法连接，但直觉和经验告诉他，其分形维度可能达到了2.7——也就是人脑神经的分形维度。换句话说，这个时空碎片的结构已经完全被人脑同化了。

他问孟涵，这人是怎么回事？孟涵连忙把自己所知的情况告诉他。他讶然道，竟然有这种事？说着便走到胡一杭身前，抬起手,想要直接触碰他的头。孙剑立刻冲到一杭身前,挡住赵哥,大声说,你想干什么？赵哥不耐烦地一挥手,旋风平地而起,把孙剑瞬间卷到十几米开外。胡一杭也跟跄着退后几步,跌倒在地。赵哥继续上前,突然眉头一皱,看向地下,说,居然还躲着一个。他跺跺脚,地下的榕树根系扭动起来,瞬间撑开一条一米来宽的缝隙。缝隙中,一个穿着黑色Polo衫的男子正惊慌地看着上方。原来是谢峻洋。显然,他的出逃计划失败了。

一根树枝卷住谢峻洋,把他从地缝中提到附神台上。赵哥看着他,面露厌恶之色。这个人的身上,同样有着时空裂缝的气息,而且维度相当高。谢峻洋看了赵哥一眼,突然说,赵老大,原来是你,我是小谢啊！赵哥神色一滞,脑中的另一个意识似乎显露出欣喜。他很快就明白,原来这人和这具身体的主人认识。不过这些交情都已经过去,现在主宰这具身体的是异世界的母神。赵哥试着连接此人,毫无意外失败了。不等他询问,孟涵立刻向他说,这人本来是一个天使学徒,但怎么也学不会时空裂缝的操控技巧,孟涵一探察,发现他脑部裂缝的结构已经严重变形,很多地方无端湮灭了。她觉得这个现象值得研究,所以把他扣在观察室里,没想到他逃了出来。

赵哥点点头,重新看向台上的几人。现在,在他面前有两个奇特的个体,他们脑部都存有结构高度异化的时空裂纹,且和他完全无法连接。他们之间有什么共同点呢？他思考了片刻,但毫无头绪。把他们关起来，他吩咐孟涵，再多搜集一些他们的资料，送来给我。孟涵立刻答应了。姜宇航挺身说，你不是答应，给了特解之后就立刻放了我们吗？孟涵笑起来，说，抱歉，恐怕现在得请你们多待一阵子了。

话音未落，台下陡然生出一阵骚乱。一位教徒，从坑壁的通道上慌张跑下来。一边跑，一边喊着，有敌情，有敌情！孟涵厉声呵斥道，好好汇报，有何敌情？这人站定，深深地吸了一口气，才大声说道，报告祭司大人，外面来了好多军队，还有大炮和坦克！

孟涵一愣，看向赵哥。赵哥呵呵一笑，说，来得正好，去会会他们！

33 收网

纪委的人赶到时，周全正在雨城区参加一个促进文化旅游发展的会议。石棉县、宝兴县、汉源县的相关领导和企业负责人都在会场，他准备做总结发言。还没等发言，他就在众目睽睽之下被带离了会场。所有人都以异样的眼神看着他，有同情，有惊讶，也有鄙夷。他低着头，没有抗争，因为他知道那毫无意义。但他心里还存有侥幸，因为自己在工作上兢兢业业，无可指摘，在经济问题上，更是从无逾矩之举。他希望这一切只是个误会。但他发现调查小组的成员大部分都来自国安部门时，心里暗叹一声，立刻意识到是维持会的事情败露了。

调查小组的组长个子不高，肤色黝黑，脸上皱纹很深，看上去像个饱经风霜的老农民。周全听别人叫他郭局长，也有几个叫他郭队长或者老郭的。被带到讯问室之后，一个调查员问了一些例行问题后，这位郭局长很快就走进房间，让调查员坐在一旁，自己亲自上阵和周全谈了起来。他开口第一句话就是，我们刚刚检查了你的体检报告，胃炎已经很严重了。周全一时间不知道该说什么，他知道自己胃不好。年轻时工作太拼，吃饭有一顿没一顿的，早就落下了病根。他只好说，谢谢关心，老毛病了。

郭局长看了他一眼，又说，看到你核磁共振的片子的时候，我还是很意外的。脑子里面竟然没有裂缝，干干净净的。这么说，你不是火神教的祭司？周全愣了一下，说，当然不是，我又不会跳大神，当什么祭司？郭局长点点头，说，看来你什么都不知道。周全皱了眉，没有说话。郭局长又说，我们查过，这些年，你帮维持会做了很多事啊！周全沉声说，我做的事情，全都出于公心，我绝对没有做出任何违纪违法的事情。郭局长说，那是你不知道维持会是一个什么组织。事实上，你帮维持会做的任何一件事，严格来说都可以判定为危害国家安全和反人类罪。冷汗刹那间从后背冒出来。他知道维持会与火神教不简单，有很多神异的手段或者说"法术"，但乍一听到郭局长说出的罪名，还是吓了他一跳。他们是恐怖组织吗？他反问道。郭局长说，不是，他们比恐怖分子的危害可大多了。周全更加疑惑，他很难想象一个危害远超恐怖分子的组织究竟是什么。就在他犹豫着是否应该提问的时候，郭局长告诉他，维持会的组织核心，其实是来自异界的入侵者。

国安部情报搜集能力和行动力都很强。大约在两年前，他们就在密切关注生态维持会的情况。在国内，生态维持会的活动集中在川西一带。于是国安部派了很多侦察员，以各种身份潜入维持会频繁活动的场所。孙剑就是其中之一。一开始的调查很不顺利，维持会活动隐秘，人员众多，内部情况复杂。但最近半年以来，他们的小动作越来越多，很难完全隐藏行迹。越来越多的情报从各处返回，一次比一次触目惊心。就连国家最高领导也不得不密切关注此事。关系到全人类的共同命运，所有人都要全力以赴。话虽如此，但动手的时机却不成熟。直到孙剑通过研究所内特殊渠道传回报告，终于让国安部感到，机会来了。

郭威对周全说，你的问题先放一边，我们现在需要你将功赎罪，配合我们的行动。周全凛然道，你放心，需要我做什么，我一定全力配合。郭威说，首先把你知道的，已经被火神教侵蚀的政府人员的名单列给我。周全说，好，我马上写。他接过郭威递过来的纸笔，迅速地写出十来个名字，第一个就是市公安局局长张勇军。接着他闭目思索片刻，又陆续补充了十几个。这些年来，与维持会打交道的过程中，这些人与维持会的配合程度极高，很多时候维持会都会绕过自己，直接和这些人联系。自己对这些事情后知后觉，心理上也的确有一点放任的意思。细究起来，这都是严重失职的表现。他把单子递给郭威的时候很是后悔，自己为什么不早点这么做。名单可能不全，他说，不过凡是我知道的，都在这里了。郭威接过一看，三十来个人里，正局级干部就有十个以上。其中有些是自己已经掌握的，但有一些名字从未出现在任何情报之中。作为维持会大本营的所在地，此地的政府部门一定被他们大量渗透了，虽然他早有心理准备，但真正看到这张白纸黑字的长名单，他仍然倒吸了一口凉气。

他把名单递给旁边穿特警制服的人，说收网吧，那人点点头，匆忙出去了。得到最高层的支持后，一个以第九局为核心的危机应对团队便迅速建立起来。众多特警部队和军队的人员被调入，参加对入侵者的围剿行动。但考虑到事情公开后，极有可能引发民众的恐慌，因此整个行动始终严格保密，很多参与围剿的部队并不知道自己面对的敌人究竟是谁。还记得他和几位特警部队的长官开会时，一位大队长很轻蔑地说，不就是一些极端宗教分子吗，让我带几队人上去，两天就给你拿下了。那人的表情和现在的周全很像。

周全看着郭威，犹豫了好久，终于忍不住说，局长，有个问题不知道能不能问。如果不能问就算了，当我没说。郭威没出声，周全便继续说，据我观察，维持会的人最近几年在我市做了很多莫名其妙的事情，包括从国外大量购入各种金属矿物，还有，就是成立了一个短视频发布平台，推出了一个很受欢迎的App。你能跟我说说，他们这样做的目的吗？郭威看着周全说，看来你还是不相信我说的。周全说，绝对没有，我只是很疑惑。他说的的确是实话，这些年维持会的人为了矿物进口和短视频公司的事情，没少找政府帮忙。事情本身都有正当理由，也合理合法，所以即使他知道，也没有过多阻拦。郭威说维持会是异界入侵者的组织，他吓了一跳，可他怎么也想不明白，这些人做的事情和异界入侵到底有什么关系。

郭威说，你想不通也正常，这里面的情况很复杂。类似的话他已经听过无数次，也解释过无数次。从第一次向部长汇报，到之后向各个支援单位的长官说明，每个人最初都是一头雾水。今天的行动，需要当地政府协调各个部门配合，这位周市长是一个重要的辅助角色。因为他既和维持会、火神教打过交道，了解一些基本的情况，同时又没有被彻底卷进风暴之中，没有成为维持会的傀儡。这正是郭威选择他的原因。如果他多知道一点内情，对今天的行动也会更有帮助。郭威看了看表，说，时间差不多了，我们边走边说吧。他带着周全进了一辆军用吉普，径直向市政府方向开去。在路上，他简要说了时空族具有分形结构的身体，与他们试图改造地球环境的榕树计划。周全恍然道，怪不得他们需要这么多金属矿。可是，短视频公司呢，有什么深意吗？郭威说，别急，我们慢慢说。时空族为入侵地球所做的准备，林林总总有几百项，其中大规模的活动有二十八项，比如通过控制大型的学术出版集团压制地球科学家对时空裂缝的研究，借助时空裂缝侵蚀各地的政府官员，为他们的活动提供方便等。在这二十八项中，对人类社会影响最大、覆盖范围最广、潜在危害最严重的行动，我认为主要有三项，我们内部把它称为"三大计划"。周全问，哪三大计划？郭威说，火神计划、大脑计划和榕树计划。周全说，榕树计划我已经知道了，其他两个计划是什么意思？

郭威说，维持会发展早期，为了展示他们的善意，也为了尽快扩大火神教的影响力，他们帮助人类解决了一系列的社会问题，比如平息了中东地区的战火、解决了某些非洲国家的人道主义危机、铲除了索马里海盗，等等。与此同时，他们也借助时空裂缝刻意制造了诸多神迹。这些行为让火神教的势力暴涨，招来众多虔诚的教徒，也顺势在维持会名下建立了数量众多的产业。这就是火神计划。这一计划让维持会在这个新世界站稳脚跟，获得了巨大的财力和人力资源。这也是他们实施榕树计划的基础。周全说，我明白了，看来那个短视频公司，就是他们为了赚钱成立的。这两年短视频正在风口上，公司收益一定不少。郭威说，这你可就猜错了。他们做短视频平台可不是为了赚钱。这就是我马上要说的大脑计划。

时空族内部，榕树派和人脑派争论不休。虽然寄生人脑比寄生榕树更有优势，但人脑的高维度神经网络会给寄生的时空族带来身体和精神上的痛苦，所以人脑派在争斗中始终处于下风。人脑派想过很多办法，试图解决这一问题。几年前，人类科学家发现，长期看短视频，会影响大脑的运行机制，削弱人的学习能力。后来又有德国科学家指出，沉迷于短视频会让与奖赏和刺激有关的大脑纹状体区萎缩，相关脑区在体积、活跃程度以及神经连接方面都出现了明显的负面变化。维持会中的科学家们受到启发，经过更加深入的研究后，他们发现短视频对大脑的影响并不局限在某个区域。长期实验显示，被试者的大脑神经连接数量明显减少，这导致受试者神经网络的分形维度也随之下降。部分受试者的大脑神经网络维度甚至减小到了2.4左右，这极大鼓舞了人脑派，因为这个数值已经很接近时空族本来的分形维度了。所以，他们建立了专门的短视频平台，专门上架那些被实验证实对大脑具有较强影响力的视频，并花了大力气在全球各地营销和推广。

听到这里，周全感觉毛骨悚然。他虽然不爱看这些短视频，但妻子很喜欢。他连忙问，那"大脑计划"的效果如何？郭威说，多少有一些效果吧，但肯定没有达到人脑派的预期。他们那个App在各种手机系统的热门应用榜单里存在了3年多，之后很快就从榜单里消失了，各种营销活动也都终止了。周全长出一口气，说，那就好，那就好。郭威说，我们统计过，这些年来世界各地脑萎缩案例有明显增加的迹象，不知道是否和人脑计划有关。

说到这里，车突然停下来。周全往外一看，已经到市政府大楼了。郭威说，你下车吧，待会儿有你忙的。周全说，究竟要我做什么啊？郭威说，这会儿，民防办、公安局、民政局、财政局、城管局、建委、交通委、卫健委，哦，对了，还有电力公司和电信公司的头儿，都已经在上面的会议室里等着你了。周全听完更吃惊了，但他没有说话，静静地等郭威说完。郭威说，你的任务，是负责在今天下午三点之前,紧急疏散不同地方的近三十余万人,具体的疏散地区列表在这里。周全一看,里面有市区,有郊区,但疏散人口最多的居然在天全县。他犹豫着问:"这么紧急地疏散,难道是……"不等他说完,郭威便关上车门,说,时间不多了,赶紧去忙吧。之后,车子就一溜烟地开走了。周全看着消失的车影,从车后扬起的烟尘中似乎嗅到了一丝硝烟的味道。

34 战斗

事实上，还没等赵哥等人看到外来者，战斗就已经打响了。无数铁疙瘩从天上噼里啪啦掉下来，猛地爆开，散出滚滚浓烟。这些烟雾堆积在天坑里，越来越浓。所有人被呛得东倒西歪，眼泪直流，不少人都开始呕吐起来。

听到有敌情的消息时，孙剑第一时间就知道肯定是老郭带着部队来了。进入天坑以后，他试着用卫星电话和上级联络，但是没有成功。这地方肯定大规模屏蔽了电磁信号，什么消息都接收不到。前几天，姜宇航试着通过在计算脚本中插入注释来向研究所传递消息，这一招启发了孙剑。另一个潜伏在研究所里的国安部探员就在计算中心。他也用姜宇航的账号登录超算中心，提交了一份计算脚本。只不过，不同于姜宇航直接在程序代码加入注释的方法，他采取了更为隐蔽的手段。他把所需传达的信息通过加密方式全部嵌入到程序代码正文中。当然，这个程序代码很难运行，不过他也并不需要真的运行什么程序。第二天，他重新登录超算中心，发现姜宇航所提交的脚本文件里所有的注释都被删除了。而自己提交的脚本文件却没有修改的痕迹。他意识到，这些脚本文件肯定经历过维持会的审查。他发送的信息到底有没有被另外那个探员读到呢？现在他也许可以确定了。

在漫天的烟幕弹掉落之前，孙剑已经拉着身边的几个人跑下了附神台。烟雾蔓延之际，他们趁着人群混乱，低着头向坑壁的方向蹲去。很快，什么也看不见了，所有人只能手挽着手，趴在地上。此刻，已经没有人顾得上他们几个。整个天坑里到处都是歇斯底里的喊叫声，所有人都疯狂地奔跑着，试图逃离这些烟雾。孙剑一边安慰姜宇航等人，一边思考着逃离的办法。这时，他听到耳边有人说，跟我走。这是谢峻洋的声音，他立刻反应过来，看来刚才逃跑的过程中，这小子一直跟在后面。孙剑说，好，然后立刻握住了谢峻洋的手，带着其他人一起向烟雾深处爬去。

大概爬了一分多钟，孙剑感觉地势一低，原来前面有一条地缝。几个人跟着谢峻洋，一个接一个地跳到地缝中。这里的烟雾稀薄一些，大家都像刚上岸的溺水者一样，贪婪地喘了好几口气。这时，孙剑突然想起来，这里正是刚才谢峻洋被大祭司发现时所在的位置。他把谢峻洋一把拉过来，问道，你带我们到这里来干什么？谢峻洋说，我发现了一条路，通往天坑外面。刚才还没来得及走，就被发现了。孙剑说，在哪？谢峻洋用脚踢了踢缝底的粗壮树根，说，这里有一个大型囊泡，应该是用来运输大型机械装置的。孙剑立刻看向胡一杭，后者蹲下来，用手贴着树根，过了片刻，果然在树根上打开一个洞口。众人朝里面一看，囊泡的直径足有两米宽，表面垫着用于防震的聚乙烯泡沫，中间是空的。整个囊泡里弥漫着一股机油味。

大家一个接一个跳进囊泡里，并不显得拥挤。胡一杭操控着让树根重新封闭起来。货运囊泡里面没有照明设备，周围一下子变得漆黑。头顶仍然持续有爆炸声传来，和之前烟幕弹的声音不太一样，大概是又换了一种别的炸弹在进攻，但现在谁也没心情去关心上面的战况。胡一杭问谢峻洋，向哪边走？谢峻洋摸到一杭身边，抓住他的手，指了一个方向。胡一杭立刻催动囊泡向着那个方向移动起来。他的手一直放在囊泡内壁上，通过时空裂缝和树根产生连接，引导着树体的膨胀和收缩。手掌可以清晰感觉到裂缝扩展带来的树体形变和振动，通过这些反馈，他大致可以在脑海中重构出树体的形状和延伸走向，就像用另一种眼睛看到的一样。

囊泡一开始向着斜下方移动，几十米之后，逐渐变为沿水平方向朝天坑外侧移动。所有人都裹在聚乙烯泡沫里，随着囊泡的移动而不停晃动着，像乘坐一辆破旧的小汽车行驶在颠簸的乡间公路上。在黑暗中，移动速度无从估计，但耳边的爆炸声渐渐变小，大概十分钟后就完全听不到了，孙剑推测速度并不慢。这时，囊泡开始向斜上方移动。虽然眼睛看不见，但重力带来的方向感不会错。这次持续的时间更久，至少有半个小时，移动的方向没怎么变过。大家只感觉到下方的树体不断收拢，上方则不停撑开，像劈柴一样的声音一直在耳边响起。仔细看去，下方树体收缩处有隐约的亮光，橙红色的，非常微弱。那是材料从裂缝带来的畸变中恢复时所辐射的光子。但树体毕竟不是晶体材料，它发出的光比宏硕研究所里金属片发出的红光要弱多了。

在不断重复的激发过程中，胡一杭的操作越来越熟练，甚至不用思考就能完成了。他开始想一些别的事情，关于莹莹，关于天坑，关于时空裂缝。几天前，发现他可以操控树瘤以后，张霖找他聊了很久。他问张霖，自己脑子里的裂缝到底何时才能彻底耗尽，张霖说这只有通过不断的试验来大致推算。他说，最近感觉视力的恢复又变慢了，每天激发树瘤好像也没什么效果。张霖想了想说，树瘤里包含了特定的分形机械，为了减小能耗，这种系统一定经过大量优化，激发它或许不会消耗太多能量。他说，那怎么办？张霖说，你能控制裂缝的扩散方向，让它绕过树瘤，定向地在树干中延伸吗？他试了试，对张霖说可以。张霖眼前一亮，对他说，那你再试一试，让裂缝沿着一条气根向下延伸，注意约束裂缝，不要让它向侧方扩散，看最远能延伸到哪里？他照张霖说的做了，十分钟以后，裂缝还在不断向下延伸，好像这榕树的根系网络没有尽头一样。从裂缝给他的反馈来看，下端已经进入了一个极其炙热的环境之中。又过了十几分钟，他终于感觉到了尽头的存在。他睁开眼，发现张霖一直在旁边看着他。他对张霖说，我感觉到尽头了，可是距离太长了，我也说不上来。张霖说，没关系，我们再做个实验。于是他让他将裂缝延伸到很远处的一个树枝的尖端，测量了一下时间，发现一秒钟都不到。这速度把他自己也吓了一跳，没想到在约束了扩散方向之后，裂缝的延伸速度这么快！又试了几次，大致测量出一个扩散速度，再根据刚才的时间推算，榕树网络下端的深度大约有两千公里。张霖说，看来之前我们的推测是正确的，这榕树网络真的深入到了地幔层。接着，张霖又问他，这次感觉到能量消耗的迹象了吗？他说，好像还是没有。这时，张霖突然一脸严肃地说，一杭，我想拜托你一件事。这件事有可能对你造成不可逆的伤害，但同时也会让你成为全人类的英雄，你先听我说完，然后你再决定要不要这么做。那一刻，他被张霖的说法吓到，不知道该说什么，但最后还是听了下去。

从那天起，张霖的话就一直萦绕在他的脑海中。他很矛盾，自己是不是应该这样做。有一个声音告诉他，作为人类的一分子，自己有这个责任，但一个更强大的声音却说，这件事跟自己没有关系，不需要为此牺牲自己。此刻，在头上不远处，人类和异族的战争已经打响。在这幽暗的地下，在他的脑海中，那两个声音又开始吵闹起来。就在他对这样的争执逐渐感到恼怒之时，头顶终于有真切的声音传来。仔细听去，那里有整齐的脚步声，有车辆行驶的声音，有枪声，最后还听到了军官的号令声。

早已对枯燥和黑暗的旅程感到厌倦的众人也激动起来，个个从蜷缩状态中舒展开来，准备迎接光明的到来。不多时，众人感觉囊泡一顿，一个宽敞的洞口在身边打开。到了，胡一杭说。孙剑听了，毫不迟疑地从洞口一跃而出，外面立刻传来惊疑的呵斥声。孙剑忙说，自己人，自己人，我是327。安静了片刻后传来低声询问和回答的声音。又过了片刻，一个洪亮的声音响起，那个声音说，好小子，我就知道你能逃出来！孙剑的声音说，郭局长，我这次可是九死一生啊。再怎么也得给我来个一等功了吧？郭局长说，这些回去再说，没看见现在的情况吗，打不打得下来还不知道呢。

下一刻，孙剑的头从囊泡的洞口处探进来，对众人说，出来吧，安全了。大家这才陆续从囊泡里翻出来。姜宇航出来后回头看，出口处又是一段粗壮的树桩，和附神台上的树桩很像。周围大批穿着迷彩服的军人，其中一个站在孙剑身边，看上去是这里的头儿。孙剑介绍说，这是郭局长，然后又把姜宇航等人介绍给对方。郭局长点头道，我知道你们，孙剑在报告里都提到了。姜宇航问，你们是来剿灭火神教的？郭局长说，是的。这也没什么好隐瞒的了，不远处，几十门大炮都已经架好了，军人们全副武装，看上去即将发动总攻。姜宇航指着后面的大树桩对郭局长说，你们应该在周围几公里搜寻一下这样的树桩，它们有可能是火神教修建的通道出口。郭局长看向孙剑,得到肯定回答后,他马上叫人过来,吩咐了几句。

这之后,郭局长又和姜宇航等人聊了几句,问一些天坑里的布局和人员情形,然后便让孙剑带他们到后方休息。孙剑带着大家到了一处地势较高的山头,说我们就在这儿待着吧,一来比较安全,二来正好可以看到天坑,观望一下战斗的进程。这里的每个人对这场战斗都非常关心,一致同意就在这里旁观。

终于逃出维持会的控制,众人多少都轻松了一些,但胡一杭心里仍然揪着一根筋,因为莹莹还在他们手里。姜宇航同样极为担心莹莹的处境,刚才离开前,他反复向郭局长强调火神教手里有人质的情况。郭局长也一再承诺他们会尽量保护人质的安全。但谁都知道,在这种规模的战斗之中,没有什么是可以绝对保证的。一想到那个可爱又聪明的小女孩还待在天坑里,姜宇航的心里无比沉重。很快,那个天坑将变成这场战争的中心,一个异常惨烈的修罗场。而现在的自己,对这一切无能为力,什么办法也没有,只能无助地观望,祈祷奇迹的出现。他用力握紧了拳头,目不转睛地看着远方那仍然弥漫在烟雾之中的巨大天坑。

转眼之间,情况却发生了变化。一个巨大的风卷出现在天坑上方,很快就把笼罩其上的烟雾清扫一空。那之后,烟幕弹的射击便停止了。此刻,部队前锋已经到达天坑边缘,开始互相掩护着向下移动。冲锋枪的密集响声一直没有停过。但进攻似乎并不顺利，没过多久，先锋部队便退了出来，一大批扛着火箭筒的士兵支援上来，向坑中不断发射火箭弹。火箭弹一般用来打击具有厚重装甲的地面目标，比如坦克或装甲车。孙剑疑惑道，怎么回事，坑里面难道还有装甲部队不成？

几分钟之后，火箭筒小队也撤退了，前线的所有士兵似乎都在紧急撤离，远离天坑。紧接着，一个庞然大物从天坑中冒出头来。这是一个难以描述的奇异物体，它的主体是一个由众多树枝、泥土和岩石糅合而成的椭球形，至少有两百米高。众多巨大的榕树生长其上，像覆盖在体表的毛发。这些榕树中，有十几株体形特别巨大，而且仍然在肉眼可见的膨胀之中。这些膨胀起来的巨大树干支撑着椭球形的主体，枝叶蠕动着与地面挤压或摩擦，为其提供前行的动力。整个东西看起来像一个巨大而奇特的多足昆虫。

所有人都被眼前这一幕惊呆了，过了好一会儿，姜宇航才失声喊道，这是什么鬼东西！张霖先冷静下来，他说，你们看到附神台了吗？孙剑回应，我看到了，就在那东西的头部。张霖说，我明白了，难怪附神台内部有那么多的分形机械——它根本就不是一个单一的装置。附神台和天坑里的所有榕树构成了一个相互连接的整体，它们可以共同运转，组合成一个相互协调的庞然大物，而附神台就是这个庞然大物的控制中心，或者说大脑。

榕树怪物从天坑里露头之后，就一直在向上攀爬。无数锈褐色的气根抽动着，在半空中挥舞，随即在地面上鞭打出一条条惊人的沟壑。坦克和大炮开始轰击它的主体，在上面留下一个又一个炸裂的土坑，但似乎无法阻碍它运动。不久后，炮弹炸开了覆盖在它表面的土层，露出更多坚硬的岩石。这些石头如骨骼一般嵌在各种木质树体结构组成的孔隙中，极大地增强了它身躯的力学强度。此外，还有好多金属管道逐渐暴露出来，一些管道已经断裂，从中流出棕黑色的液体。姜宇航说，那些是什么？孙剑说，太远了，看不清。张霖说，我猜是油。孙剑问，为什么？不等张霖回答，从榕树怪物的体内突然喷出了一道火焰。火焰极其精准地命中一辆坦克，令它熊熊燃烧起来。孙剑说，好吧，的确是油。

这之后，所有的地面装甲部队也陆续开始撤退。榕树怪物很快完全爬上地面。在所有人的面前，投下一个遮天蔽日的巨大阴影，像一座可以行走的大山一般，压迫感极为强烈。战斗开始前，郭威虽然预想到对方激烈的反抗，但从未想到过自己会和这样一个庞然大物作战。情势不对，他立刻撤走了所有的地面部队，让军方的支援部队顶上来。不久后，轰炸机群飞到上空，向怪物投掷带有激光制导的航空炸弹，穿甲弹和燃烧弹在榕树怪物身上一个个炸开，留下数量众多的伤口，也让其表面被凶悍的火焰包裹。榕树怪物终于停下了，可下一刻，它身上的火焰突然被全部压低，像是被无形的力量压制了一样，火焰的颜色也从明黄色变成了蓝色。随后，这些蓝色的火焰越来越微弱，转眼之间，竟然全部熄灭了。接下来，怪物身上的树枝和泥土快速蠕动起来，坑坑洼洼的表面很快变得平整，一点也看不到之前轰炸过的痕迹。

战斗机准备继续投弹，但一道声势浩大的龙卷风慢慢在天坑上方形成。地面的泥土和沙尘被卷上半空，天色瞬间昏暗起来。战机视线严重受阻，大气环境也不再适合抵近攻击。战机只能暂时撤退。郭威叹了口气，暗自着急起来。他不是没有后招，实际上，还可以使用很多威力巨大的特种炸弹。在行动之前，军队得到了最高层可以使用除核武器外的所有常规武器的授权。但特种炸弹威力虽然很大，副作用也不小，一旦使用，会极大地破坏当地的生态环境，他不想这么快就用出来。

一定还有别的办法。

35 五子棋

飓风中,榕树怪物向前移动着,转眼就来到之前的炮兵营地。看上去笨重无比,但这东西的行进速度却出奇地快。出乎郭威的预料,他连忙下令加速转移,自己也跟着车队向后方撤去。部队一边转移,一边观察着榕树怪物的行动。刚开始,这东西一直紧跟车队和装甲部队的方向跑,追了几公里,突然停了下来。那以后,它开始疯狂地向地面喷射火焰。这附近几十公里全是茂密的树林,火苗一落地,便把周围的林木点燃了。不一会儿,火势就蔓延到方圆一百多米的范围,一道浓烟冲天而起。

这家伙在干吗?郭威又急又气,它想用火把我们赶走吗?不一会儿,观察员带来一个新消息,怪物向西去了,走了三公里,又放起火来。郭威说,我们也跟过去。榕树怪物在新地方喷了几分钟的火,又继续向西前行,走了三公里,再次停下来,重施故技。这时候,卫兵汇报,孙剑几个有紧急情况报告。孙剑认为,必须立刻阻止这怪物纵火。他问为什么,姜宇航便把他们给火神教的特解做了简要说明，包括借助火焰的分形结构进行虫洞传输，以及多个虫洞直线排列可以激发更大规模的时空通道等。郭威听完，问，那么根据你们的计算，需要连接多少个单一虫洞，才能打开最终的时空通道呢？张霖说，至少五个。郭威脸色一变，因为现在已经有三团巨大的火焰在树林里燃烧，也就是说很可能有三个虫洞已经打开了。一旦再增加两个虫洞，时空族大规模侵入地球，那局面就更不好收拾了。

他一边让部队以最快速度追击怪物，一边联系消防，能不能短时间内扑灭这样的大火。这时候旁边一个穿军服的人说，可以试试用云爆弹灭火。郭威惊疑道，炮弹还能灭火？那人说，当然可以，前几年瑞典就这么干过。云爆弹是一种燃料炸弹，爆炸过程中会消耗大量氧气，炸点附近在几分钟内都会处于极度缺氧状态。另外，爆炸产生的冲击波、溅起的泥土也可以扑灭火势。郭威觉得有点道理，便问这人是哪个部门的。那人说他叫林鸿，是某炮兵团的参谋。林鸿说，这次他们团里正好带了云爆弹，还配备了十二辆专用火箭炮，但他要向上级请示一下。郭威说，来不及了，你去确定炮击位置，立刻发动炮击。林鸿有些犹豫，郭威说，去吧，一切后果由我负责。林鸿答应一声，立刻跑了。

炮兵团动作很快，几分钟之后，大规模炮击开始了。炮击的位置是榕树怪物点燃大火的地点，一旦将此处的大火扑灭，怪物制造的火点被隔成两段，按照张霖的说法，大火中的虫洞就无法再产生有效的关联了。为了尽快扑灭大火,所有的火箭炮集中,向这个着火点倾泻炮弹。一时间,震耳欲聋的轰鸣声连绵不断地响起,即使在几公里外,也能感觉到从爆炸点传来的冲击波和热浪。

炮击持续了整整三分钟,烽烟散去,众人向炸点看去,无不大失所望。炸点附近的火势大为削弱,甚至一些地方的火已经扑灭了,无奈火场范围太大,火势蔓延得又快,那些刚被扑灭的地方很快又复燃了。郭威和孙剑等人都聚集在一辆军用卡车的车厢里,这里也是一个临时的作战指挥中心。车厢里十来块液晶屏显示着众多战术数据和战场地图。其中一块屏幕上,正播放着无人机拍摄的前方火场的即时影像。姜宇航指着一块蓝色火域说,这里不太对劲,火焰蔓延得太快了。孙剑说,没错,肯定有祭司在动手脚。郭威皱着眉说,看来这一招不行啊。

这时,林鸿也赶回来,气喘吁吁地说,火势太大,恐怕止不住了。郭威闻言立刻看向旁边一块屏幕,那里是高空俯拍的大范围战场影像图。已有四团刺眼的红色区域了。四团红排成笔直的一行,彼此间的距离完全一样。郭威问张霖,这些不同虫洞间的距离是多少?张霖说,大概三公里。郭威说,具体是多少?张霖在屏幕上点了几下,说,3213米。郭威立刻走到显示着周边地形的大屏幕前,在最西侧的火场旁边,画出一个向西延伸的标尺,长度为3212米。结果他神色一喜,标尺延伸的目的地竟然是一个小型水库！他连忙询问那怪物的位置，侦察队长告诉他，怪物从第4号火场向西前行了一段距离，接着就掉头往回走了，现在正处于3号和4号火场中间。很明显，怪物也发现前面是水库。所以接下来，它要直奔1号火场东侧延长线上3公里的位置。

他转身问林鸿，如果火势太大，用炮弹扑灭很困难，那么提前轰炸一处还没有起火的林地，能防止大火燃起来吗？林鸿眼睛一亮，说应该可以，最不济也能减缓火焰燃烧的速度。为保险起见，林鸿还建议投射完云爆弹之后，再发射大批装载有干粉灭火剂的灭火弹到目标位置，以起到更好的抑制作用。郭威说，很好，就这么干。

大约10分钟后，榕树巨人重新回到了1号火场，并且继续向东而去。似乎感觉到情况的紧迫性，它的行进速度明显加快了。按照这个速度来看，大约4分钟以后，它就可以到达预定位置，点燃第5片火场了。这时，炮兵营终于重新准备完毕。郭威一声令下，铺天盖地的炮击声再次响彻云霄。投射了3分钟云爆弹之后，部队又向目的地倾泻了大批专用的灭火弹。当榕树怪物到达目标区域后，它看到的是一片狼藉之地。一百米以内，没有残存任何直立着的树木，大片泥土翻起，整个地面都铺满了厚厚的白色粉末。它似乎犹豫了片刻，但还是顽固地向地面喷射起火焰来。但这次，燃烧的效果并不理想。这里不仅缺氧，缺少林木等可燃物，地面还铺撒了一层阻燃物，火焰几乎无从燃起。榕树怪物一再喷射，地上出现一小团一小团火焰，可一旦油料燃尽，火焰便快速地熄灭了。

事不可为，榕树怪物转过身，重新向西奔去。郭威立刻让侦察部队跟上去。这次怪物没有沿着正西方向前行，而是略微偏北一些。大约5分钟之后，它终于停下来，开始喷射火焰。这次，目标区域很快就燃起了熊熊大火，第5个火场形成。5号火场不在之前4个火场所在的直线上，而是与1号和2号火场构成了一个等边三角形。郭威马上反应过来，这家伙正在构建新的直线连接。可是现在的情况和刚才不同，怪物下一步可能延伸的位置不止一个，一时间他很难判断应该将哪里作为预先炮击的位置。看着屏幕，他想了又想，最后指着2号火场和5号火场的延伸方向，对林鸿说，下一个打这里！林鸿应声而动，一直盯着屏幕没有出声的胡一杭突然插嘴道，不能打这里！郭威有些不悦，为什么？胡一杭说，待会儿再解释，你先打这个地方——他指向截然不同的区域。林鸿看着郭威，不知道该听谁的。胡一杭急切地说，快去准备，要不然来不及了。郭威咬咬牙，对林鸿说，照他说的做，快！

林鸿离开以后，郭威立刻看向胡一杭。这一行人之中，这位年轻人是最沉默、最不起眼的一个。根据他得到的情报，姜宇航和张霖都是科学家，而胡一杭只是一个没读过高中的马戏团杂工，他之前没有太注意这个人。此刻，他盯着他的眼睛，一字一顿地说，现在你应该解释了。胡一杭说，我要纸和笔。郭威让旁边的士兵拿纸笔给他。胡一杭在纸上画了一些交叉的线条，又画了几个圆圈和叉。所有人凑上前看胡一杭画的这张图。

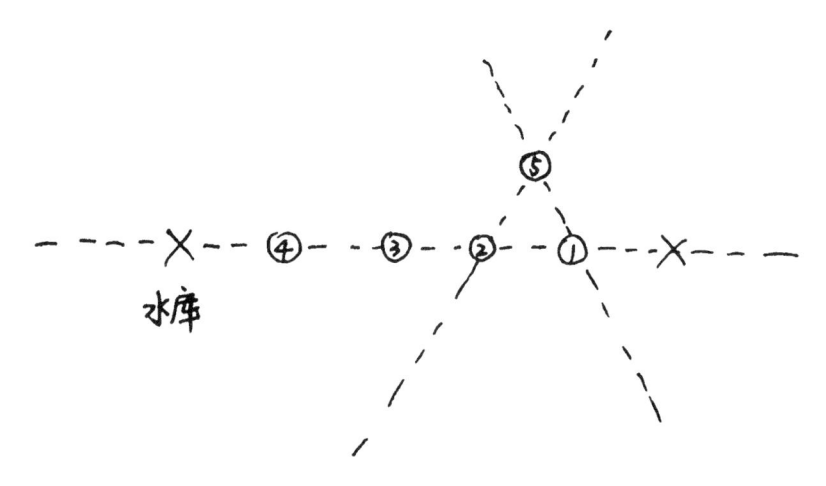

圆圈和数字代表的是当前燃烧着的火场，画叉的地方则在1到4号火场形成的直线两侧，一个是天然形成的水库，一个是人为制造的阻燃区域，这就是当前的局势图。胡一杭指着图讲解起来。他说，经过刚才的较量，我发现，榕树怪物通过移动和火焰喷射制造一片火场的时间大约在8分钟左右，而我们协调部队炮击某个位置制造一块无法燃烧的区域的时间，也正好在8分钟左右。所以，这场较量实际上形成了一个回合制游戏，某种程度上，就是下棋。敌人制造一片火场，相当于是在这个棋盘上落下一颗黑子，而我们制造一片不可燃烧的区域，相当于落下一颗白子。

下棋？郭威看着纸上画的图，觉得有些荒谬。他打了一辈子仗，还从来没遇到过这么古怪的情形。这仗怎么打着打着就变成了下棋呢？

这盘棋的规则很简单，胡一杭继续说，就是不能让对方的五个棋子形成一条连续的直线。听到这里，孙剑神色古怪地说，这规则怎么有点耳熟啊？胡一杭说，不错，这就是五子棋的规则。五子棋？大家都露出诧异的神色，连张霖都没想到，自己提出这个特解，最后竟然和五子棋联系起来了。顿了顿，胡一杭又说，不过，它的棋盘和五子棋不一样。如果按照常规的正方格子棋盘，斜向棋子之间的距离和横向或纵向棋子间的距离是不同的。但火场之间的距离只能是3公里，在这个前提下，新的火场必须建立在能和旧有火场形成等边三角形的位置，这样才能构建出两个可能的延伸方向，从而最大化地扩大自己的优势。说着，他指了指火场5的位置，其他人都点点头。所以，基于这样的考虑，所有火场的可能位置实际上都在一系列等边三角形的顶点上。换句话说，这是一个由大量等边三角形组成的棋盘，不管是黑子还是白子，若想要赢，都必须下在三角形顶角的位置。

那为什么不能炮击这里，郭威指着2号和5号火场延长线上的那个点。胡一杭说，很简单，如果白子落在这里，黑子就赢定了。他再次在纸上画起来，很快画出一幅新图。这次，看上去更像一个棋谱了。为了区分不同的棋子，他还特意用了红色和黑色两种颜色的笔来画。

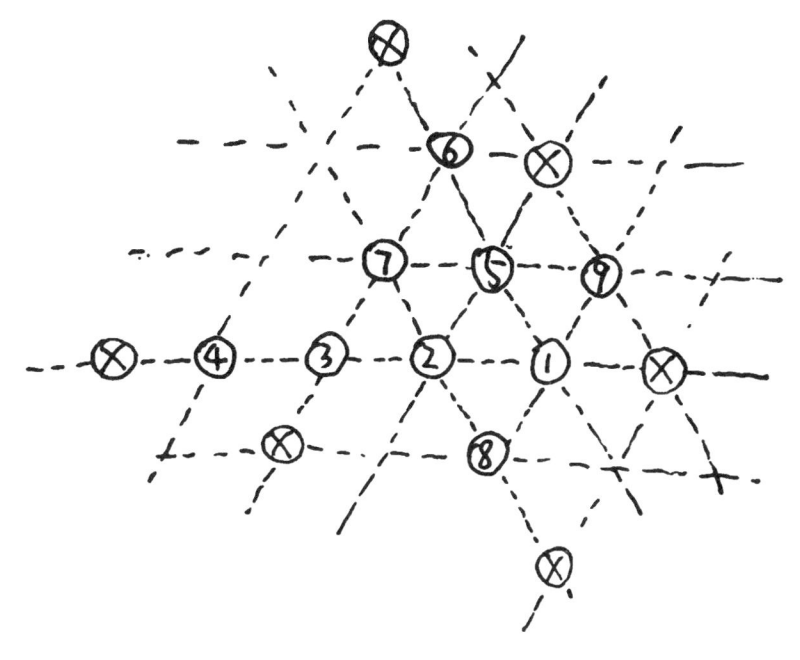

你们看，他指着2号棋子和5号棋子连线上的那个红色的叉，说道，如果我们把棋子落在这里，对方的下一步就会落在这里——6号棋子的位置。这样，1号、5号和6号就形成了一条直线。在五子棋里，这样的情形叫作"活三"，是必须防守的。否则，对方只要再在任意一侧加上一颗棋子，就成了活四，那就无法防守了，因为你不管阻断哪一侧，对方都可以在另一侧延伸一颗棋子取胜。胡一杭接着说，不管我们在哪一侧防守——比如在左上方吧，敌人的第7个棋子都可以下在3号和6号中间，这就又形成一个活三。我们只好继续防守。对方的8号棋子会落在7号和2号的延长线上，又是一个活三，我们继续防。再下一步，对方的9号棋子便可以落在这里——他指了指图上的位置。至此，我们就输定了。因为9号子的落下，同时形成了2个活三，一个是7号、5号、9号，一个是8号、1号、9号。不管接下来我们怎么防守，对方总是可以形成活四取胜。

明白了。虽然不会下五子棋，但听了胡一杭的讲解，郭威还是迅速理解了当前的局面。那么照你刚才的下法，我们最后能赢吗？胡一杭想了想说，不好说。比起常规的五子棋来，这种三角棋盘上，每个棋子有3个延伸方向，而常规棋盘上，每个棋子有4个延伸方向。从这个角度来看，我们防守方是有优势的。但在常规的五子棋里，不管哪一方的5个棋子连线成功，都算获胜，而当前的情形，我们的棋子是否连线，毫无意义，就算连成5个，对方也不会投降。防守方只能单纯地防守，不能反击，这一点又对我们不利。孙剑插嘴道，你说得不错，的确有利有弊，不过依你看来，我们现在的局势占优吗？胡一杭摇头说，我也不知道。

虽然心里没底，但棋还是得继续下着。在这以后，胡一杭就成了战场上真正的指挥官。在震撼的炮火声中，火场和阻燃区一个接一个地在这片茂盛的山林中形成。这盘宏大的棋局，直接关系到全人类的命运，一想到这里，胡一杭便觉责任重大，下起棋来也频频陷入长考。他对着自己绘制的棋盘，反复地思考和推演，想要找到一个最优落点。很多时候郭威不得不强行打断他的思考，让他尽快报出下一个位置。

五子棋的攻防讲究"攻聚内力，守取外势"。他不断地盘算，如何最大限度地扩大自己在外围的势力，从而压缩对方向外的延伸空间。但对方也不是泛泛之辈，一番冲杀之下，本已陷入包围的棋子，竟然又奇迹般地延展出来，在外面形成一番新的局面。这盘棋从白天下到了黑夜，棋盘上已经落下了五十余颗棋子，双方仍然杀得难解难分。此时，胡一杭突然发现，自己的防守出现了一个漏洞。棋盘上，本方棋子看上去守卫严密，但东北方向却露出了一个缝隙。好在这个漏洞很不显眼，一般人根本看不出来，就算看出来，也很容易走出错误的棋路，功亏一篑。

这时，侦察兵传来对方的最新落棋点。胡一杭一看，顿时大惊失色。对方走了一手大跳3，也就是在距离原来棋子两个空位的地方，落下新的棋子，与原有的活2同处一条线，彼此遥相呼应。这一手可谓神来之笔，因为它一举跳出了紧密的防守圈，而又把其他两个方向的闲子联系了起来。如此一来，进攻方的局势顿时一片大好。

看到对方下出如此妙手，胡一杭突然心里一动。他隐约察觉到一种极为熟悉的感觉。他重新梳理了一遍对方的棋路，发现了更多熟悉的套路。这是莹莹的棋路啊！他心中巨震。难道莹莹就在那个榕树怪物之中吗？她现在怎么样了，有没有受伤？这么一想，心里就乱了。对方的攻势越发猛烈，又走了三步，他终于露出绝望的神色来。郭威见状，连忙问他怎么回事，他说，我们输了。郭威看了看棋盘,大声骂道,胡说,我们哪里输了?他还没有看到哪里形成了五子连珠的局面。胡一杭说,在十步棋之后输的。他一边用笔在纸上逐一标记出接下来十步棋的落点,一边解释道,对方现在有一个 VCT,可以一直活三进攻,我们已经防不住了。

等胡一杭画到最后一步,看到五星连珠之时,郭威已经冷静下来。他拍拍胡一杭的肩膀,说,辛苦你了。然后转身从一旁的控制台上拿起电话筒,沉声道,接中央军委。片刻之后,话筒里传来询问的声音,郭威回复道:"我是826特别行动组组长,因战局形势紧迫,现正式申请对敌方实施战术核轰炸,请批示!"

36　无声的核弹

这天夜晚发生了太多事，但大部分都不为人所知。即便一些与事情核心极为接近的人，也都被蒙在鼓里。老胡就是这样。银行盗窃事件发生后，他一直和莹莹住在宏硕研究所里，这里不仅管吃管住，而且对他的要求一概应允。他这辈子从没享受过这样的待遇，根本就不想回游乐场了。不过从一杭跟着出去抓贼那天起，研究所的研究就暂停了，他和莹莹每天百无聊赖地在园区里瞎转。第二天，一杭没有回来，莹莹很担心，但他说没事，可能在外面耽误了。又过了两天，人还没回来，他终于坐不住去找研究所的人问，对方回答自己这边出去的人也都失联了。所里已经报了警，他让他们继续留在这里等消息。就这么又等了两天，消息没等来，研究所里却起了乱子。一群员工突然发动暴乱，在园区到处放火，趁乱将所里的研究资料席卷一空。其中一伙暴徒径直冲到老胡和莹莹的住处。但那时老胡恰好在外面溜达，不在屋里。等他听到消息，回到住处，莹莹已经不见了。后来看监控，她是被那些暴徒抓走的。

　　他不知道那些人是谁，也不知道他们抓走莹莹的目的。他觉得这件事很不单纯，有可能和一杭的失踪有关。第二天，众多警察就涌进了研究所，全副武装，子弹上膛，就好像这里是什么黑社会组织的老巢一样。把这里翻了个底朝天以后，他和所有的研究人员都被转移到一个郊区的酒店去，理由是"这里不安全"。转移的过程中，他看到大批军车从街道上驶过，很多盖着篷布的军用车辆，篷布下隐约露出炮管的形状。到了晚上八点，他坐在酒店的房间里，看着电视新闻发呆。新闻里没有任何消息提到本地的异常情况。这时，房间门突然被急促地敲响，他打开门一看，是酒店经理。经理语气急促地说，抱歉，政府刚下了最新规定，我们现在要马上转移。又转移，他抱怨道，我屁股都还没坐热呢。经理说，唉，配合一下吧，也不是你一个人的事。你收到短信通知了吗？他看看手机，发现不知道什么时候没电了，于是摇摇头。经理说，据我所知，整个市区，所有人都收到短信了，全部要转移。他有些吃惊，说这么多人要转移到哪里去啊？经理说，去成都。他犹豫着问，是要打仗了吗？经理说，谁知道呢。

　　两个小时之后，他已经身处成都，和一千多人挤在一个体育场里。地上铺着可以坐的毯子，有志愿者来发了饼干和水。他啃着饼干喝着水，看着周围拥挤的人群，感觉自己像被救济的灾民似的。很多人都在问，到底发生了什么事，但没人能说清楚。到了凌晨时分，一股强烈的震动从地下传来，整个体育场都晃动起来，持续了好几分钟。之后，大家突然明白，原来自己被转移到这里，是因为地震！有人说，现在科技果然发达，提前几个小时就预测到今晚有地震了。有人说，肯定是大地震，我们现在在成都，震感都这么强烈，真不知道老家现在变成了什么样。你一句我一句地聊了起来，体育场里一片喧哗。既然已经知道了原因，地震也过去了，大家的心情也都放松下来。不一会儿，大部分人就躺在毯子上睡着了。老胡却一直睡不着，他觉得事情并不是地震这么简单，但也想不到别的什么原因。

过了一会儿，他听见不远处有人说"抢地主"，转头一看居然有人围坐着打起牌来。看来睡不着的也不止自己一个人啊，他想。不多时，他就已经盘腿坐在了牌局上。他都不记得自己是怎么走过来的，好像这腿脚完全不受控制了似的。有一瞬间，他突然想起自己曾经在一杭面前保证过，绝对不赌了，不过下一刻，他又想，现在只是打牌消磨时间，又没有赌钱，不算违反承诺。于是他接着叫起了地主。

而在两百多公里外的二郎山地区，人们可就没这么悠闲了。郭威最终拿到核武器的授权命令，已经是晚上十一点。榕树怪物点燃四个连续的火场，形成了活四，马上就可以连成5个，没有阻挡的办法了。这次行动配备的炮兵部队还是少了，如果有再多一倍的兵力，他就可以同时在两个地方阻燃，那情势完全就不一样了。另外，经过几个小时的饱和式轰炸，云爆弹也所剩无几了。就算棋局还能支撑，弹药也很快跟不上了。不过，这些现在都无关紧要了。既然已经决定使用核弹攻击，那就一劳永逸地解决这个问题吧。他不相信那个榕树怪物能在核爆炸的超强冲击中生存下来。

当然，代价很大。他拿到授权之前，距离此处五十公里以内的所有城镇和乡村的居民，以及雅安市区的全部市民，都被政府紧急疏散了。大部分人被疏散到了成都。这次调用的核武器不超过10万吨级，严格来说，冲击波和热辐射的影响范围不会超过15公里，但谨慎起见，疏散范围还是扩大了好几倍。更麻烦的是，爆炸之后残留的放射性污染，短时期内根本无法消除，这些迁出的居民，之后很可能再也无法回到自己的家乡生活了。所以，不到万不得已，他根本就不想动用这个大杀器。但现在看来，似乎已经到了不得不用的地步了。

就在榕树怪物点燃最后一个火场时，他发布命令，让包括侦察队在内的所有部队立刻开始撤离，距离火场至少十公里。命令一下，所有人都知道，这是要动用大杀器了。但在撤退途中，孙剑和其他几人又找到他。孙剑说，张霖突然想到对付这些异族的办法了。郭威看了看张霖，并不怎么相信他真的有办法，但还是让他说说看。张霖一上来就问，听说你准备用核弹了？郭威看了看孙剑，后者转过头去，不敢看他。郭威只好说，有这个打算。

没想到，张霖直截了当地说，没用的，你现在用核弹消灭了这个榕树巨人，消灭了火神教的这些信徒，只不过延缓一下他们的入侵步伐。再过一阵子，这些异族肯定还会卷土重来。这完全伤不到他们的根本。郭威有些恼怒地说，那你说怎么办，我难道还能打到他们的老巢去不成？张霖说，那倒也不必。我们不妨先静观其变，引蛇出洞，就让他们启动大规模传输好了。等所有异族都附神于榕树时，我们再将他们一网打尽。

郭威想了想，说，你知道榕树计划涉及的范围有多大吗？张霖说，我知道，全球五大洲的榕树种植面积，不少于一千万平方公里。再加上地下的部分，面积至少还要翻几倍。郭威说，既然知道，那你有什么方法可以在如此大的范围内一举将敌人击溃呢？别说核弹了，氢弹也做不到。我敢说，没有任何人类的武器做得到。他叹了口气，接着说，恕我直言，你这个引蛇出洞的计划，想法是好的，但是丝毫没有可行性啊。

张霖笑了，说，确实没有任何人类武器可以做到，但我们不需要武器。郭威疑惑地看着他，又看了看孙剑。孙剑说，我也不知道他到底有什么主意。姜宇航同样一脸好奇，催促道，有什么办法赶紧说吧，不要再卖关子了。张霖突然把胡一杭拉过来，说，办法就在他身上。姜宇航这时像是想到了什么，说，难道是用裂缝？张霖点头道，不错，裂缝就是最好的武器。

半个小时之后，胡一杭等人又重新回到了天坑边缘。他们隐藏在之前出逃的那个货运囊泡中，等待着出手的时机。部队已经撤走了，但郭威和孙剑坚持陪他一起过来，亲眼见证张霖所说的"无声的核弹"。是的，张霖就是这样描述胡一杭即将对榕树网络发起的攻击的。老实说，郭威抱了极大的疑虑，因此他仍然让负责投弹的飞行中队做好准备，一旦"无声的核弹"攻击无效，便立刻发动真实的核弹攻击。

出手之前，张霖极为认真地对胡一杭说，这次攻击会对他带来极为严重的副作用，甚至会失去生命。胡一杭点点头，这些话张霖早就已经对他说过。但他顾不上这些了。莹莹就在那个榕树怪物里，一旦发起真正的核弹攻击，莹莹绝无生还的希望。现在唯有拼命一搏，或许还能引来转机。他拿出一根铁棍，指向囊泡的底部。这些日子以来，这根铁棍一直被他收在身边。那就动手吧。胡一杭握紧铁棍，深吸一口气，然后用力向下插去。去死吧，妖怪！他在心里怒吼着。

距离他们几公里之外的地方，五个火场早已连成一线。每个火场，都打开了一个小型的虫洞出口，火焰跳跃着，不断有新的时空族意识体附神在火焰上，来到这个新的世界。五个虫洞彼此激荡着，一开始并没有什么特别的变化，但随着时间推移，虫洞之间的空间变得越来越不稳定，越来越脆弱，到了某一刻，终于全线溃散了。一道超过十公里长的时空通道出现了。与此同时，火场中的火焰纷纷向时空通道的沿线蔓延开去，不多时就完全把这条通道包裹在火焰中。从高空看去，这是一道绵延了十公里的漫长火线。火线的正中央被一条笔直的暗影贯穿，这就是时空通道。

随后，大规模入侵开始了。在这条十几公里长的暗影上，火焰突然开始疯狂地跳动起来，在夜空中摇摆着，扭动着，然后逐个裂解成独立的火团，蹿进旁边的榕树里，消失不见。偶尔，一些与火焰中的分形结构融合得不太好的裂缝会突然爆开，在零点几微秒的时间内迅速湮灭，产生的时空震荡造成一股小的冲击波，让周围的火焰瞬间蹿升到十几米的高处，同时一声尖锐的脆响发出，像在半空中炸开了一个爆竹。每一声脆响，代表着一个意识体的死亡，但在这场入侵大潮中，死亡必然发生，只是无关紧要的小事而已。榕树的树干上，树瘤不停地膨胀和收缩着，把众多刚融入树体的时空裂缝向网络的深处送去。整个榕树网络，从上向下逐渐激活。

刚开始传送时，母神还很戒备。他刚操控着庞大的榕树怪物四处奔波了好几个小时，已经非常疲惫了，但现在还不到休息的时间。他认为人类一定会在传送过程中发动大规模攻击，所以一直操控着榕树怪物沿着时空通道来回巡逻，随时准备赶走这些令人厌恶的渺小生物。这些生物是在一个没有母神的世界上生长起来的，他们连灵体都算不上，想到这里，他就对这些生物更加憎恶起来。随着时空通道传送过来的，除了他辖下的众多灵体外，还有他全部的本体。他的本体极为庞大，如果单论分形结点的数量，大约是全部灵体结点总数的一百多倍。因此，大约九成的时空通道都被分配来传送他的本体。随着时间的推移，他越来越清晰地感觉到一种割裂感。身处两个宇宙中的本体，站在各自的视角观察和操控着传送的过程，看着众多结点和分支逐一从一个宇宙转移到另一个宇宙，就像亲手用刀把自己切成无数的碎片，然后再搬到另一个地方拼凑起来一样。虽然身处榕树怪物体内的附神台之中，但连接着地面的榕树网络，所有主体意识都在飞速融合。随着新宇宙中的本体结点的迅速增加，他的操控力和感知力都在不断上升。一段时间以后，他已经可以清晰地监控到数十公里内的人类军队的动向。出乎预料的是，他们全都忙于撤离，没有任何攻击的迹象。

一段时间后，他不再关心这些小虫子，而是将意识沉入地下，体察起这个由众多教徒建造的宏大网络来。在时空振荡的回波中，意识瞬间抵达网络的底层边界，整个系统的大致轮廓便清晰地呈现在他的眼前。他对这项工程非常满意，其构建的分形网络之庞大，已经超出了他的预期。整个网络横跨所有大洲，最深处达到两千公里，几乎把整个地球三分之一的体积都囊括在内。当他完全附着在这个庞大的网络上，他产生了一种化生为星球的熟悉感。他对孟涵说，曾经有人向我告密，你虚报开支，贪墨经费，现在我知道了——你向那些人隐瞒了榕树计划的真正规模。孟涵连忙躬身道,母神在上,请宽恕我的隐瞒之罪。近些年来,维持会中眼线众多,我不得不有所隐瞒。

大祭司孟涵的旁边,一位小女孩正在沉睡。虽然极为不舍,但母神还是收回了发散的意识,重新把目光聚焦在火场周围。此刻,他的视野和自我感知从一个星球弱化为一个灵体,这让他压抑不已。这些家伙到底想干什么?他烦躁地问孟涵,他们还有什么武器可以用?孟涵说,目前为止,人类所发明的威力最大的武器,不过是核子武器而已,根本无法对榕树网络形成有效打击。如果他们早一点使用,或许还会给我们造成一点麻烦,但现在已经太晚了。这些卑微的人类,已经没有任何方法可以阻止母神的降临了。孟涵的身体因激动而颤抖。她成功了,她拯救了母神,拯救了整个时空族。

母神终于松了一口气,紧张的神经暂时松弛下来,意识像溃坝的河水一样向着四周肆意流淌。母神的愉悦快速传递给了所有的灵体,这些刚来到新世界的时空族人们立刻从彷徨不安中安定下来。与母神的连接线欢快地扭动着,一股股新生的力矩进入他们的体内——那是生命的力量,那是扭结的动力,那是所有分形的起源。

但在不经意间,母神发现了一丝异样。榕树网络里,一道奇怪的时空裂纹在飞速延伸。这道裂纹里没有他熟悉的气息。他在网络中制造了几个缺口，试图阻止这道裂纹扩散，但它总是能找到其他的分支绕过缺口。而且，每次遇到新的根系和枝干，这道裂纹都会衍生出新的分支。随着时间的推移，裂纹在榕树网络中的分布越来越广泛。它就像一根针一样，扎入母神的身体里。虽然裂纹的宽度很小，虽然其结点数不到榕树网络的万分之一，但终归还是让母神如鲠在喉，觉得很不舒服。

他要强行把这些裂缝挤出去。可是，没等他出手，这些裂缝中突然溢出无数新的分支，就像一株枯木上陡然生发出了新的枝杈。这些枝杈并没有延伸多长，又重新裂变成更细的分支。这一连串的异动让母神立刻警觉起来，他意识到这一定是人类所为，但一时又不知道对方的用意。从心底里，他对这些结点数微不足道的裂缝簇是很轻视的，这就像用一颗原子大小的子弹击中人体，几乎无法造成任何伤害。然而，就在他疑惑之时，这些裂缝又继续分裂了几轮。现在，处于裂缝前端的最新分支的宽度已经细到他几乎无法觉察的地步了。

在他的体内，从来没有生成过如此细小的时空裂缝。即便是寄生在他身上的那些渺小的灵体，也从未将肢体分裂得如此细小。时空扭结越细，它的物理强度就越小，或者说，就越脆弱。当肢体细小到一定程度之后，它们就无法再承受从母神中传来的时空扭矩，因而灵体将无法生存。

这么细的裂缝意味着什么呢？他一时间无法推断，但直觉告诉他，这里有危险——极度危险！他立刻扭动身躯，准备驱动时空力矩将这些细小的裂缝震碎。但已经太晚了。

所有细小裂缝的最前端，同时涌现出一股庞大的热浪。像是从虚无中生出的火焰，瞬间传遍了母神全身，席卷了整个榕树网络。这火绝不是普通的火，散发出巨大的热量之余，还有无数微小的粒子从中高速喷射出来，击打在其他的原子上，引燃新的"火焰"。在这样的链式反应中，"火焰"的温度越来越高，所有木质的榕树枝干和根系瞬间化为灰烬。金属铸成的根系网络也随即熔化为高温液体。在这一刻，所有在树体和金属中建构出的分形结构全部消失了。

包裹了大半个地球的榕树网络，维持会倾尽全力建造的榕树网络，寄托了所有时空族新生希望的榕树网络，就这样被摧毁了。失去了附着结构后，所有寄生其中的时空族，包括母神和所有灵体，都在极短的时间内溃散了。这场宏大而隐秘的入侵，在其刚刚完成之时，便落下了帷幕。

庞大的地下网络化为灰烬，其留下的巨大空洞在世界多地引发大规模的地质塌陷。这天夜晚凌晨时分，即便远在成都市区，市民们也都明显地感觉到了这次塌陷所产生的剧烈震荡。不过久经地震考验的他们，只是耐心地等待震荡结束，然后在床上翻了个身，便再次进入了梦乡。

37　尾声：近腾集团

很多根据导航地图来到二郎山地区的游客会感到疑惑，因为这里看不到任何大山的影子，反而有一个偌大的湖泊。湖泊的一角，有一座小岛——这就是之前的二郎山。这座小岛被划入军事管控区域，周边建有巡逻的哨卡，普通人无法进入。这是因为在这座小岛上，有一个特殊的存在。那场大战结束后的几个月里，他一直都待在这里。

张霖再次登上小岛，前来看望这位小友。胡一杭在很远的地方就看到了张霖，暗自希望今天他能给自己带来些好消息。经过重重关卡后，张霖终于来到了胡一杭脚下。他抬头看了看这位足有三层楼高的巨人，大声喊道，最近收缩了吗？胡一杭盘腿坐下来——现在只有两层楼高了，他问，你刚才说什么，张霖重复了一遍。胡一杭摇摇头。他已经有了心理准备，他的身体估计是回不到原来的状态了。几个月前，张霖就跟他说过，越过了非线性膨胀期的分形晶体，即便与触发石脱离接触，也无法再缩回之前的体积了。他现在就是那个晶体。

没关系，张霖安慰道，我看了你的各项生理指标，基本正常。老实说，目前这种状况已经比他预期的要好多了。在想到利用裂缝对榕树网络发动攻击之时，他就已经预料到这会给发起人带来严重的副作用。平时的激发过程中，裂缝对身体带来的膨胀效应很微弱，但的确存在。胡一杭也清楚这一点。之前的所有激发过程，都结束在身体的线性膨胀阶段。对于人体这样的软凝聚态物质，其线性膨胀期远超过一般的固体物质，所以一般情况下，即便进行强度较高的裂缝激发，也不至于对身体造成不可逆的影响。但在那一战中，他将脑中的裂缝延伸到整个榕树网络之中。虽然约束了裂缝向侧边的扩散，从而极大减少了延伸的有效长度，但考虑到榕树网络本身的庞大，这个任务显然还是远远超过了人体能够承受的极限。

你上次给我的那本《核物理学导论》我找时间看了一下，完全看不懂。胡一杭向张霖抱怨道，你就不能用简单的话给我解释一下吗？又来了，张霖感到很无奈，每次来这里他都会问这个问题。之前几次都避过去了，上次则是拿了一本书给他，让他自己琢磨。不是他不想解释，胡一杭的基础太差，实在没法解释。不过，虽然没看懂书，胡一杭倒是真的仔细琢磨了一番。他回想起当时的情形，自己所做的不过是让裂缝不断分裂成更小的分支，仅此而已。感觉好像戳破了什么东西，他对张霖说。张霖眼前一亮，顺着胡一杭的话问道，戳破了什么呢？胡一杭摇头说不知道。张霖就势说道，其实，你戳破的东西叫作原子核。我们身边的这些物体，大树、空气、水，包括我们自己，都是由一个个原子组成的。在每个原子的中心，都有一个核，这就是原子核。胡一杭说，把原子核戳破了，就会起火吗？张霖点头道，是的，原子核破了以后，会发生所谓的"裂变"，这个过程会释放大量的热量。胡一杭笑道，明白了，你早这么说不就完了，非得让我看书。张霖苦笑道，是，怪我，是我钻牛角尖了。"戳破"是一个很形象的比喻，他从未想到过这个词。

其实，这种攻击方式的产生，来源于一个简单的推想。当裂缝在扩散的过程中不断分出新的分支时，裂缝前端的宽度也在不断减小。在经历了十几次分裂之后，裂缝宽度就小到了几个埃，已经和大部分晶体的晶格常数相当。这种情况下，本来在晶格上整齐排列的原子会因为裂缝的插入，而变得不再规则，这就是晶格畸变。晶格畸变会让晶体中的电子重新排布，从而偏离了能量最低的基态，这正是膨胀的晶体在恢复原状时，会辐射出光子的原因。这些事情，张霖在很早的时候就已经知道了。但有一天，他突然冒出一个念头：如果让裂缝持续分裂，当它的前端宽度和原子核甚至核子的尺寸相当时，会发生什么？

经过详细的计算之后，他发现，当这种极细的时空裂缝插入到原子核中，会显著影响质子和中子排布的位置，形成类似晶格畸变的核子排布畸变，最终破坏原子核的稳定性，促使其发生裂变。从某种角度来说，这里的时空裂缝就充当了核反应堆的启动中子源，开启了核反应的链式进程。要形成如此细的宽度，主干裂缝需要经过近三十次的分裂。在这么多次分裂之后，形成的前端裂缝的数量之多、密度之大，也达到了极其惊人的程度。它们就像无数的细针一样，密密麻麻地向四周延伸开去。当然，其中大部分都只是刺在原子核之间的空隙里，但必然有很小一部分会进入原子核内，激发出核反应。在一段树干中，只要有极小的一部分原子发生裂变，其产生的热能就足以将其化为灰烬。

载体烧毁之后，裂缝也随之湮灭，核反应立刻停止。因此，其毁灭规模极小，几乎就局限在裂缝所及之处，也不会产生额外的辐射污染。这就是所谓"无声的核弹"。

对这些理论进行了反复验算之后，张霖做出了一个大胆的决定——他要把特解告诉异族。之前，虽然孟涵找她单独聊过，想让他帮忙求解，但他从未想过真的帮助他们。看见眼前的孟涵，他心里没有一丝欣悦，反而充满了刻骨的仇恨。孟涵的车祸并非意外，而是火神教故意制造的。他们为了寻找合适的意识载体，根本就不把人类的生命放在眼里。教中的祭司们附神的人大部分都不是植物人，而是意识健全的正常人。可是火神教发现他们具有较低的脑神经维度后，很快便会经历各种意外事故，变成植物人。在漫长的调查后，张霖发现了这一真相，他发誓，一定要为孟涵报仇。他成功了。以特解为诱饵，时空族们大举传送过来，其中甚至包括了他们的母神。现在，整个时空族文明几乎都在核裂变的热浪中灰飞烟灭，成为孟涵的陪葬品。

  对于核裂变的技术细节，胡一杭并不想了解太多。事实上，他只需要一个说法，像是裂缝戳破了原子核，就足够了。这样，当他回想起那天发生的事情时，脑海里便可以形成一幅可感的画面，而不是对发生的事情一无所知。画面感是他一直渴求的东西。视力受损的这些年里，他一直通过眼睛所见的那些模糊场景，借助想象和推测在脑海里竭力重构出一幅幅清晰的画面。他的图形想象能力极其突出，这也是他可以毫无障碍地下盲棋的原因。大战之后，随着他脑部的裂缝能量消耗殆尽，他的视力已经完全恢复了，但长久以来形成的心理惯性，却不那么容易改变。

  现在，他最关心的事情只有一件，那就是莹莹的身体状况。大塌陷发生之后，大批部队包围现场，对火神教的残余势力进行了清剿。所有附神于榕树网络的敌人都已经随之湮灭，普通教徒们大部分也在大塌陷中被掩埋，能够从这场剧变中逃出来的，几乎都是法力高强的祭司们。然而，面对坦克和大炮组成的钢铁洪流，这些惊惶未定的祭司很难组织起有效的抵抗。他们大部分都选择了投降，一小部分在负隅顽抗中被击毙。孟涵是抵抗最激烈的一个，母神湮灭后，她近乎疯狂地向人类军队发起了攻击，最后，她被一颗榴弹击中，尸骨无存。战斗结束后，人们在榕树怪物的体内发现了昏迷的莹莹。军用直升机直接将她送到了华西医院，但几个月来，她始终没有苏醒。

张霖当然知道胡一杭最关心的是什么。他从背包里拿出一个硕大的平板电脑，对一杭说，我们打个电话给你姜叔吧。这些日子以来，老胡和姜宇航一直守在医院的住院部里，轮班照料莹莹。姜宇航对老胡说，想要认莹莹当干女儿，老胡一开始坚决不干，姜宇航说以后她的学费和生活费都由他负责，老胡立刻眉开眼笑地同意了。所以，每隔几天胡一杭就会打电话给姜宇航，询问莹莹的情况。

平板中有内置的手机卡，所有的按键都被设置为最大的状态。即便这样，胡一杭使用时，仍然需要很小心，因为他的手指实在太大了。电话接通后，姜宇航的声音从扬声器中传出来，带着明显的风声，似乎是在室外。简单的问候之后，胡一杭迫不及待地问，莹莹现在怎么样了？姜宇航叹了一口气。胡一杭心里一沉，说，还没苏醒吗？几个月来，每次都得到一样的回答，他已经有心理准备了。可在下一秒，平板中突然传来姜宇航的大笑。他愣住，不知道发生了什么事。接着，姜宇航的声音说，给你一个惊喜——你转身看看！这时，张霖也微笑着指向他的身后。

胡一杭转头一看，姜宇航竟然就站在十几米开外，笑呵呵地看着他。然后，他的身后突然蹿出了一个小女孩。一杭哥，小女孩叫了一声，便向他飞奔过来。他睁大眼睛，愣愣地看着小女孩。

这是他第一次见到莹莹的真实样貌。

你……你醒了？ 他激动得几乎说不出话。

嗯，我睡了很久吗？ 莹莹抱着他的小腿。

是啊，你睡了很久。

对了，我做了一个梦。莹莹笑着说，我梦见和你下了一盘棋，我又赢了！

眼泪在胡一杭的眼眶里打转。没错，你赢了。他语带哽咽地说道，以后，我可不会再让你了。

谢峻洋现在是一位科幻作家。从银行辞职以后，他全身心地投入了文学创作，竟然一举成名——虽然他目前的全部作品也只有一部。那是一个讲述异族入侵的长篇科幻小说，情节惊险刺激，描写细致入微，极具真实感。一经推出，立刻大受好评，获奖无数。

之后，《科幻世界》杂志社联系到他，说有出版上的事情和他商量。他按照地址找上门去，但杂志社里空空如也，一个编辑也没有，只有一个身穿军装的男子站在大厅里。男子一转身，他立刻认了出来，这人正是国安部的探员孙剑。

这里被征用了，孙剑说。征用？ 谢峻洋感到莫名其妙。孙剑自顾自地说，虽然维持会的老巢被剿灭了，但漏网之鱼不少。他们很多就附着在普通人的脑部神经网络里。尤其是成都，这里被他们经营了很多年，大量的人都被侵蚀了。我们对所有成都市民做了一次核磁共振的普筛，发现有十几万人脑部都存在不同大小的时空裂缝。谢峻洋讶然道，这么多？孙剑说，这些都是隐患，必须想办法解决。谢峻洋想，和我说这些干吗呢，难道要先把我解决掉？孙剑见他面露惊恐，笑着安慰道，放心，对你是个好事。

大战之后，大量物理学家和脑科学家介入对时空裂缝的研究。在宏硕研究所的相关研究基础上，他们发现人脑和裂缝之间的相互作用远远超过之前的预估。裂缝不仅可以影响人脑中的神经电流，人脑也可以反过来影响裂缝的分形结构。他们发现部分人脑部的裂缝会很快被撕裂，从而变成与脑神经维度相当的分形结构，或者说，被人脑同化了。谢峻洋和胡一杭就是这样的例子。他们脑部的裂缝都被撕裂成了维度远高于普通时空族的程度，以至于母神都无法再与其连接，也无法再控制他们。

我们现在要改造这十几万人，帮助他们同化脑部的时空裂缝，这样可以最大程度降低异族卷土重来的风险。孙剑说，这需要你帮忙。谢峻洋说，我能帮什么忙呢？孙剑说，很简单，你带着他们读一读科幻小说，或者试着教他们写一些简短的作品，就行了。谢峻洋张大嘴巴，完全被搞糊涂了。孙剑说，你知道人脑同化裂缝的关键是什么吗？谢峻洋说，是什么，孙剑说，是想象力！科学家发现，这些能够快速同化裂缝的人，都有一个共同的特点，就是具有丰富的想象力。但是这其中具体的机理是什么，想象力的脑科学基础又是什么，目前仍然没有一个最终的结论。不过没关系，有一点是明确的：大量的研究已经证实，科幻小说的阅读和创作，可以有效地提升人们的想象力。

所以，谢峻洋又有了一个半官方的身份——四川科普作家协会的研究员。每到周末，他都会被各大书店和图书馆邀请做讲座，推广科幻阅读和写作。每次讲座都人潮汹涌，所有座位都挤得满满当当。但是他知道，这些人里，恐怕大部分都是政府安排的。在这段时间里，他发现成都市的科幻氛围突然变得异常浓厚。由市政府牵头，成都向世界科幻协会提交申请，申办第81届世界科幻大会。无数与科幻相关的文创企业纷纷涌现，各种科幻小说的征文比赛也层出不穷，甚至四川大学还专门成立了一个前所未有的中国科幻研究院。这一切背后，很显然有某种力量在推动，谢峻洋很清楚，因为他自己就是这股力量的一部分。

但是这又有什么关系呢？多一点人阅读科幻，不是很好吗？他的生活逐渐步入正轨，曾经激荡起来的所有浪花都渐渐消散了。就在他以为一切都已经过去之时，变故却再次找上了他——他被绑架了。蒙上眼罩，上了船。在船上待了大半天，才终于被人揭开了眼罩。

他睁眼一看，愣住了。出现在眼前的是他的老熟人，发小郑飞。旁边的椅子上还坐着一个人，也挺眼熟，郑飞说他叫王伟，是宏硕集团的大老板。谢峻洋说，你们这是干什么？郑飞说，你运气来啦，王老板拉我们一起发财！谢峻洋说，又发财，上次我被你害得还不够惨啊？郑飞说，这次是真的，绝对靠谱。

王伟先向谢峻洋道了歉，说用这样的方式请你来，实在是不得已。这段时间，你的身份比较敏感，如果用正常的方式，恐怕根本无法办理出国签证。谢峻洋往四周一看，问这是哪里？王伟说，现在已经进入日本的海域了。谢峻洋说，你们到底想干吗？王伟说，做我的合伙人，我们一起在日本注册一个公司。谢峻洋问，什么公司？王伟说，一个太空旅游公司。

接着，王伟把自己的设想告诉谢峻洋。他的想法很简单，就是通过时空裂缝的膨胀效应，在太空中建立一个庞大的太空站，发展高端旅游事业。他已经收购了一个民营航天公司，可以将小块的零部件送往近地轨道。接着，把谢峻洋送上去，利用他激活这些零件，使其膨胀到足够大的尺寸，再在太空中组装。时空裂缝的膨胀并不降低物体的力学强度，因此，通过这样的方式，可以用极低的成本，建立一个极其巨大的太空站。想象一下，他对谢峻洋说，不久以后，我们将在太空中建立一个滚筒状的太空站——它的直径有一公里，长度则达到十公里以上，通过绕圆柱的中轴线旋转产生人造重力。这是一个多么宏伟而神奇的存在啊！如果没有时空裂缝的应用，人类在五十年内都不可能建立如此庞大的太空基地。

谢峻洋还是觉得不对劲，说，这事儿能成吗？王伟说，技术层面上看，绝对没有问题。我们宏硕集团对时空裂缝做过很多应用设计，这个项目其实就是我们之前的设想之一。只不过那场大战以后，国内与裂缝相关的产业都被国家禁止了。我们也是迫不得已才出此下策——其实就是披个日本公司的壳而已。

明白了，谢峻洋说，你们有技术，有财力，我不过就是当一个激活零件的苦力罢了。王伟说，可不能这么说，你是整个公司最重要的一员。谢峻洋看了看自己的处境，大海茫茫，恐怕现在不答应也不行了。不过再一想，这事如果能干成，也不是坏事，对自己来说反而是一个难得的机遇。

这公司叫什么名字，他问王伟。郑飞插嘴道，还没起名字呢，谢哥你文笔好，你起一个吧。王伟听了也起哄让他起个名字。他说，既然是日本公司，肯定得起个日本名字吧，我对日语可是一窍不通啊。郑飞说，我记得你以前不是挺喜欢听日本歌的吗？你最喜欢的那个歌手，叫什么来着？谢峻洋说，叫近腾真彦。郑飞想了想，说，公司名字就叫近腾集团，怎么样？谢峻洋还没来得及说话，王伟已经拍手道，好，这个名字不错。腾飞之势，一飞冲天。就这么定了！

于是，在这艘开往日本长崎的小船上，一个名为"近腾集团"的小公司就此诞生。没人能想到，十几年后，时空族里的飞船派会以另一种方式接触地球，给人类带来一场新的危机。在那次危机里，近腾集团再次成为风暴的核心。